吸金妙神醫 2

風文創 341

微漫 著

目錄

第三十二章　醫聖柳老

黑甜一覺睡到天明，素年感覺跟活過來一樣，幾人這才覺得飢腸轆轆，直接在客棧裡吃了點東西後，素年就按照信上的地址找了過去。

謝大夫接診的這戶人家並非小門小戶，要不然也不會有這個能力千里迢迢到林縣去請大夫，即便他醫術再高明。

幽州刺史的府邸，這跟素年在林縣見到的那些土豪們的宅子截然不同，恢弘大氣，門口有石獸鎮宅，霸氣十足。

朱紅色的大門莊嚴威武，玄毅卻面不改色地上前要求通報謝大夫。從前他什麼人家沒見過，怎麼可能被這種陣勢滅了膽色？

好一會兒，謝大夫急匆匆地出現在素年的面前。「師父，您可來了！」

門房詫異地打量著素年。師父？這位老大夫是不是叫反了？

謝大夫趕緊將素年引進去，那位老人家的情況著實不妙，又有大夫阻止自己施針，雖然對方也開了藥方，輔以針灸，可並沒有好轉。

素年一路跟著謝大夫前往內院，轉了數個迴廊，在她體力用盡前，總算到了。落霞苑。院子裡的空氣中飄浮著藥味，裡面進進出出的婢女都是滿臉的嚴肅，看來情況果真危急。

謝大夫向裡面通報了一聲，很快有人出來請他們進去。

素年低著頭，跟在謝大夫的身後，穿過院子，來到了屋子裡。光線一暗，素年花了幾秒才看清楚眼前的景物——西面一溜四張椅子上，搭著銀紅撒花椅搭，兩旁各有一對高几，上面放著汝窯美人觚，裡面插著鮮花；東面一面巨大的雕花梨木屏風，繡著粉荷清池紅鯉的圖樣，讓躁熱的心情一下子涼爽起來。

屋子裡溫度適宜，空氣也算流通，素年又隨著謝大夫繞過屏風，一眼看到一人大馬金刀地坐在雕花大床旁，嘴抿得跟一把刀似的，臉色冰寒，深邃的眼睛一眨也不眨地盯著面前蓋著秋香色薄被的病人。躺在床上的是一個中年婦女，素年在腦子裡回憶了一下，謝大夫不是說老人家嗎？莫非這位就是他口中的老人家？開玩笑吧？

「師父，這就是我在信裡說的，跟巧兒娘症狀相似的病患。」

那名男子的目光因為謝大夫的話移了過來，素年只覺得全身寒冷，他的視線彷彿能冰凍人的雷射光線一般。低身行了個禮，素年將目光轉移到患者身上。「有嘔吐嗎？」

「有的。」

「頭暈症狀呢？」

「也有，覺得眼前的景物都在轉動，頭暈目眩。」謝大夫顧不得給素年介紹這人是誰，趕緊將症狀說給她聽。

偏癱、嘔吐、眩暈、意識模糊，素年上前，微微撐開病患眼皮觀察了一下，然後手搭在脈搏上好一會兒，確認是腦出血型的中風無誤了。她在做這些動作的時候，那名男子的目光一直跟著她轉，只是奇怪的是，他一沒有詢問，二沒有制止，這讓素年很不適應。不是幽州刺史府上嗎？自己這麼擅自診斷，沒有人管管的？皺著眉頭，素年也顧不得那麼多了。患者的情況不妙，但這麼多天了居然也沒有惡化下去，究竟是運氣，還是……

這時，屋子裡又進來一個人，一個跟謝大夫年紀不相上下的老頭子，留了一把長鬍鬚，矮矮的個子，精神矍鑠，看到素年之後「哎喲」了一聲。「妳就是這個庸醫說的小師父？」

「小女子不敢。不過謝大夫可不是庸醫。」素年不卑不亢。

「還不是庸醫呢，內關、水溝、極泉、委中，誰教他以這個順序去扎針的？不是庸醫是什麼？」

素年不語了，這幾個穴位的順序確實是自己之前治療巧兒娘的時候針灸的順序，但這次情況不一樣。「風府、啞門，加上因為一直昏迷，配以腦清、百會、人中，可對？」素年深吸一口氣，聲音清亮地說。

「哎喲，小丫頭不簡單吶，不枉我等妳這兩日！」老頭子眼中露出詫異之色。

一旁的男子總算開口了。「柳老……我母親的病，您究竟是……」

「柳老?!」那老頭沒說話，素年倒是先叫了出來。她有印象的，謝大夫跟她說過，唯一一個擁有一手針灸神技的醫聖柳老，是這個「柳」吧？不是「劉」吧？

柳老更詫異了。「小丫頭，妳認得我？」

「如果您是醫聖的話，小女子久仰大名。」

結果柳老唾棄了一口。「什麼醫聖！」

素年失望了，果然不是那麼容易碰上的嗎？那幹麼也叫個這麼容易讓人誤會的名字啊！

「柳老，您這兩天就用湯藥吊著，可我母親一直沒能醒過來，您看……」男子語氣有些無奈。明明擁有能夠救治的本事，卻硬是不用，面對這個脾氣古怪的柳老，他還真沒辦法。

「急什麼？這小丫頭我瞧著不錯，讓她給治吧！」柳老衝著素年努努嘴。

「……」男子轉過頭，一言不發地盯著素年看。

素年被看得莫名其妙，想說什麼說啊！她光看人的眼神是領悟不到更深層的意思的，這是讓她治還是不讓呀？

「妳能治好？」男子面對素年時，語氣和態度跟面對柳老完全不一樣，壓制性的氣場讓素年身後的小翠和巧兒都不自覺地低下頭。

這種人素年見得多了，她估摸著這位應該就是幽州的刺史大人，看看人家這氣場，周圍婢女的頭都要垂到胸口了！她微微地笑了笑，道：「柳老讓我試試，您還是自己決定吧。」

男子挑起了眉，沒有想到素年會這麼說話，既不誠惶誠恐，又不滿心喜悅，彷彿是一副無所謂的態度，讓她治就治，不讓就算了的樣子。

「那麼，就請妳醫治吧。不過，我母親要是有個不測——」

「那您另請高明。」素年想都不想就直接打斷他。「我是大夫，不是神仙，這種治不好就怎麼樣的承諾，恕小女子做不到。」素年說完轉身就打算走。

謝大夫兩邊看了看，還是決定跟在素年的身後。

「哎，小丫頭脾氣挺大的嘛！」柳老站過去，將素年的路擋住。「妳要是這麼走了，豈不是浪費了我特意等的這兩天？」

「是我請您等的嗎？」

「……」柳老難得地被話給噎住。「不管，今天我就想看妳醫治！這個庸醫說妳也會針灸之術，快施針給我看看。」

素年站著不動，她想，這做官的再黑暗，也該講講道理吧？反正她是打定主意了，沒有治病還要被威脅的！看來，這裡的大夫地位真的很低啊！

男子冷眼瞧著素年是真不打算治了，而那柳老更是沒有動手的意思，不禁在心裡嘆了口氣。「是在下唐突了，實在是因為母親病危才如此，請小娘子不要見怪。」

素年其實不是個計較的人，既然人家都道歉了，她也就算了。而且，她覺得有些奇怪，按理說如果是母親生病的話，那焦急的程度應該不只這樣才對。前世自己生病時，她的爸爸、媽媽差點沒急瘋了，可這人的態度，似乎欠缺點什麼……

柳老興致勃勃地湊到素年的身邊，伸長了脖子想要看清楚她的動作。

素年用銀針，取主穴風府，配穴取了腦清、百會、人中、曲池、太沖、尺澤、外關、二間，以針刺之法，得氣後留針。

「如今令堂的情況不穩定，等她清醒過來之後，我會以針灸刺激的方式治療僵直麻木的身體。」刺史大人的母親牙關緊閉、口噤不開、兩手緊握、肢體強痙，此為中臟腑之閉症，又兼面白唇暗，靜臥不煩，四肢不溫，舌苔白膩，脈沈滑緩，是陰閉的症狀。所以素年給她開了一副導痰湯。「製半夏二錢；橘紅、茯苓、枳實、南星各一錢；甘草五分；水兩盞；加薑十片，煎至八分。」

藥方正要遞給一旁守候的婢女時，卻在半途中被柳老一把奪過去，摸著他的鬍子細細地看了幾遍，才交還給婢女。

「小丫頭，妳的醫術是跟誰學的呀？」

「不知小女子的藥方可還成？」素年反問。

「小小年紀居然能做到這樣，不簡單，妳師父是誰？」

「剛剛針灸的手法可有問題？」

素年和柳老兩人輪著提問，卻誰也不回答。

素年是不知道怎麼說，她的師父，那是博大精深的中國古方針灸精髓，這能說嗎？而柳老，則是不大習慣直白地稱讚人而已。

男子的臉色微微放鬆，聽柳老的意思，這個半大的小姑娘確實很有一手的樣子，於是他站起身，先是客客氣氣地跟柳老拱手，然後才慢悠悠地轉向其他人。「在下身上事務繁忙，先告辭，我的母親就拜託小娘子了。」說完也不等素年回答，男子徑直走出了屋子。

周圍的氣壓一下子舒緩，素年甚至看到小翠偷偷拍了拍胸口。她有些好笑，有這麼可怕嗎？約莫十五分鐘左右，素年將銀針起出，又以三棱針點刺井穴出血，然後才將銀針收起。

「小女子有一事不明，還望柳老指教。」素年看著仍舊閉著眼睛的患者，然後慢慢轉過頭，看向一臉興味十足的柳老。

「妳說。」柳老還在摸著下巴回味素年剛剛扎針的手法呢，壓根兒沒發現素年臉上無比嚴肅的神情。

「醫者，凡有請召，不以晝夜寒暑，遠近親疏，富貴貧賤，聞命即赴。視彼之疾，舉切吾身，藥必用真，財無過望，推誠拯救，勿憚其勞，冥冥之中，自有神佑。」素年聲音清澈，語速流暢，如流水般婉轉悅耳。

柳老的神色漸漸凝重，他當然知道素年說的是什麼，這是醫德，是身為一名醫者最基本的準則。只是，這話他有多少年沒有聽到了？

「柳老，這位夫人的病情您分明能夠醫治，可您卻僅以湯藥針灸拖延著，只為了瞧瞧我是不是如謝大夫所說的也會針灸，這是何道理？」素年的臉上染了一層粉色，煞是好看。

可只有小翠和巧兒知道，小姐這是生氣了！

素年當初身染重病，卻還堅持著要求學習中醫醫術，只為了能夠讓自己短暫的生命發揮一些作用，不要什麼事都沒做就去投胎了，那太對不起讓她降生到世界上的母親。那些為她治療的醫生在她的眼裡，就如同最後的希望一樣，是她賴以生存的光芒。然而，眼前這位柳老卻拖延病情。什麼叫「視彼之疾，舉切吾身」？枉費刺史大人對他那麼恭敬，可他能夠擔得起「大夫」這個稱呼嗎？

謝大夫安靜地站在一邊，素年說的話，也是他心中所想。到這會兒，謝大夫已經清楚自己在醫術方面還是學藝不精。素年針灸的順序和穴位明顯不是對巧兒娘使用的那種，是他判斷得太武斷了。可能夠將自己攔下來，這位柳老想必是知道為什麼不對的，加之剛剛他在看素年針灸時不停地暗自點頭，說明他也是知道該怎麼做才是正確的。然而，柳老並沒有出手醫治，只象徵性地扎了幾針，然後就撒手不管了。

謝大夫在等待素年的日子裡是心急如焚，派了人快馬加鞭地送了信，又快馬加鞭地傳來了回音，他簡直恨不得素年也會騎馬，跟送信的人一同回來才好。現在，素年將他心中的質問明白地問出來，謝大夫有一種舒暢的感覺，卻又隱隱擔心起來。看刺史大人對這位柳老的態度不一般，素年不會因此惹上什麼麻煩吧？

柳老沈默不語，並沒有惱羞成怒，而是若有所思地盯著她看。素年絲毫不膽怯，這事說到哪裡去她都不理虧，於是她微微抬了抬下巴，氣勢更足。

「小丫頭，妳知道我是誰嗎？」

「不知道。」

「醫聖，妳之前提過的醫聖。那是我不屑的一個頭銜。」

「所以您就可以任意妄為了？」

「……」柳老聽著素年的話，並沒有生氣。有太長的時間沒人敢跟自己說這些了，「醫聖」的頭銜讓大家都敬畏他，就算自己的做法有些不妥，那些人卻一個個都不敢開口，慢慢地，他的性格開始變得孤傲乖僻，這是不是所謂的高處不勝寒？「好吧，這次姑且算是我做得不對。」醫聖柳老破天荒地承認錯誤。

「姑且？」

「……小丫頭，妳別得意啊，我可是醫聖，醫聖有些怪癖怎麼了？」柳老開始破罐子破摔，這小丫頭還沒完了？

「你之前不是不屑這個稱號的嗎？」

「……」柳老發覺，自己還是不要再跟她在這個問題上糾纏下去了，反正不管怎麼樣，他都是沒理的，再說下去只有被不斷諷刺的餘地。

誰想，素年先一步覺得沒意思了。「既然有醫聖在，那小女子就先行告退了。」說完，她帶著小翠和巧兒轉身就走，臉上還有些不忿。

這跟她想像中慈祥和善、仙風道骨的醫聖差得也太遠了些！

第三十三章 不准離開

謝大夫從柳老坦白身分開始就一直很茫然，到素年結束戰鬥、凱旋而歸時還在茫然。他看到素年轉身了，身體也不由自主地跟著動，只是臉上呆滯的表情還沒有褪去。這是醫聖？他居然被醫聖給阻止了？不是說柳老雲遊四海、懸壺濟世的嗎？怎麼就給自己遇上了呢？

素年來到院子裡，玄毅在院門前一直候著，看到素年有些氣憤地走出來時，心裡覺得詫異。發生什麼事了？還有人能將素年氣成這樣？那得要有多大的本事啊？

「走了，回林縣。」素年開口，驚人的方向感讓她不用人帶就準確地原路返回。

玄毅心中更是駭然，回林縣？不是說病情很嚴重嗎？怎麼才進去了一會兒就完了？該不會是……沒救回來吧？玄毅也不敢多問，跟在素年身後，想著一會兒回林縣一定得僱一輛高級一些的馬車，素年心情不好啊……

「等會兒……」

他們身後，有人出聲叫道。玄毅回頭一看，這不是剛剛大搖大擺進院子的老頭嗎？沒看出來，腿腳甚是利索啊，正快速地朝他們這裡追過來。玄毅敏感地發覺，素年的速度也變快了，雖然姿勢依舊優雅端莊，但兩隻腳動作的頻率明顯快了起來，也不知她怎麼控制的。

「讓妳等會兒！」

身後老頭已經是喊了出來，他的目標明顯是素年，可素年就像沒聽見一樣，繼續充耳不聞地往前走。只是，素年再不顧形象，她也不能提著裙子跑呀！

可後面的老頭就沒那麼多顧慮了，一把年紀了竟然疾跑兩步，硬是衝到他們的面前。

「呼、呼……說了等會兒，妳……妳沒聽到？」柳老的身子骨也不健壯了，幾步路就氣喘吁吁的，彎著腰，一時半會兒沒緩過來。

素年站在那裡，冷眼看著柳老，曾經美好的憧憬碎得一塌糊塗。「您是在叫我嗎？」

「……」柳老擺擺手，頭偏向一邊，深呼吸了好幾下才喘勻了氣。

「不知醫聖叫住小女子所為何事？」

「妳這個小姑娘，怎麼得理不饒人呢？」柳老氣急反笑。他都已經承認錯誤了，至於這麼咄咄逼人嗎？

素年不語，笑容有些疏離。

「小姑娘，妳還沒告訴我，妳師承何處呢？」

「這個重要嗎？」

「當然重要！」柳老很肯定地點點頭。「我看妳在醫術上很有前途，如果妳師父不怎麼樣，我打算將妳收為徒弟，如何？」

素年聽得半晌沒有反應過來，隨即笑出聲。「您？收我為徒？」

「如何？」

「不如何。」素年連考慮都沒有，拒絕得很乾脆。「我師父就是這位謝大夫，如您所見，是一個醫者父母心的好大夫，所以沒有必要換師父。」

「喔？」柳老聽出素年話中有話，但假裝沒聽出來，背著手繞著謝大夫轉了一圈，轉得謝林頭上的汗幾乎要流下來了。「老夫怎麼聽這位大夫說，小姑娘妳是他的師父？」

「您聽錯了。」

柳老臉都黑了，他沒想到素年根本考慮都沒考慮，可是這樣卻更激起了他的好勝心。柳老對著有些心不在焉的謝林說：「謝大夫，那你叫她一聲徒弟來聽聽。」

謝林額角的汗當真滑落了下來。

柳老盯著謝林看，催促他趕緊叫。

素年的眼神也跟了過來，裡面是鼓勵的情緒。在她看來，這很簡單嘛！隨口叫一叫，他好我也好啊！

這叫什麼事啊！謝大夫心中悵然。你們兩人之間的事情，為什麼要牽扯到我啊？我只是一個不重要的角色而已啊……可惜老天沒有聽到謝林的吶喊，柳老和素年的眼睛都盯著自己看，謝大夫渾身躁熱，竟然有一種要熱暈的感覺。

「……師父……」磨磨唧唧之後，謝大夫還是小小聲地叫出來了。

柳老一拍手。「對嘛！我怎麼可能聽錯呢？」

素年沒轍了。她早知道謝大夫是個正直的人，只是沒想到能正直到這個程度，這連騙人都不算好嗎？要不要這麼誠實啊？

看著柳老一副得意的樣子，素年氣不打一處來。「如果沒什麼事，我們就先告辭了，回林縣路途遙遠，需要盡快出發。」

「哎，別呀，妳還沒說怎麼樣呢！」柳老趕緊擋住素年離開的步伐。
「我說了呀，不如何。」
「可這人不是妳的師父，妳為什麼不拜我為師？」
素年嘆了口氣。「那我現在拜謝大夫為師可以了吧？」
柳老就不明白了，怎麼以前那些大夫見到自己都要死要活地拜師，現在自己卻不吃香了？好歹也是醫聖呢，怎麼就這麼被嫌棄？他疑惑地將頭轉向謝林，問：「謝大夫，你願意拜我為師嗎？」
謝林如遭雷劈，那表情之激動，臉色潮紅，臉上的肉都顫抖了起來。
「我說著玩的。」柳老一見謝林的表情就知道自己的魅力並未減退，這才是正常的反應嘛！也就是說，嫌棄自己只是這個小姑娘的個例？
素年見柳老這麼調戲謝大夫，更是無語，她也不想再說什麼，繞過柳老就繼續往外走，任憑他在身後說什麼都堅決不回頭。
「我會獨家針灸秘方喔！」
哼！
「柳氏自創的行針手法，秘不外傳的！」
……哼。
「各類病症獨門的醫治偏方，幾代秘傳下來，出神入化！」
……

你妹的，你妹的！柳老每說一句話，素年的腳步就不自覺地緩了一個節拍。在她身後的眾人將她心底的掙扎看得清清楚楚，又不好說什麼，只得配合她的步伐往前走。

這些秘方讓素年心癢癢的，她多麼想學啊！可想到要拜這麼一個沒有醫德的人為師，她心底這道坎……過不去。

素年的身影消失在迴廊盡頭，柳老皺著眉搖搖頭，臉上盡是可惜的神情。他是醫聖又有什麼用？空有一身醫術卻找不到適合的傳人，莫非要將它們全部帶進墳土裡？

柳老對徒弟是很挑剔的，一般資質他根本就看不上，而且，柳氏的針灸秘術也是需要有根基的，從頭開始教，他沒有那個時間，所以他一直找不到心儀的徒弟。現在，這個人選出現了，結果卻因為自己的品德拒絕拜師，這真是……

素年在決定了之後，腳下便不再遲疑。醫聖的徒弟，對她確實是莫大的吸引，不過，她可是個很有原則的人，她就不信了，難不成除了柳老，這裡就沒有其他在針灸醫術上有造詣的好大夫了？

幽州刺史的府邸面積龐大，進來的時候素年就有這種感覺，現在感覺更甚，這都走了這麼半天了，還沒有看到大門的影子。忽然，在他們的前方有一個人影向他們這邊走來，高大的身形、冷峻的面容，還有一雙凌厲的眼睛，正是剛剛離去的刺史大人。素年停了下來，恭敬地行禮，地位的差距讓她不得不低頭。而且她忽然想起來，診金呢？她可不想白跑一趟！

「沈娘子？」刺史大人皺起了眉頭。「妳怎麼會在這裡？」

「回大人的話，小女子正想跟大人辭行。有醫聖柳老在，小女子實在慚愧，令堂必然會恢復康泰的。」素年一副很推崇柳老的樣子，態度端正平和。這人一看就不大好溝通，她還是小心為上。

「不行，在我母親恢復之前，妳不准離開。」誰知，素年的恭敬並沒有得到效果，刺史大人冷著臉，直接開口就是這麼一句。

素年詫異地抬起頭，什麼意思？

「府裡已經安排好了地方，紅脂，妳帶他們過去。」刺史大人像是沒看到素年的神情，將自己身後一名低著頭的侍女叫過來。

「等等，刺史大人，您沒有權力這樣限制我們，您母親的病有柳老在，很快就會甦醒過來的，請問我們為什麼不能離開？」

「因為我有這個能力。」刺史大人絲毫不覺得有什麼問題。

伴隨著他這句話，身後又站出四名身材結實有力的男子，那一看就是會功夫的。

素年再掃了一眼自己身後的玄毅，覺得一對四還是很有差距的，可就這麼聽從這人的安排，她心裡真的很不舒服。古代身分低微的人就沒有自由嗎？……應該是吧。素年無奈地在心裡咬牙。她能怎麼辦？一個無權無勢的小醫娘，就算不滿刺史的安排又能怎麼樣？

跟著這名叫做紅脂的侍女，幾人被分開帶到不同的院子，素年、小翠和巧兒一個小院子，謝大夫和玄毅一個小院子。院子是剛剛收拾過的，雖只是個招待客人的偏院，但布局和景致竟比他們在林縣槐樹胡同的小院子更好。

刺史大人並無為難他們的意思，素年覺得，他可能就只是想讓自己多診治一下他母親。

到了飯點的時候，有人給她們送來了飯食。一碟白切雞、一碟醬肉蒸高筍、一碟釀豆腐、一盅熬了很久的老鴨清補湯，裡面能看到玉竹、枸杞和參片。更難得的是，還有一碟清蒸白魚，撒了薑絲和蔥花，一絲腥氣都吃不出來。

素年帶著小翠和巧兒，很愉快地用了飯。味道不錯，也是，刺史大人家的廚子，能差嗎？素年從伙食上看出了刺史大人並不打算為難他們，所以心情放鬆了下來。不過，這有錢有權的人是不是都這麼蠻不講理？事實證明，是的。

很快地，有人來請素年走一趟，說是刺史大人的母親醒來了。

面對患者，素年沒有任何的猶豫，立刻動身前往。

屋子裡，刺史大人和柳老都在，床榻上的夫人眼睛微微睜開，只是口眼歪斜，想要說話卻說不出來，半邊身子都已不能動了。

刺史大人坐在一邊，並沒有說話，素年總覺得不對勁，至少也安慰兩句吧？

夫人艱難地張了張嘴，想要說話，卻只能發出一、兩個破碎的音節。

至於柳老，他從看到素年走進來的那刻開始，眼睛裡就放出了光。

「這位是兒子從林縣給您請來的大夫，專攻中風之症，有她和柳老，您很快會好起來的。」刺史大人開了口，輕飄飄地介紹了一句之後，就示意她上前診斷。

素年始終不明白，不是有柳老在嗎，幹麼還要讓她來呢？這不是浪費嗎？不過人在屋簷下，素年還是老實地走上前，慢慢地檢查起來。

「令堂的情況現在需要每日施針，等穩定了之後再慢慢恢復身體行動。行針我比較擅長，至於湯藥，還是由醫聖來開藥方吧。」素年施施然退下來，中肯地提意見。

刺史大人自然是沒有意見的，不過，柳老那裡願不願意開方子，他就不確定了。醫聖柳老，這位醫術高明的老者脾氣古怪，能將他請來府上已經是很不容易。據說柳老不輕易出手，除非此人快要不行了，他才會如同救世主一般地施展醫術，所以得名醫聖。

刺史大人微微轉頭，發現柳老的注意力壓根兒不在他身上。

素年也轉頭看去，眼光平淡中透著嘲諷。

柳老眨了眨眼睛，這才將心思拉回來。「嗯，我來開吧。」

「多謝柳老。」

刺史大人竟然站起身對著柳老深鞠一躬，看得素年扼腕不已！她也要花力氣的好嗎？為什麼不多謝她啊？當然，素年也不那麼計較，不謝就不謝吧，診金給高點就成。

刺史大人的意思，在他母親沒有完全恢復前，素年是不能離開的。他們主僕四人都有人監視著，倒是謝大夫沒什麼人管。素年想著要給魏西報個信，因此打算讓謝大夫先回林縣。

謝大夫出來的時間也夠長了，一口答應了下來，暢通無阻地出了刺史的府邸，僱了車回林縣去了。

雙內關，直刺一寸，施提插結合撚轉瀉法，運針一分鐘左右，復刺水溝，向鼻中隔下斜刺五分，用雀啄法瀉之，觀察到夫人眼角有水光溢出，素年才停手。

三陰交，針尖向後斜刺，與皮膚呈四十五度角，進針一寸五分，提插補法，觀察到下肢抽動三次停手。

極泉，直刺進針一寸五分，提插瀉法，上肢連續抽動三次起針，尺澤穴亦如此。

風池穴，針尖向結喉，進針一寸五分，快速撚轉，運針半分鐘左右；合谷穴，針尖斜向三間，提插瀉法，運針半分鐘。

這已經是素年在這裡的第三週了，她壓根兒沒有想到會在外面逗留這麼長時間。從夫人恢復意識開始，第一週之後，素年便採用銀針弱刺激，讓她恢復肢體功能，等情況慢慢好轉之後，便逐漸加強刺激。再加上柳老的藥方，夫人恢復的速度並不慢。

每日施針兩次，現在夫人的手臂和腿部已經恢復大半，說話也清楚了許多，素年覺得，她完全沒必要繼續留在這裡了。

於是，她再一次向刺史大人請辭，結果人家睬都不睬她。素年太憤怒了，沒有這樣做事的！她是來救人的，憑什麼還得無緣無故地被禁錮？於是她乾脆帶著人強行出門，可是，還沒等她突破到門口呢，就被人給攔住了。這些人是刺史大人交代看住他們的，也不跟他們動手，一個個只冷著張臉請素年等人回去。

素年是真的不耐煩了，也顧不上什麼禮儀，直接找上刺史大人理論。

「我診金少妳的嗎？」刺史大人看著氣勢洶洶的素年，淡淡地問出一句。

素年一怔，之前的診金已經給了自己一部分，白花花的銀子，數量足以讓她驚嘆，因此她默默地搖頭。

「我招待得不周到嗎？」

素年艱難地又搖了搖頭，刺史府上的衣食住行都安排得好好的，甚至怕她們吃不習慣，還特意給她們在院子裡開了個小廚房，想吃什麼都可以自己動手做，素年覺得她都長胖了。

小翠和巧兒更是悠閒，洗衣、做飯、整理院子壓根兒不用她們動手，小翠就每天絞盡腦汁地做一些點心甜品逗素年開心。

「如果妳要去街上逛逛，也是可以的，只要有我的人跟著，我有說只能待在院子裡嗎？」

素年這回不搖頭了，她忽然領悟到一件事，自己之前是為什麼這麼不爽？難道不是因為人權、自由這些玩意兒嗎？可她現在想想，似乎是自己矯情了。這就跟上班一模一樣的，高薪、包吃住、還可以逛街購物，她還有什麼不滿意的呢？再說了，這份工作還挺穩定的，都不需要像之前在林縣般，主要靠繡活賺錢。刺史大人給她的診金相當的豐厚，她幹麼還嫌棄呢？素年一下子釋懷了許多，是她鑽了牛角尖。行吧，她的目標不就是賺大錢、享受生活嗎？這樣，似乎也不錯的樣子。

「那麼叨擾刺史大人了，刺史大人事務繁忙，小女子先告退。」素年之前的氣焰倏地收了起來，瞬間恢復成溫婉可人的樣子退下。

刺史大人倒是挑了挑眉毛，似乎有些奇怪她情緒的轉變。不過，這個小娘子也挺有意思的，竟然敢衝到自己面前理論，膽色可嘉啊！

第三十四章　安家落戶

素年於是過得更滋潤了，除了每日的例行診治以外，她就窩在這個舒適的小院子裡，凡事都有人打理好，她則閒得指點小翠搗鼓各種她印象中的美食。

刺史府邸裡的食材那叫琳琅滿目，有些林縣都買不到的東西，就尋常地放在那裡，隨她們取用。更絕妙的是，刺史府裡是有冰窖的！得知這一點的素年頓時樂得不行，雖然現在天氣並不炎熱了，可素年早就想要試試，自然是不會放過的。

小翠去廚房找來一些桃子、米酒汁和酥酪，按照素年說的法子，將桃子洗淨去核切塊，加入糖醃漬；酥酪煮開，放入米酒汁攪拌均勻，然後繼續煮，等涼了之後加入桃肉，小翠就端著去了冰窖，半日之後方可取出。之後用銀碗盛了，澆上一些楓糖，用小勺子一勺一勺挖來吃，那滋味，別提多享受了。

素年也不愛吃獨食，反正花的材料也不是她自己的，她不心疼，乾脆讓小翠做了不少，玄毅那裡也送了，壓根兒不管人家愛不愛吃甜的。然後整天沒事就往自己院子裡跑的柳老也混上一碗，吃得讚不絕口，順便讓人給刺史大人送過去，說是以後就招這種水準的廚子。

「素年啊，妳就答應拜我為師，不挺好的嗎？看看，醫聖這個名號還是很有用的。」柳老一邊吃著東西，一邊繼續進行常規遊說。

素年心想，自己什麼時候跟他熟到直呼其名了？

「醫聖徒弟這個名號，可就不值什麼錢了。」
「這不可能，這個名號遲早有一天要落到我徒弟頭上的，妳就不心動？」
「您不是很不屑嗎？說明這也沒什麼，我為什麼要心動？」
「……」柳老不說話了，埋頭苦吃。他發覺這個小丫頭片子很不好糊弄，動不動自己就沒詞了。

刺史大人那邊，吃了小翠做的甜品後，也覺得不錯，財大氣粗地立刻使人給送來了賞銀，素年直接塞給小翠，這都是她的功勞。

小翠看著數量不菲的賞銀傻了眼，不過小姐讓她收著她就收著，心裡倒開始盤算是不是夠偷偷給小姐打個首飾什麼的？讓丫頭處心積慮地為小姐盤算買首飾，素年也算是可以了。

巧兒在廚藝上不比小翠有天分，素年便帶著刺史府的跟班們堂而皇之地逛街，買了不少絲線絹布。巧兒人如其名，手異常的巧，她們還不知道要在這裡待多久呢，打發打發時間也是好的。

素年除了每日兩次去給夫人針灸，幾乎不會主動踏入那個院子。她現在弄清楚了，為什麼刺史大人對他的這個母親不是很親密，因為那不是他的親生母親。素年都忘了，這裡的男人有小妾是不犯法的。刺史大人並不是庶子，但這位夫人是繼母，難免情分淡薄。

在青善縣待得久了，素年便萌生出一個想法，青善縣比起林縣要繁榮富裕得多，不說別的，光是醫館就有四、五家，足足比林縣翻了個倍，所以素年想著，她們要不要乾脆搬來這裡？而且集市上賣的東西品項也多，衣服首飾的款式也好看。他們在林縣的院子反正也是租的，雖然素年知道青善縣房子的租金會貴上一些，但她真不缺錢啊！這刺史大人最讓素年滿意的，就是從不拖欠診金，而且有越給越多的趨勢。他們吃住統統不花錢，這些診金積累下來，那也是一筆不小的數目。林縣也沒有什麼讓素年產生牽掛的，劉炎梓……他注定跟自己不是一類人，素年壓根兒沒列入考慮。

這個念頭逐漸成熟的時候，刺史大人的母親也恢復得差不多了。這天，素年做完了例行的針灸後，柳老難得地親自上前診斷，確定了夫人身體已無大礙，刺史大人便請素年和柳老到花廳等候。

看來還是醫聖的話管用啊！素年在前去花廳的路上感嘆著。人家一句話比她十句都有效，刺史大人應該是打算讓他們離開了。

花廳裡，刺史大人還未到，素年和柳老先坐下來，小丫鬟們給他們端上了茶水。清香撲鼻的上好茶葉，到了素年這裡就換成了一只小巧的銀碗，裡面裝的居然是小翠之前做過的桃子酥酪，不過，桃子已經被換成了別的，也不知道這個時節，他們從哪裡搞到的櫻桃，去了核後放在凝固的酥酪裡，看上去就清涼甜蜜的樣子。素年覺得詫異，她之前確實有跟小翠說過，做這道點心其實還是櫻桃最佳，只不過沒有找到罷了，只能換成桃子替代。

「有人問過妳這道點心的做法嗎？」素年看著這只小銀碗，低聲問道。

小翠點點頭。「說是刺史大人覺得不錯，我想著還是別給小姐惹麻煩，就都給說了。」

素年拿起擱在一旁的小勺子，慢慢地舀起一勺放進嘴裡，清淡的甜味和乳香味瞬間充斥了她的口腔，果然還是櫻桃酥酪正點。小翠做得很正確，只不過是新奇一些的點心方子，沒必要還藏著掖著。不過，真難為他們了，居然還真的去尋來了櫻桃。

正吃著，刺史大人背著光，從花廳外走了進來，素年想著一會兒就要離開了，心裡挺心疼這還沒有吃完的酥酪，趕緊動作迅速地往嘴裡送，可她又無法直接吞下去，只得鼓著一張嘴，慢慢從椅子上站起來行禮。

刺史大人看得目瞪口呆，他記得這個沈娘子年歲雖小，在禮數方面卻一直都讓人挑不出毛病，恍若大家小姐一般端莊有禮，只是這會兒，他才忽然發覺，這個每日忙碌、為母親針灸治病、讓人逐漸信任的小醫娘，不過是個孩子而已。

素年奇囧無比，可事都已經做了，也只能面不改色地慢慢將嘴裡的東西嚼完，然後直接當剛剛的舉動不存在，端莊地站在一邊，等著刺史大人的交代。

首先，刺史大人很正式地感謝了一下柳老，各種誇獎從他的口中源源不斷、一本正經地說出來，不愧是做官的料，都不帶重複的，彷彿他的母親能夠恢復，都是柳老整日在一旁無微不至地診治的功勞。這也就算了，人家是醫聖嘛，受到尊重是正常的，可她受不了柳老一副理所當然的樣子！他不過開了兩副藥，還是最尋常的，什麼一手針灸神技，自己毛都沒有看見好嗎？然後，刺史大人才轉過身，也輕飄飄地說了句「辛苦沈娘子了」，語氣之敷衍，和之前簡直是強烈的對比！不過素年也不委屈，她的身分地位在這裡，能當得一句「辛苦」就很不容易了。

刺史大人當然不會光嘴上表示，花廳門口又進來兩個手捧朱漆托盤的侍女，從她們臉上微微有些吃力的表情不難看出，那分量不輕啊！素年的眼睛暗暗放光，她一直告訴自己要低調，又不是沒見過錢，可她會激動完全是生理反應啊！在這個時代，素年覺得只有錢才是最可靠、最有安全感的東西。

刺史大人又一次證實了，這個沈娘子果然很愛錢。別看她平日裡總是淡淡的，似乎什麼都不放在心上，可每一次見到診金時，那眼睛都是發亮的！可能她自己都沒有察覺，她那一瞬間的表情，靈動得有些驚心動魄。

托盤上的兩只小箱子分別放在素年和柳老的身旁，素年想都不用想，柳老的診金肯定要豐厚到天怒人怨，雖然他似乎只是打醬油而已。素年突然覺得，她之前堅持著不肯拜師的決心有些鬆動了，醫聖真是個實在的名頭啊……不過素年也很容易滿足，她的這只小箱子也挺豐厚的樣子，於是她非常高興地跟刺史大人道謝，想著要離開了，還是給人一個好印象吧！

「這段日子委屈沈娘子了。」

「大人言重了，不委屈、不委屈。」

「如此便好。在離這裡不遠的墨河胡同裡，我已經讓人尋了一處兩進的院子，就請沈娘子擇日搬過去吧。」

「……啊？」素年忽然覺得刺史大人可能不是在跟自己說話，因為她有點聽不懂，可看刺史大人一直看著自己，她不自覺地發出了一聲疑問的感嘆。

「林縣那裡的家什，如果不重要就算了，如果有重要的東西，我可以隨時派人去將東西搬過來，雖然其實沒那個必要，墨河胡同裡的院子我已經差人打理過，裡面什麼都不缺。」

「……啊？」

「我之前問過謝大夫，沈娘子在林縣並無其他親人，只餘一個護院留在那裡，墨河胡同的院子地方寬敞，接過來也足夠安置。」

素年不「啊」了，她無力地揮揮手，之前的端莊氣質盡喪。「刺史大人，您在說什麼？」

刺史的臉面無表情，他覺得自己說得夠清楚了，不過既然素年問了，他不介意說得更清楚一些。「中風之症來勢凶險，此次多虧了柳老就在青善縣，也正好被我所知，才能讓我母親恢復過來，不過這種症狀有再次復發的極大可能，所以我需要一個能夠隨時出現在刺史府裡的大夫。」

「所以，您覺得我就是那個大夫？」素年反而笑了，她笑得很隨興，似乎一點都沒有因為被隨意安排而惱怒。

「沈娘子此次為我母親診治的手法，讓我大為驚嘆，也確實是一個值得託付的大夫，因此我希望妳不要拒絕。」

「喲，我還能夠拒絕？」素年的語氣極度的震驚，那不是普通的驚訝反應，倒像是諷刺一般。刺史大人顯然也聽出來了，可那又怎麼樣？希望她不要拒絕，這也只是禮貌性地詢問一下而已，事實上素年還真拒絕不了。素年之前就有想要搬到青善縣來的念頭，可不是以這種強制性的方式！就算給他們找好了住處，就算以後不出意外的話也會有固定的收入，就算……咦？素年的情緒忽然緩和了下來。仔細一想，似乎好處還比較多啊！比她自己重新租院子、重新融入青善縣，似乎要來得更容易。按照刺史大人的安排走，會觸及到自己哪項原則呢？好像只是有些不爽而已。素年覺得，以她現在的身分地位，似乎還沒有不爽的資格，這真是一件令人難過的事情。

曾經自己想的快意人生，隨心所欲賺錢，自由自在享受，興許並不是一件容易的事情。素年將那些幼稚的想法收起來，表情也平靜了許多，至少不諷刺了。

刺史大人感覺到了眼前這個小娘子情緒的波動，心裡有些好奇，是什麼讓她如此迅速地冷靜下來了？

「那就麻煩刺史大人了，小女子在林縣有不少重要的東西，還請大人派人去將東西取回來。」素年的聲音恢復了清冷，比刺史預料的還要平靜地接受了他的安排。

這樣也好，省了不少事情。刺史心想，這個小娘子，小小年紀便有如此強大的心性，日後也不知會出落成怎樣一副模樣？

之後素年就從刺史府離開了，被人帶到了墨河胡同裡的那處院子，裡面早已打掃得乾乾淨淨、整潔舒服。

素年只粗略地繞了一圈，就覺得這青善縣果然有檔次得緊。

在林縣，槐樹胡同的院子也勉強算是兩進的，可跟眼前這個完全不能比。

最裡面用作臥室的屋子足足比之前的要大上一倍有餘；兩邊耳房的面積也能夠媲美之前的廂房；東、西廂房也是相當的大，小翠和巧兒已經商量著要堆放什麼東西了。

內院裡，一棵香樟、一棵桂樹；靠近廚房的地方有一口加了蓋的井；垂花門隔著的前院，一溜排的屋子，玄毅和魏西兩人每日換著屋子住都綽綽有餘。

「小姐……」小翠張著嘴巴，這也太大了！

素年抿著嘴，管他呢，她剛剛都問清楚了，住在這裡是不用付租金的，她都「委委屈屈」地答應留在青善縣了，這待遇自然是不能差的。

去林縣的車馬已經準備好了，素年派了巧兒去收拾，順便跟她的父母道個別，別看兩個縣城並沒有離十萬八千里，可來一趟也不容易，以後也許就不能經常見面了。本來素年是打算讓巧兒回家的，她也沒有賣身給自己，何苦跟著自己呢？但巧兒堅決不答應，特別是看了刺史大人母親的樣子後，巧兒想起自己的遭遇，更是堅定了要跟著素年的決心。

玄毅則在魏西還沒有到來之前，又做回了護院。

幾人收拾了一番後，總算安定了下來。

抬頭看著這座應該價值不菲的院落，素年笑了笑，這裡，估計就是他們以後長時間的家了……

第三十五章　拜師收徒

一晃三年，素年已經在青善縣度過了三個年頭，這段時間裡，她和小翠、巧兒都長了個子，每日營養均衡、作息規律，已出落成一個個漂亮的姑娘。

特別是素年，小翠經常在給她梳頭之後，都能看呆了，還屢試不爽，回回被迷住，素年都無奈了。

「小翠啊，我的頭能動了嗎？」素年弱弱地問。小翠已經看了有一會兒了，她覺得一直這麼僵著有些不舒服。

「啊？啊，好的好的！」小翠忽然反應過來，手都不知道要放在哪裡，小臉紅撲撲的，覺得自己又丟人了。

今天的早餐，是熬得香香的麗子肉糜粥，配著按照素年指導的方式醃製出來的酸甜適口的小菜，再加上小翠一早便炸得金黃的奶香饅頭。

三年，足以讓他們幾人從主僕發展到家人，這是素年一直在努力著的。她知道要想改變這個時代的規矩是天方夜譚，她也不打算挑戰這種神一般的任務，可她希望，自己身邊的這些人，能夠慢慢改變長久以來的世俗，習慣她對待朋友的方式。

小翠在玄毅和魏西的面前又堆出了饅頭山。

「小翠呀，小姐沒有教妳不能浪費糧食嗎？」魏西從一開始的略顯淡漠，到如今已經很隨意了。他看著面前的饅頭山，重重地嘆了一口氣。他功夫好是不錯，但他不是豬啊！這些，就是給他一天他都不一定能吃完！

「小姐說過的，但小姐也說了，身體是一切的本源，所以魏大哥你不要客氣了。」

「我真沒客氣……」魏西早已領教過小翠真誠歪解的功力，乾脆不說了，拿起脆香的饅頭咬上一口，再低頭就著碗喝一口粥。他必須承認，小翠的廚藝，是他吃過的所有廚子裡面最好的。

玄毅打從一開始就沒想過反抗，默默地吃饅頭，默默地喝粥，吃到再也撐不下去了，又默默地放下筷子，然後起身。

「楚大哥，怎麼不吃了？是不是我做得不好吃？」小翠有些擔心地問。

玄毅腳下一滯，抬頭就看到小翠微微顰眉的表情，他的身形晃了晃，默默地坐下來，又拿起一個饅頭，艱難地送進嘴裡。

素年側過身，肩膀一聳一聳的，半晌，她才暗暗擦乾淨眼睛旁邊的淚花，裝作認真地吃早飯。每日都有這麼有趣的場景出現，素年覺得特別有益身心。

最後，魏西和玄毅二人是腳步不穩地走出去的，素年眼尖地看到他們還無力地扶了扶牆，顯然是吃撐了。

「小姐，他們倆可真能吃，小翠這次多做了好多呢，沒想到居然全吃光了！妳說我以後要不要再多做點？」小翠看著桌上空空的碟子，自己驚嘆了起來。

素年看著兩人還沒有走遠、明顯趔趄了一下的腳步，終於忍不住大聲笑了出來。

這三年可以說挺無憂無慮的，刺史府上，每月上門問診一次，如果有病情出現，她也會及時前往。刺史大人給診金的時候從不手軟，而且素年覺得很是奇怪，給診金這種小事情，刺史大人居然每次都要親自給她，三年了，次次如此。多虧了這些診金，素年無比逍遙，一度覺得自己達到了做米蟲這種崇高的境界，只不過，日子也不全是悠閒。

醫聖柳老，這個被大夫口耳相傳、擁有出神入化的醫術、行蹤飄渺、性格古怪的老頭，時不時就會出現在他們的小院子門口。

「小姐，柳老來了。」玄毅出去了以後又折返回來，向素年稟報有人來訪。

素年嘆了口氣，都三年了，這人怎麼還不死心呢？

「乖徒兒，為師來看妳了！」柳老的聲音大老遠就傳了進來，說明他精神還不錯。

「誰是你徒兒？醫聖的徒弟，小女子可不敢當。」素年覺得真是夠了，這兩句話已經是固定的開場白。從素年在青善縣住下開始，柳老就時常來遊說自己拜師，素年是個有原則的人，也一直堅持著不鬆口，結果柳老就很自來熟地以師父自稱了。

「哎呀，別不好意思了！那個……小綠，有沒有什麼東西吃呀？」

「我叫小翠。」小翠不厭其煩地第無數次糾正，然後真走到廚房裡去找找看了。

巧兒給柳老奉上茶水後，乖巧地往遠處站，她能看得出來，這個柳老是真心想讓小姐拜他為師，不然幹麼總厚著臉皮貼上來呢？這已經到無賴的地步了。

「柳老，您這是又從哪裡回來的？」素年親手給他斟了茶。

柳老端起茶杯，仰頭就喝掉。「這拜師茶確實不錯！」

素年無語凝噎。

柳老的名氣在這裡，不少人都會慕名求醫，可他從前行蹤飄忽不定，想要找到這個人還真不容易，然而這三年來卻一直都在青善縣周圍徘徊，於是不少得到消息的達官顯貴便會來這裡尋找。柳老雖然是醫聖，但也不是有權有勢之人，因此有時候有些患者不得不前去診治。素年覺得，這或許就是他之前喜歡遊歷的原因。

「別提了，去了趟渭城，我這把老骨頭喲，都要給顛散了！」柳老齜牙咧嘴地抱怨。

素年輕笑，她覺得這個老人家其實很有意思，只要不老逼著自己拜師，倒是一個挺好的朋友。

「丫頭呀，妳看，這都有三年了吧？我可有違背醫德的地方？妳怎麼就這麼死心眼呢？做我的徒弟不是很好嗎？」

柳老忽然走起感性路線，眼中的真誠看得素年心驚。這是怎麼了？剛剛聊得不是好好的嗎？怎麼忽然又舊事重提了呢？

「我年紀也大了，整日這麼東奔西跑的，也活不了多久了，妳就忍心眼睜睜看著我的這些醫術秘法消失在世上？」

素年一愣，心臟好像被揪住一般。柳老這三年裡，沒少提過要收自己為徒，威逼利誘用過、死皮賴臉用過，可這些感嘆，今天是第一次。

素年之前一直覺得，細微處見真章，柳老第一次對病人的漠然，讓她從心底裡排斥拜他為師，在那之後她也一直這麼堅持著，可這三年裡，素年冷眼看著，柳老似乎非常想得到自己的認可一樣，她有時候都有些惶恐，這可是醫聖啊！自己一個小姑娘，只是會一些針灸而已，何德何能，能夠讓這種偉大的人做出改變？現在她隱約能理解了，柳老真心想傳授的，只是凝聚了無數人心血的醫術而已，而自己，也許正好符合了他的要求。

他一直改變著，想要得到認同，所有的一切，只是為了不讓這些心血白白葬送了。這樣的一位大夫，素年覺得，是值得任何一個人尊重的。

柳老這也是有感而發，這次去渭城，他遇上了一個很久沒見的相熟的大夫，老態龍鍾，行走已經不便了，那副樣子，彷彿一下子就會倒下去似的。柳老當時就想了，如果自己也成為那副樣子卻還沒有收到徒弟，他會多麼不甘心？柳氏針灸秘法如果斷送在他的手裡，他還有什麼臉面到地下去見祖祖輩輩為醫的列祖列宗們？

素年這個小丫頭，年歲不大，卻讓自己有些看不透，深藏不露的樣子。柳老一度很好奇她是如何習得一手的針灸之術，可三年過去了，素年周圍並沒有出現任何一個看上去像是她師父的人，這讓柳老又是慶幸、又是疑惑。不過，他已經沒有太多的時間去刨根問底，只要素年能夠理解到柳氏針灸秘法的精髓，管她是什麼人呢？管她怎麼會的呢？

「丫頭，妳就不能看在我一把年紀的分上，答應了？」

「……您剛剛不是還說拜師茶好喝的嗎？」素年眼皮都沒抬一下。

小翠正好端出一碟黃金奶香饅頭，擱在桌上，熱情地招呼柳老嚐嚐。

柳老卻似乎沒有聽到一樣，眼睛直勾勾地盯著素年看。「妳剛剛說什麼？」

「請您嚐嚐啊！這饅頭揉麵的時候沒有加水，加的酥酪，小姐說這樣……」小翠以為柳老在問她，忙重複了一遍，然後呱唧呱唧地開始介紹起來。

柳老臉都黑了，自己剛剛幹麼要讓小翠去找吃的？他揮了揮手。「不是問妳！」

小翠住了口，有些疑惑地看向素年，難道是問小姐的？

素年覺得有趣，剛想打岔，玄毅又進來了。

「刺史府來人請小姐去一趟，說是刺史大人有些不舒服。」

僱主身體有恙，素年當然是不能耽誤的，立刻站起來往外走。

小翠和巧兒一同轉身回了屋子，一個取衣服，一個取工具。

「哎，別走啊！妳剛剛說什麼了？再說一遍！」柳老看到素年慢慢走遠，終於從震驚中緩過來。他不管，他已經聽到了，這個徒弟，他終於是收到了！

刺史府素年完全不陌生，不過，刺史蕭戈大人的院子……素年認真地想了想，這三年來，今兒還是頭一次踏入。不是說蕭大人三年都沒生病，而是他一般就是小毛病，完全不需要臥床，通常素年就在花廳診脈、針灸解決，這次被小廝破天荒地往院子裡領，素年居然覺得甚是惶恐。蕭大人的院子並不高調，在一個相對僻靜的地方，小廝將素年領到門口便進去通報了。素年往周圍看了看，只能看到院牆內有青綠的樹葉伸出來。

從院子裡走出來的侍女長相嬌美，態度謙卑有禮。「大人有請。」

素年慢慢地走進去，院子裡的景色不錯，一株玉蘭花開得正盛，雪白的花朵大朵大朵地棲息在枝頭，十分好看。三月的氣溫仍舊寒冷，素年快步地走進屋子內，一陣暖意立即將她周身籠住，寒氣慢慢地散了出去。

剛進屋，一陣劇烈的咳嗽就吸引住素年的注意，主要是這個聲音有些耳熟，通常都是冷冰冰地說話，陡然用這個音調咳嗽了，素年居然覺得有些不適應。

慢慢繞到內間，素年看到平日裡威武霸氣、喜好獨斷專行的蕭戈蕭大人，正躺在床上，額上綁著防止風邪侵入的布條，因為剛剛劇烈的咳嗽，臉頰通紅一片，眼睛裡竟然水汪汪的！素年完全不懂什麼叫做非禮勿視，她看得那叫一個專注，太難得了！

小翠在素年身後，眼睛的餘光都能感受到蕭大人在狠命地瞪著小姐，但小姐這會兒一點都沒有接收到，估計是蕭大人現在這副姿態，王霸之氣有所銳減，所以她感受不到威脅吧？

「咳！」蕭大人忍無可忍了，只得重重地咳嗽一聲。

素年這才暗自撇嘴。「蕭大人，小女子前來為您診治。」

蕭戈內傷。不過區區風寒而已，他一點都不想讓素年出現在這裡。過幾天就會自然恢復的事情，何必這麼麻煩？可他忠心的貼身小廝，眼瞧著自己的情況越來越嚴重，也顧不得會不會因為自作主張而被懲罰，還是去將素年請來了。

「蕭大人，您的症狀都已經如此了，為何不早點叫小女子前來？小女子每月的診金可不能白拿。」素年一邊上前，一邊搖搖頭。這些男人就是太好面子，看吧，扛不住了吧？

「……」蕭戈閉著嘴不說話，但動作倒是很配合地將手腕遞到素年的面前。

素年白皙勻稱的手搭上去，還沒有恢復溫暖的指尖準確地找到脈搏，她不用診斷都能判斷出這是風寒，也就是感冒。

小廝在來時的路上偷偷地跟素年解釋了一下蕭大人為什麼會受到風寒，據說，蕭戈每隔幾日都會去青善縣城外的一個練武場裡，和那裡的人切磋功夫，從不間斷。前些日子，天氣忽然有些回暖，蕭戈出門前還特意換了輕薄的衣衫，等到了練武場，出了一身的汗之後，氣溫又驟然變冷，這不就被風寒侵襲了？素年完全不能理解，蕭大人是個刺史啊，他又不是將軍，練個啥功夫？他這麼有錢，隨便用銀子砸一砸都能僱到不少厲害的人手啊！

退一步說，你想練功夫不能請人到府裡來嗎？刺史府這麼大，隨你在哪兒打都可以。再退兩步說，這刺史府是窮到冷了連一件禦寒的衣服都拿不出來嗎？隨行的人是有多懈怠，這點準備都沒有？

反正，素年認為，蕭大人的風寒，該得！

「蕭大人脈浮數，舌苔薄黃，惡寒發熱，有咳嗽，咽痛，應是風寒侵入。這沒什麼，這種時節很容易染上風寒。還請大人以後注意，不要提早換成薄衣，或是出汗之後吹到涼風，不過，想來蕭大人也不會去做這種逞能愚蠢的事情。」素年低著頭，眼睛看也不看蕭戈，似乎只是無意提出兩個具有代表性的例子而已。

蕭戈剛剛因為咳嗽而潮紅的臉，顏色變得十分精彩。他猜想，以小廝的忠心，必然會將自己患病的緣由告訴素年，可他沒想到素年就這麼直白地拿出來諷刺了！這個女人，真是膽大妄為！

素年體貼地留出時間讓刺史大人的臉色恢復平靜，然後才慢悠悠地說：「大人的病情並不嚴重，這樣吧，小女子這裡有一副秘方，名曰神仙粥，治療風寒甚是管用。」

說罷，素年神秘兮兮地走到一旁寫方子去了。

說是神仙粥，其實也不是什麼秘方，不過是用糯米熬粥，再放入搗爛的薑、蔥煮沸，片刻後加入醋，立刻裝碗，趁熱喝下，然後上床蓋上被子以助藥力，須臾便會覺得胃中熱氣升騰，遍體微熱而出汗。每日早晚各一次，差不多兩日便可痊癒。

小廝看著這方子，愣了一下，然後才匆匆退下去熬粥了。

素年覺得應該沒自己什麼事了，蕭大人原本就是小問題，也沒什麼可治的。

「沈娘子。」倒是躺在床上的蕭戈以嘶啞的聲音率先開口。

素年看過去，表示自己有在聽。

「沈娘子，我不久便會搬離青善縣，刺史府裡所有人都會遷到渭城去。」蕭戈的語速很慢。

素年一下子反應過來，蕭大人這是升職了？

「渭城，比之青善縣更加富饒，且民風淳樸、地產豐富，有許多青善縣沒有的東西……」

素年想了想，她認識蕭大人也有些年頭了，這好像是他第一次說這麼多廢話，這話有些打廣告的嫌疑啊……蕭戈那邊還在慢慢地列舉著渭城的好處，素年的腦子也轉過了彎，他這是……想勾起自己再次搬家的想法嗎？

第三十六章　耐心不足

素年覺得甚是欣慰！她本以為，以蕭戈的性子，那肯定是直接強迫性要求她的，沒想到卻在這裡跟她細緻地描述渭城的繁華與美好，這是素年沒有想到的。

這是不是說明，在蕭大人的眼中，自己不再只是一個不需要任何思想的低賤醫娘了？

蕭戈的嘴不受控制地說著，他也不知道自己怎麼了，這明顯不是他做事的風格，可他在收到任職文書之後想了一下，居然發現自己做不到用命令的口吻強逼素年一同去渭城。是什麼時候有這種改變的呢？是什麼時候起他做不到那樣隨意下命令，只因不想讓素年的臉上露出他曾經看過的漠然？

「恭喜蕭大人！您什麼時候動身？到時候素年一定來給您餞行！」

素年笑咪咪的話讓蕭戈一下子住了嘴，他不相信素年居然如此輕易地就表態了，而且是拒絕了一同前往渭城。

看著蕭戈慢慢變冷的眼神，素年笑容不變，站起身。「小女子先告退了。蕭大人記得要按時喝粥，這樣才會恢復得快些，也不致耽誤您啟程。」一低頭，行禮，裙襬在她腳邊劃出一個圓潤的弧度，隨著她的轉身，翩然離去。

一直盯著素年的身影，直到再也看不見。蕭戈沒有意識到他的眉頭已經皺了起來，長時間的威勢，讓屋裡服侍著的婢女膽怯地將頭低下去。

「小姐，蕭大人是不是想我們也搬去渭城？」回去的路上，走到半路，小翠好像忽然反應了過來。

素年點點頭，表示讚許。「不錯嘛，都能聽出潛意思了。」

「那是，小姐教導得好。」小翠一點都不謙虛。

巧兒的臉上就多了些愁容。「可是小姐，您不願意去？」

「當然不願意！」素年說得斬釘截鐵。她是個宅女，宅女好吧？在青善縣好不容易安安穩穩待了三年，她已經對周圍的環境很熟悉了，要換地方，就要重新再熟悉，多麻煩啊！

而且，她是胸無大志的，青善縣已經能夠基本滿足她的需求，素年覺得，就在此養老也是個不錯的選擇。

「那……蕭大人他不會生氣嗎？」巧兒從蕭戈屋子裡出來的時候，走在最後面，都已經發覺了屋內的低氣壓，那可是刺史大人啊！惹怒了他，他們不會怎麼樣嗎？

這倒是個問題，素年撇了撇嘴。當初來青善縣，蕭戈強制性讓他們留下，自己是一點辦法都沒有，可現在不同，她能夠感受到蕭戈的改變，自己在這三年裡，似乎做得不錯。但……還不夠啊。素年仍然憂愁，她還沒有跟人家成為朋友一般的關係，這要是觸怒得狠了，還是得倒楣。

這麼糾結著，素年三人回到了墨河胡同。平常等在門口的不是魏西就是玄毅，今天倒好，遠遠就看到柳老略微佝僂的身影。

看到了素年乘坐的馬車，柳老急忙迎了上來。「徒兒啊，回來了？」

素年從車廂裡鑽出來，動作優雅地踩著小杌凳，慢悠悠地走下來，然後開始整理裙子，整理完了又理了理有些亂的髮絲，最後才面帶微笑地看著有些焦急的柳老。「回來了，師父。」

「哎……」柳老長舒一口氣，這顆心總算放下來了。他怕素年只是心血來潮，去了一趟刺史府後萬一又改變了主意怎麼辦？所以他才抓心撓肺地糾結著，一見她回來了，等不及就來確認一下，這下好了，柳老心中一塊重石總算放了下來。他這會兒只想著用最快的速度將柳氏針灸秘法全部傳授給素年才好，至於在青善縣待太久會不會被達官貴人排隊騷擾，他已經不去考慮了。

「對了，師父。」素年忽然想起來一件事——蕭戈對柳老畢恭畢敬的態度。她覺得，自己這次似乎真的找到了一個靠山。「蕭大人如果想要我聽他的，我又不願意，您能說得動嗎？」素年嘗試著詢問。

柳老眼睛一瞇，這小子，是打算對素年動手了？他就知道！自己的徒弟出落得這麼水靈嬌美，又有一手好醫術，刺史再怎麼樣他也是個男的，怎麼可能不動心？柳老忘了，在今天之前，素年還不是他的徒弟……

「他……是打算收了妳？」柳老更是小心翼翼地詢問。

素年差點吐血，這好端端的家庭醫生跟隨外派，怎麼就能讓他想得這麼猥瑣？看到柳老竟還一副義憤填膺的樣子，素年哭笑不得，只能將實情說出來，省得他越想越離譜。

「這麼說，他是想要讓妳跟著去渭城，妳不願意？」

素年點點頭。

「那就不去唄！」柳老滿臉理所當然的表情。

素年能夠理解，雖然大夫在這個時代地位很低，但柳老的名氣已經被大家所認可，人活在世，就不可能避免得了生老病死，越是地位高的，就越珍惜他們的生命，所以柳老，那些貴人是不敢得罪的，指不定以後還要仰仗他活命呢！可這麼超然的方法只適合柳老啊！要是素年也能這麼痛快地拒絕，又不用承擔後果的話，她還用像現在這麼糾結？

「妳不去才是正常的……」柳老在內院裡慢慢踱步，越想越不對。「他是妳什麼人啊？憑什麼還要求妳一塊兒跟著？妳也快及笄了吧？要是給人說了閒話，以後還怎麼找婆家啊？」

素年趕忙端起桌上的茶水壓壓驚，這考慮得夠深刻呀！她自己都沒想到這麼多，嫁人從來不在她的生活規劃內。

「不行不行，不能去！」柳老終於停了下來，作出了決斷。「我柳老的徒兒，可不是誰都能安排得了的！」

素年在一旁鼓掌。「師父威武！」如果柳老能出面，素年覺得，她可以暫時不用怕蕭戈會對她怎麼樣了。醫聖的徒弟，這個名號也許還是挺有用的。

柳老就在素年這裡住下了，前院多得是空閒的屋子，巧兒隨便收拾出一間，柳老甚是滿意。

「來來來，徒兒，為師開始傳授妳柳氏針灸秘法！」柳老興致很高昂。

可素年抬頭看了看已經昏暗的天空。「師父……這麼重要的秘法，一定要慎重，不如我們明日焚香沐浴，正式拜了師再說，可好？」

柳老一怔，才微微點頭，也是也是，是自己太心急了。

素年之前說什麼焚香沐浴，其實拜師根本不用這些。

小翠照素年的吩咐，端來一杯茶，素年請柳老坐在上座，巧兒在他面前放了個蒲團。

素年跪下去之前，柳老的心都是懸著的，然而素年臉上一絲徬徨都沒有，直直地跪在了蒲團上，端端正正地磕了三個頭，然後接過小翠手裡的茶盞遞上去。「師父，請喝茶。」

柳老只感覺自己的手在抖，這是期盼了多久的事啊？他屏住氣接過茶盞，只連聲說了三個「好」，然後仰頭喝了一大口才放下。

素年跪在那兒等呀等，這個時候不是應該說點什麼師門規矩之類的嗎？可柳老半天沒有出聲，她好奇地抬頭看了一眼，就看到柳老也正詫異地跟她大眼瞪小眼呢！

「那個……先起來吧。」柳老以為素年是在等自己叫她起來。

「師父，沒有什麼師門規矩需要我知道嗎？」

「規矩？喔，有的，好像就一個吧，憑心救人。如果妳覺得這個人值得救，那麼，就要傾盡全力救治；如果覺得不值得，就可以不救。」

素年這個汗吶，這跟她知道的醫德有衝突啊！有這種規矩嗎？

「先起來、先起來！」柳老心滿意足了，這個徒弟自己收得名正言順，等他入土為安之後，他應該能跟祖宗們交代得過去了。「那麼，為師就開始傳授了。」

「……師父，您看要不先吃個飯？」

早飯過後，柳老想，這回總不會有事情打擾了吧？素年也已經做好了學習的準備，卻不料，刺史府又來人了。

「沈娘子，大人、大人他不肯喝您開的神仙粥！」小廝滿臉著急，蕭大人那麼沈穩的一個人，從來沒有像現在這樣讓人擔心。

這又是搞什麼呢？素年瞥了一眼一旁快要暴走的柳老，無奈地嘆了口氣。「那我隨你再去一趟吧。」

「老夫也一同去！」柳老爆發了，這還沒完沒了了！他收個徒弟容易嗎？到現在還沒將柳氏秘法傳授出去一種呢！

醫聖的要求，小廝自然是不敢拒絕的，且柳老願意去更好，他不正在愁大人的身體嗎？

一路殺到刺史府，柳老氣勢洶洶地走在最前面，壓根兒都不用小廝通報，直接進了院子。素年跟在他的身後，聽見屋子裡傳出來的咳嗽聲似乎比前一天更加劇烈了。

「這是怎麼了？咳這麼厲害，沒有人伺候湯藥嗎？」柳老邁步走進內屋，皺著眉頭大聲地問。

蕭戈沒想到柳老也來了，連忙擺擺手，好一會兒才從咳嗽中緩過來。「小小風寒，不值當柳老憂心。」

「不是憂心你，是憂心我家小徒弟。聽說我徒弟給你開的藥粥你不願喝？怎麼了？覺得她的藥方有問題嗎？」柳老一點情面都不留，他還一肚子火呢！老老實實吃藥不就完了，搞什麼么蛾子？不就是素年丫頭不願意跟著去渭城嗎？還鬧脾氣了？

蕭戈沒忙著解釋，他還在愣著呢。徒弟？醫聖柳老的徒弟？是素年嗎？這是什麼時候的事情？

看到蕭戈不說話，柳老更來氣了。「也行，既然不滿意我徒弟，那老夫就親自給你開一副！」

說完也不等蕭戈反應，撩起袖子走到一旁開始振筆疾書，然後隨意地丟給一旁的小廝，大手一揮。「抓藥去！」

素年在柳老身後裝死，恨不得一點存在感都沒有才好，只可惜，蕭戈的眼神從聽到柳老的話以後就一直黏在自己的身上。

「這麼說，柳老收徒弟了？咳咳咳，真是可喜可賀，咳咳咳……」蕭戈簡單的一句話說得都有些困難，卻堅持著要祝賀一下。

「刺史大人客氣。老夫倒是聽說大人升職了，還沒有恭喜大人呢，等大人上任的時候，我們師徒倆一定好好地送送大人！」

「咳咳咳咳……」蕭戈正好一陣劇烈的咳嗽，咳得他脖子上的青筋都爆了出來。

看得素年有些心驚，師父是故意的吧？這種時候刺激人家。不過素年覺得有些解氣，師父這是在幫她擺明立場呢！她現在是醫聖柳老的徒弟，再不是當初那個需要低眉順眼、不斷安慰自己接受別人安排的小醫娘了。素年繼續裝死，反正她今天不是主角，有師父在，壓根兒不需要自己刷存在感。只不過，蕭大人的眼神有些帶刺啊……

等蕭戈的咳嗽略緩，屋子裡居然有些冷清了下來。

柳老的話都撂了下來，覺得自己也沒什麼好說的了，且藥方也開了，要不是他們才進來，他都想帶著素年回去了！但這裡怎麼說也是刺史府，不是酒樓、客棧，不能夠隨意地出入，經常在高官顯貴的豪門大宅裡瞧病的柳老這點面子還是要給的。

柳老不說話了，而蕭戈除了時不時咳嗽一聲以外，竟然也不開口了。

素年都要憂傷了，這靜默得讓人難受啊！

幸好，蕭戈那個忠心的小廝月松見自己將沈娘子和柳老都請來了，就急急忙忙去按照素年之前的方子熬粥。這會兒大家都比賽不說話的時候，月松及時地將神仙粥端了上來。

素年在心裡點讚，然後婉言勸道：「蕭大人，此粥十分對症風寒頭疼和發熱咳嗽，您不妨試試？」說完，自然地從月松手裡接過粥碗，用小勺在裡面攪了攪，讓熱氣稍微散得快一些，不至於燙嘴，然後才慢慢走過去，遞到蕭戈的面前。

蕭戈看著蒸騰著白煙的稠粥，垂著眼睛，視線轉移到拿著碗的那雙細膩到幾乎沒有紋路的手上。她不覺得燙嗎？心裡這麼想著，手已經伸出去將碗接過來了，果然，瓷碗依然很燙，月松很盡職地遵守著要趁熱喝的囑咐，剛出鍋就端來了。素年的指尖燙得微紅，她輕輕捏住耳垂來舒緩疼痛感，看到自己注視著她，便有些不好意思地笑了笑。

素年是粗心了，她沒想到這碗這麼燙，要是蕭戈再遲一會兒接過去，說不定這碗粥就會灑了，幸好幸好！素年嘴角邊有兩顆梨渦，微笑時雖然有些不顯，但笑得深了就會出現，讓她清麗的面容平添幾分甜美。

蕭戈無意識地將碗送到嘴邊，張口就是一大口，粥入了嘴以後才發現，燙啊！可他是刺史，不好不在乎形象，只得忍住吞了下去，原本就因為咳嗽而疼痛的喉嚨，這會兒直接沒了感覺。

偏偏素年還在一旁歪著頭問：「如何？味道還不錯吧？」

蕭戈面無表情地微微點頭，心裡卻在悲憤。什麼味道來著？我剛剛沒有嚐出來……

眼見大人肯喝粥了，月松心裡唸叨著佛祖。果然，自己將沈娘子請來是明智的，再加上剛剛柳老似乎也開了藥方，想必大人很快就會好的吧！

第三十七章　餞別禮物

一勺一勺地將粥送進嘴裡，蕭戈恢復了原本的冷靜。柳老會說那樣的話，顯然是知道了自己的打算，也知道了素年並不想去渭城。可就這樣放棄，蕭戈不甘心。他年紀雖不大，生平卻也沒什麼自己想要爭取的東西，結果好不容易遇到一個感興趣的了，人家卻不感興趣。

「柳老，聽說之前請您去瞧病的，也是在渭城？」

柳老抬眼，不動聲色地點點頭。

「真巧，我這次上任也是在那裡呢。若是柳老再去，請一定要讓我招待您。」

蕭戈慢慢將粥喝完，月松上前取走了空碗，並想按照素年說的服侍他躺下蓋上被子，但蕭戈揮揮手，表示不用。

柳老幾句話就明白了蕭戈的意思，還是不死心啊！

「素年丫頭，妳先出去，我有些話想要跟刺史大人說，總不能讓他帶病上任吧？」

素年聽話地點頭，轉身就走，卻在要出門之前回過了頭。「蕭大人，喝了神仙粥最好要蓋著被子助藥力，出一身汗就會好許多的。」

「行了，妳出去吧。」柳老揮手讓她趕緊走。

月松很有眼色地也帶著屋內的人都退下，並將門給關上。

「我這個小徒弟，很盡職盡責吧？」柳老沒頭沒腦地說了一句。

蕭戈不明所以，但還是點了點頭。

柳老的眼神轉回來。「所以，刺史大人覺得有意思了？這麼一個有趣的小醫娘，想著留在身邊應該挺好玩的？」

柳老臉上雖然帶著笑，蕭戈卻是一點都輕鬆不起來。他知道自己最好回答得謹慎些，誰也不知道柳老護起短來是什麼模樣，畢竟這可是他第一次收徒。「並不是這樣。」

「那是哪樣？」

「……」

「說不出來了吧？我這個小徒弟，什麼都好，就是對人一點都沒有防備之心，自己一個人帶著兩個丫頭討生活，沒人會幫她考慮以後的事情，但現在有我這個師父了，我就不能看著她一步一步陷入泥潭。」

柳老的神色很嚴肅。

「大人，您是什麼身分，素年丫頭又是什麼身分？將她一直放在身邊，您覺得妥當嗎？素年丫頭就要到可以成親的年歲了，再不可如此粗心大意，讓人說了閒話都不自知！」

蕭戈的嘴唇抿成一條線，一言不發，他只覺得胃裡有熱氣在往上冒，分不清是因為柳老的話，還是因為剛剛喝下去的粥。

「老夫言盡於此。對大人來說，我們這些醫者可能沒有什麼資格選擇自己的意願，就當老夫倚老賣老，請大人放過素年丫頭吧。」柳老說完，轉身往門外走去。

蕭戈的手握成拳頭，幾次想開口說些什麼反駁柳老，可話到嘴邊，他卻又不知道能說什麼，只能看著柳老慢慢走出去。

月松隨後低著頭進來，走到床邊一看，蕭大人的臉色陰得都能夠滴水了！這柳老究竟跟大人說了什麼呀？

「大人，沈娘子交代了，您最好是躺下靜養，這樣身子才能好得快。」月松提心吊膽地放輕了聲音，硬著頭皮勸說。本以為會遭到遷怒，月松的腦袋都有往回縮的動作了，卻不料蕭戈的身子開始動了起來，慢慢地將身子滑入錦被中，月松急忙上前幫他整理好，然後默默地站到一旁。

「以後，刺史府的事情妳就別管了，要再有人來找妳，師父我代替妳過來。」在回去的路上，柳老淡淡地說。

素年點點頭，心下知道師父大概是幫她說開了。這樣也好，雖然這個僱主很大方，作為上司老闆是沒得挑剔，可她並不想扯上私人關係。素年有自知之明，也知道這個時代跟她的前世在某些方面天差地別。如果，她說如果，她真的傾慕於刺史大人的話，以她的身分，大概當一個寵妾也就頂天了，但這可不是她的人生奮鬥目標。

做人小妾，確實也可以混吃等死，乍一看差不了多少，但素年有潔癖啊！她不能忍受自己未來的丈夫在自己眼皮子底下跟別的女人卿卿我我，她一定會忍不住去拿菜刀的。所以從一開始，她就沒有不自量力地肖想過刺史大人，那是不切實際的，素年比較喜歡腳踏實地。

接下來的兩天，刺史府倒沒有再派人過來，許是柳老的話起作用了。月松一面頂著無形的壓力，一面慶幸大人雖然黑著個臉，卻是不再抗拒喝粥、吃藥了。但醫聖不愧是醫聖，柳老開出來的藥方簡直了得，每日煎藥的侍女們都必須輪著來，當日負責煎藥的話，一整日絕對是什麼都不想吃的，那苦味，有人忍受不住，當時就泛噁心的。可蕭大人看到那漆黑的藥汁，卻是平靜地接過來，平靜地一口氣喝掉，似乎在喝白水一樣無所謂，這讓月松對自家大人的崇拜之情又提高了一個等級，大人果真厲害啊！

沒有多餘的人干擾，柳老每天就泡在內院裡，開始跟素年講解他們柳家代代相傳的針灸秘法。

「師父，我有一個問題。」

「說，哪兒沒聽明白？」

「不是，您怎麼沒生個兒子什麼的？柳氏秘法，我又不姓柳，您傳給我沒問題嗎？」

「……」

「要不然，我改個姓？柳素年？還挺好聽的，您覺得如何？」

「……」

「不過我是女的，以後就是有孩子了，可能也不能姓柳了……嘖，那怎麼辦呢？」

「妳學會了沒？通透了沒？這鬼門十三針可是專治百邪癲狂的不傳秘法，妳不認真地揣摩，在這裡想什麼亂七八糟的！」柳老暴躁了，這丫頭，是要氣死他呀？

素年趕緊遞了杯茶水過去。她也就隨便問問，難道戳中師父的弱點了？「師父，我記住了，真的，不信您考考？」素年並不是托大，這鬼門十三針她早已有所耳聞，那是祖先流傳下來的寶貴遺產，在中醫教科書中只有簡單介紹，中醫大辭典中也只介紹用來治療癲狂和精神病。然而，鬼門十三針卻實在是博大精深的，它的神奇之處在於——驅邪。

這聽起來可能有些迷信，但素年在前世看過許多例子，每一個都不能夠用科學的方法去解釋，神奇得不得了。於是，就算用不到，素年也很認真地將鬼門十三針學習了一下。

沒有想到，在千年前的如今，這個奇特的朝代裡，她能夠再次聽到這個名字。這裡的大夫對針灸並不如中國古代那麼推崇，只是當作可有可無的陪襯，在這種情況下，柳老能夠說出鬼門十三針的名字，足以讓素年震驚到無以復加。

可據說，鬼門十三針在古代屬於禁針，涉及因果，非大功大德者不可輕用，因往往會導致折損陽壽或是斷子絕孫，所以素年才會嘗試性地問一問題外話。

柳老的眼睛眯了起來，顯然對素年的態度不是很滿意，然後當真就問了起來。

素年自然是對答如流，甚至在有些穴位的針法上做出了細微的修改，結果倒是柳老陷入了沈思。

素年看著柳老在他自己的身上比劃著，心知師父正在琢磨，也就不打擾他，隨他去了。

啪！柳老過了好久，雙手用力拍擊了一下，臉上有著難掩的笑容，彷彿想清楚了什麼一樣。他正想跟素年分享一下心中的喜悅，抬頭一看，傻了。

素年腳下踩著暖爐，身上蓋著柔軟的毯子，手裡捧著顆桔子，吃得不亦樂乎，膝上放著一本書，從柳老的方向看去，還能看到插圖，明顯是閒書，而小翠和巧兒在她身邊一邊坐一個，兩人都拿著繡繃，聚精會神地飛針走線。

柳老一個恍惚，他之前是在跟素年教授針法的嗎？怎麼他覺得那麼不像呢？剛剛的拍掌聲，讓三人都回過神來，素年趕緊將書放到背後，手裡還剩下的三瓣桔子秉持著不浪費的原則，統統塞進嘴裡，然後鼓著嘴，裝作在認真聽講。

小翠和巧兒則一個給素年拍背，一個去拿茶盞，吃桔子，也是會被噎住的。

柳老都不知道自己應該說什麼才好了，想當年自己做徒弟的時候，雖然他的師父就是自己的親爹，可那真是不堪回想！怎麼到素年這裡了，好像很不一樣呢？

「師父？」素年做好了挨訓的準備，但柳老卻開始發愣，素年不禁輕聲喚了一下。

「沒事了。妳記住，雖然我傳授與妳鬼門十三針，但不要輕易使用。」柳老的聲音已平靜下來，不復剛剛的激動。這套針法，他希望能夠流傳出去，卻又不希望素年承擔後果。也罷，能有個人託付，不至於讓針法消失，柳老心中已經充滿感激了。「行了，我們再來看看別的。」

素年的日子突然變得無比充實，刺史府來人說蕭大人請沈娘子和柳老去一趟的時候，素年居然都有些將這些事情給遺忘了。

「對了對了，小翠，妳將上次我繡的那個小玩意兒帶上！」臨出門前，素年忽然想起來，她總不能空著手去送別人家吧？

「還帶什麼東西？」柳老不樂意了，一個小姑娘家，隨隨便便就送人東西，這很不合規矩的。

小翠跑出來，將素年之前因為好玩打發時間繡的一個小掛件遞過來。

素年拿在手裡，道：「有什麼關係嘛，要說這三年，我也受了蕭大人不少照顧，可不能因為規矩就翻臉不認人，規矩是死的，人是活的。況且不還有師父您在嗎？當著長輩的面送點小禮物，不過分吧？」

柳老無奈地搖搖頭，帶頭上了馬車。

蕭戈請他們來，相當於餞別宴了，素年壓根兒沒覺得她能有這個資格，估計是「柳老的徒弟」這個名頭讓她沾了光。刺史府門前門庭若市，各家的馬車停了一溜排，門房處登記禮物的地方熙熙攘攘，素年深覺自己來錯了地方。再看柳老，面不改色，眼睛都不亂瞟一下，揚著頭，長長的鬍鬚在風中搖擺，大大方方地走了進去，這才是醫聖的風采啊！素年低調地跟在身後，扮演柳老丫鬟的角色……

刺史府內，到處可見雲鬢香腮的夫人、小姐們，更多的則是官場上遊走著的人精們。柳老和素年被直接帶去了一個偏一點的小院子，讓他們稍作休息，侍女們奉上茶水、瓜果便退了下去，片刻之後，蕭戈的身影出現在院子裡。

「蕭大人。」素年從椅子上站了起來。

「招待不周，請勿責怪。」

「哪裡哪裡！蕭大人那麼忙，是我們打擾了。」

柳老在一旁直咳嗽，素年丫頭說起這種客套話來挺熟稔的嘛！
素年收到提示，退到一旁不說話了。
「柳老。」蕭戈拱手作揖。「多謝柳老的藥方，在下才能如此快速地恢復康健。」
「哼！」柳老不理他。自己開的藥方自己是知道的，那真是一副極度難喝噁心的方子，雖然藥效也有，可絕對是輕易不會開出來的。要是蕭戈真的一頓不落地全喝了，那柳老也不得不說一聲佩服，能忍別人所不能忍的，此子必成大器。
「在下明日前往渭城上任，思及這三年來多受沈娘子的照顧，以及柳老的神醫妙術，特請二位前來話別，希望有朝一日，我們能在他鄉重遇。」說這話的時候，蕭戈特別帶有針對性，他的眼神雖在兩人身上亂轉，但大多數，還是落在低著頭的素年身上。
素年被眼神壓得頭都抬不起來了，心想古人果然早熟得很，據說兩、三歲就開蒙了？這會兒蕭戈比自己看上去大不了多少，怎麼能有這麼驚人的壓迫感？
「咳咳……」柳老繼續咳嗽。
素年反應了過來，嘿嘿地傻笑。「一定一定！」
柳老直接就翻白眼了，他咳嗽不是這個意思好嗎？
不過素年也顧不得那麼多了，古代的話別需要做什麼她一無所知，要擱現代，那可是要喝酒、唱歌，能怎麼玩就怎麼玩，可現在呢？她應該做什麼來打破這種詭異的氣氛？有了！素年靈光一現，趕忙拿出一個小巧精緻的掛件。「蕭大人，這個是小女子的一點心意，還望大人不要嫌棄。」

在柳老的瞪視中，蕭戈頂著壓力將掛件接過去。這是一只水藍色的小靴子，裡面填充得滿滿的，各色絲線勾勒出靴子上的紋路，鞋底、鞋幫一樣不少，精巧可愛。

「這是何意？」

「祝大人平步青雲，步步高升！」素年的聲音特別的響亮，她早就已經想好了寓意，又貼切又吉利，簡直太應景了！

蕭戈似乎愣了愣，然後攥緊了這只靴子，嘴角似乎想笑，又覺得不大好，於是生生將冷峻的臉型憋成奇怪的樣子。

素年歪了歪頭，自己沒說錯話吧？

很快地，蕭戈已經調整過來。

「如此，便多謝沈娘子了，在下甚是歡喜。」

素年鬆了口氣。說實話，她原本不打算拿出來的，看看門房那裡堆積起來的禮品，粗略掃了一眼，都能發現裡面珠光寶氣，自己打發時間的一個小玩意兒，她還真不好意思。可好歹也算是自己的一份心意吧？再說了，這種氣氛簡直太沈悶了，師父從頭到尾都冷著個臉，一點也不買帳的樣子，素年只有靠送禮將氣氛推到高潮，然後，是不是他們就可以退場了？

素年想錯了，蕭戈收下了東西之後，確實打算離開，但他的意思是，讓素年和柳老跟他一塊兒走，說是打算將她以柳老傳人的身分介紹給其他人。

素年驚得不行，讓刺史大人為自己介紹？她可沒有那麼大的架子！

倒是柳老覺得這個主意不錯，一來為素年在青善縣奠定基礎；二來，也可以將他有傳人的消息放出去，以便斷絕一些有心人總想著給他送徒弟來。

既然師父覺得可行，素年便低調地跟在他老人家的身後，隨著蕭戈慢慢離開這個僻靜的小院子。

第三十八章　遠赴渭城

蕭大人需要親自招呼的，大都是有頭有臉的青善縣官員，裡面還有從別的縣城趕過來的，當素年隨著師父和蕭大人出現的時候，那些熱鬧的官腔都突然暫停了一下。

一個漂亮的小姑娘，看上去也並不像侍女的身分，她怎麼會出現在這個場合裡？有眼色的官員已看出素年的不尋常，單單是跟著蕭戈出現這一點就足以說明，更何況旁邊還有一個氣場不凡的老頭子。

蕭戈開門見山，先恭敬地將柳老讓到中間。「各位，這位是醫聖柳老，本官多次能逢凶化吉，多是仰仗了柳老相助。」

周圍一片譁然，醫聖啊！他們雖然沒有見過真人，但這個名號絕對是如雷貫耳的，妙手回春，活死人，肉白骨，有他出手，就是斷了氣的人都能給救活過來！

雖然傳言會有些失真，但柳老的醫術卻是不容置疑的，當自己或家人遭到病痛折磨時，要是能夠得到這麼一位大夫相救，那真是什麼代價都願意付出的。

於是，在被震驚了一下之後，場面頓時有些失控。各種套近乎的、讚嘆的、奉承的話層出不窮，柳老面無表情，完美演繹了高手應有的風範。

蕭戈讓大家平靜下來，接著介紹了素年。「這位沈娘子則是柳老的傳人，本官受到柳老的恩情，理應報答，現如今，沈娘子安居在青善縣，本官卻要離開……」

「蕭大人放心，下官必不負重託！」有人已經開始明志了。

其實壓根兒不用說後面的這些，光是醫聖的傳人，就足以讓所有人對素年另眼相看。沒想到柳老已經有傳人了，更沒想到的是，居然就在青善縣！

此起彼伏拍著胸口承諾的聲音，讓蕭戈心下滿意，就算自己離開了，素年應該也不會受到刁難了。

素年看著局面有些震驚，剛想繼續接著裝死，卻覺得有人在她的背後推了一下，力度並不大，但也讓她不自覺地往前走了兩步。是柳老，素年都不用回頭就知道。而面前這些官員們，皆因為她的動作而停下了話，紛紛望著她。

素年很快調整好面部表情，略帶著笑容，柔亮清爽的聲音慢慢逸出。「小女子在這裡多謝眾大人們的厚愛。」然後福了福身子，完了。

柳老看得直搖頭，這丫頭，一點都不會抓住機會！

這一趟刺史府之行，素年覺得格外的麻煩，總有不認識的人想要來跟她師父搭訕，失敗了之後，都會轉移目標到她這裡。素年不擅長這種事情，一度出現手足無措的場面，而柳老，就背著個手，站得遠遠地看著，一點都沒有要替她解圍的意思。蕭戈倒是有這個心，無奈他自己也在周旋著，分身乏術，素年只有靠自己，慢慢摸索著怎麼跟這些人相處，哪些話可以說、哪些不可以。自己不想回答的時候，乾脆就不說話，大家知道柳老的脾氣，他的徒弟能夠搭理他們，已經是覺得不容易了，自然也不會有什麼怨言。

從刺史府裡出來，素年身心俱疲，來到這個世界，她還從沒有這麼辛苦過，喝薄粥就鹹菜的時候也沒有。

柳老一直看著素年的反應，等她稍微緩一些過來，才恨鐵不成鋼地「哼」了一聲。

素年都無語了，她才想「哼」好不好？作為自己的師父，那種混亂的局面都不來搭救，還很鄙視的樣子？

「太嫩了，妳看看妳剛剛的表現，以後怎麼在官場裡混？」柳老絲毫不掩飾自己的嫌棄。

「我又不做官，幹麼要應付那些人？」

「妳師父我做官了嗎？」

「……」素年不說話了，柳老處處受人尊敬的表象，經常會讓她忘記醫者的地位。

即便是柳老，即便很多人都對他客客氣氣、尊尊敬敬，可他仍舊會違背自己意願，被高官顯貴所制約。強制性治病、強制性約束，這些都是醫者無法反抗的，所以柳老無奈，只能利用這樣的關係，讓那些貴人們之間相互牽制——想讓我治病？可以，也是有條件的，幫我限制住其他的官員。

這之間的關係錯綜複雜，素年才聽了個大概，就覺得腦子裡一團亂了。「師父……」

「真沒用！」柳老看了一眼可憐兮兮地癟著嘴的素年。「妳以後可是要繼承我的名號的！」

素年無所謂地撇撇嘴，到時候再說吧。透過這件事，素年進行了深刻的反思，她似乎將事情想得太簡單了。曾經的規劃，就是看病接診，逍遙自在，但師父說了：妳想得美！

地位顯貴的人來求醫，作為醫者，是沒有拒絕的權利的，就算那人無惡不作，妳再心不甘、情不願，也不能違抗。這其實是很悲慘的一件事，不過師父也說了——

「妳可以先不用想那麼多，妳跟為師，還是有本質性的區別的。」

素年就開始絞盡腦汁地想，什麼區別？難不成自己的醫術跟他有什麼明顯的差異？

「妳還能再笨一點嗎？我怎麼覺得這個徒弟收得有些虧呢？」柳老對著天翻了個白眼。

「妳是女子啊，以後是要嫁人的！到時候嫁個豪門，哪還用看人臉色？」

「醫者能嫁入豪門？」素年聽不懂了，到底是誰笨？

「……」

蕭大人終於還是離開了，沒有了每月定期的診斷，素年的日子卻並沒有清閒下來，除了柳老會跟她研究討論醫術之外，還不斷地有人上門來請診。

都是衝著醫聖的名號找上門來的，柳老煩不勝煩，一個都不想理睬，素年卻擔心是不是真有重病患者等著治療，既然師父不願意，她就每次都獨身一人前往。

能請到醫聖的傳人也不錯，這些大小官員們心中很知足，而且，這位沈娘子看起來很好相處的樣子，比起她的師父，絕對是平易近人。

每一次出診，素年都會敗興而歸，基本上除了躺在床上裝病哼唧，就只剩一些小毛病，不吃藥過兩天就可以好的，然後自己啥都沒做，人家就一副感恩戴德的樣子，又是豐厚的診金、又是要宴請答謝，搞得素年疲憊不堪。回到家裡，還要面對師父的嫌棄——

「怎麼樣？讓妳不要去了吧？」

素年躺倒在搖椅上，巧兒輕輕在她身後給她揉捏肩膀，小翠衝向廚房，將一直冰著的、剛研究出來的綠茶味布丁端出來，讓她提神醒腦。淡淡茶香，又有牛奶的濃郁，讓素年暫時放鬆了神經。

「可是師父，萬一真有患者誠心來求醫，我卻因為這種原因不去診治，等我知道的話，我會非常非常內疚的。」素年嘴裡咬著小勺子，說得含糊不清。

柳老看著她，素年臉上的疲色還沒有完全褪去，明明比自己還討厭應付這些人，但她卻仍然忍著，不厭其煩地接受一個又一個看起來就不可靠的求診。曾經自己也有這份仁心，但不知道從何時開始，他變得不耐煩了，不願意去跟這些人接觸，寧願四處漂泊躲著，更是不去想是不是有人徘徊在生死邊緣卻遍尋不到自己時的痛苦……

素年覺得很是神奇，從那天開始，一直事不關己的師父，在有人前來求診的時候，竟然答應了！這真是匪夷所思！柳老還不讓素年跟著，說是自己很快就會回來的。

素年在家裡等著，心裡總有些不好的預感，可柳老回來得也確實早，且從他臉上什麼端倪都看不出來，素年只能耐心等待。

然後，排著隊來家裡求診的人開始慢慢地減少了，素年後來一打聽才知道，柳老但凡去診斷，都無比的嚴肅認真。明明對方只是裝病找個理由，在柳老的診斷下，也必然能夠找出一堆不適之處。有的開了藥方，有的則直接上銀針，還一定挑疼痛感會強烈的穴位。

素年知道，柳老開出的方子和針灸的穴位肯定是有療效的，但卻也不是必然的手法，那些裝病的人叫苦不迭，可又不敢質疑。柳老可是醫聖吶，他的話誰敢不信？於是藥汁再苦、針灸再疼，也只能咬著牙受著。

素年足足笑了有半分鐘，這招太狠了，她就知道，師父出馬，一個頂兩！

日子慢慢恢復了平靜，素年發現，柳老教授給她的一些針法，有的她有所耳聞，而有的她卻是根本沒聽過的。這些都是她夢寐以求的失傳古方，素年一頭扎了進去，如同海綿一樣吸收著，讓柳老欣慰不已。

柳老不知道用什麼方法，找來了一個粗糙的人形，跟現代的針灸銅人是不能比的，但素年已經很滿足了。她早就想實踐一下新學到的手法，天天拿著銀針在自己身上比劃，看得小翠和巧兒心驚肉跳，這個人形正好解決了眼下的難題。素年每日在人形上練習著，一點一點豐富著自己的知識。

如此大概過了有兩月之久，這日，忽然有人找上門來，點名要見柳老。

那人看到柳老之後，立刻雙膝跪地，重重地磕了個響頭。「神醫啊！求您再發發慈悲，救救我家少奶奶吧！」來人名叫引泉，是黎州太守渝府上的小廝，他口中的少奶奶，就是嫁入了渝家的清妍姑娘。

連清妍，連縣丞的嫡長女，出落得空靈毓秀、知書達禮，被渝府的長房之子娶了回去，可這位渝少爺原先房裡就有服侍的人了，又是從小一直跟在身邊的大丫鬟抬上來的，情分自然是不差。連清妍也不是善妒之人，丈夫有一、兩個房中人也是情理之中，她入府後並沒有行打壓之勢，反而叮囑了幾個妹妹一同照顧少爺。純美靈動的容顏，加上善解人意的性子，如何能抓不住丈夫的心？渝少爺頓時心生憐意，主動疏遠了幾個侍妾，跟連清妍一時間倒是和和美美。可幾個丫頭不樂意了，她們覺得這連清妍太有手段，這分明是以退為進的把戲，偏偏少爺還就吃這一套，要是讓她再專寵下去，還有她們什麼事啊？於是，連清妍中毒了。

「為師前些日子就是為這位連姑娘解毒去的，好好一個水靈靈的小姑娘，生生被毒藥折磨得不成人形。」柳老嘆了口氣。

「柳老，多謝您為我家少奶奶解毒，讓少奶奶從昏迷中甦醒過來，也能進食了。可從那之後，少奶奶總說聽到蟬鳴，大家卻都聽不見。少爺以為少奶奶只是身體沒有恢復，所以才會有這種感覺，可這都好幾個月了，少奶奶卻一直被所謂的蟬鳴困擾著，這段時間甚至還出現了頭暈、頭痛的現象。」引泉臉上表情焦急。少奶奶早已失了嬌美可人的容貌，渝少爺也覺得她整天一驚一乍的，有些煩了，再這樣下去，少奶奶可怎麼辦？

素年心裡一沈，之前是因為中毒，現在出現持續的蟬鳴聲，再加上頭暈、頭痛，很明顯是神經性耳鳴的症狀。患上這種症狀的人，往往痛苦不堪，因耳鳴會讓人產生焦慮、抑鬱，尤其連姑娘現在的處境，一個不好，很容易會生出輕生的念頭。況且，神經性耳鳴在現代都是世界醫學界的難題之一，畢竟連發病機制都無法弄清。針灸倒是可以緩解，可仍會反覆。

柳老聽引泉說完後，只思考了一會兒，便打算跟他再去一趟。

「師父，我也跟您一塊兒去。」

柳老轉身，看到素年躍躍欲試的表情，臉上的神色有些奇怪，半晌才問：「妳記得我之前去的地方是哪裡嗎？」

「渭城啊！」素年記得清楚，隨即搖搖頭道：「師父，我是去治病的。」

好吧。柳老大步走出去，讓素年收拾好以後就出來。對嘛，就是去治病而已！

這次出遠門，魏西提出要一同前去，說是上一次自己一個人看門太無聊了。玄毅無所謂，既然他想去，那自己就留在這裡看家好了。

「丫頭，既然做了我的徒弟，那妳最好要有心理準備。」馬車上，柳老說得語重心長。

「什麼準備？」素年緊張起來，怎麼聽起來這麼嚴重的樣子？莫非需要什麼非常規的手段？

「成名的準備。」

柳老一點都沒有開玩笑的意思。「為師的傳人，也就只有妳一個了，就算妳不願意，也會被為師的盛名所累，這是不可避免的。」

素年頓時就洩了氣，確實，她現在暫時還沒有做好這種準備。

「妳雖然是個女子，可也會慢慢被世人知曉，妳要知道，女子行醫本就比尋常更為不易，所以妳要開始習慣，習慣讓所有人都敬畏妳。」

「……我儘量吧。」

「能不能說得稍微讓為師放心一點？」

「能。」

「……」

渭城，如同蕭戈說過的，是一個更加富饒的地方，城門口居然有重兵把守，顯然是一個很重要的城市。素年乘坐的馬車接受了檢查以後順利地進城，然後直直地朝著太守府駛去。

小廝引泉已經先他們一步回去了，說是要準備準備。其實素年知道，他只是想將這個好消息帶回去，讓連姑娘生出些期待。

太守府的門口，魏西充當小廝去請求通報，被好生打量了一番，主要是魏西的身材過於魁梧，門房第一遍光顧著看了，都沒聽清他說了什麼。

柳老和素年從馬車上下來，靜靜地等著。

很快地，太守府內傳出了騷動，出來的卻並不是引泉，而是一位看上去等級更高的人。來人穿著體面的緞面衣袍，頭髮梳得整整齊齊，見到柳老時，臉上的笑容好像見到親人那樣的熱烈。

「不知醫聖大駕光臨，有失遠迎！快，裡面請！」

柳老只微微點了個頭，表示他聽見了，然後抬腿就往裡面走。

那人也不惱柳老的敷衍，仍舊笑成了一朵花，隨即便看到了柳老身後的素年。

素年目不斜視，對那人臉上的疑惑視而不見，跟在師父的後面就往裡面走。她是跟著師父出來的，可不能丟人了。

那人也不好攔著，聽說柳老收了個傳人，也不知道是不是眼前這位，於是忙加深了笑容。「裡面請！」

柳老是來瞧病的，便直接詢問連清妍現在身在何處，那人似乎知道柳老的脾氣，便在前面引路，將他們直接帶到了連清妍現如今正在養病的院子。

一般生了重病，特別是家裡有老人和孩子的，都會特別注意不要過了病氣，可素年沒想到，堂堂太守長房的少奶奶，居然被挪到了這麼個冷清的角落裡！為什麼？不是已經查清楚連清妍是被下了毒的嗎？不是說那幾個侍妾已經被杖責趕出去了嗎？那為什麼連姑娘還混得這麼慘？

第三十九章　歪門邪道

院子內的藥味經久不散，院子內，看不見幾個服侍的身影，素年卻隱約聽到了有些耳熟的聲音——

「小姐，您別這樣！小的已經去請醫聖柳老了，他也答應了，很快就會來將姑娘治好的！少爺那裡……您也別在意了，養好了身子是正經啊！」

說話的正是引泉，可他的苦口婆心只換來一聲碎瓷的聲音，緊接著就是引泉的驚呼——

「小姐！您別做傻事啊！」

將素年二人引過來的人快步上前，一把將門推開，只看見一個柔弱的身影倒在地上，手中緊握一片碎瓷，已經將她的指尖割破，看樣子，她還想用瓷片往自己的耳朵方向扎。

「馬管家，少奶奶不是有心的！是、是小的沒拿穩這只杯子，少奶奶想幫小的撿……也不是，是、是……」引泉看到馬管家的身影，立刻語無倫次起來，可眼下這個狀況，壓根兒不是他能夠解釋得清的。

馬管家臉色不好，不著痕跡地瞄了一眼柳老和素年，發現他們並沒有什麼反應，這才鬆了口氣，板下臉就要斥責引泉是怎麼做事的。

「出去。」柳老忽然發話了。

馬管家一愣，剛想開口讓引泉出去，就發現柳老的眼睛是盯著自己的。「是，是是！」

馬管家立刻躬身，慢慢地退了出去。

「你，也去門口守著。」

引泉看到柳老這次是朝著他發話，也不敢怠慢，將連清妍扶起來坐回貴妃榻上，然後趕忙也退了出去。

屋子裡就剩下低著頭的連清妍和素年幾個人。

「妳去。」柳老忽然變得惜字如金了，看著素年，朝連清妍努了努嘴。

素年走過去，小翠搬了張凳子讓她坐下。

「連姑娘。」

連清妍恍若未聞，仍舊低著頭。

「妳剛剛的那片碎瓷，是對準耳朵的吧？」素年用的是肯定的語氣。

連清妍猛然將頭抬起。

素年心裡一陣可惜。能看得出來，連清妍原本有多麼清麗柔美，只是此刻的她，皮膚黯淡到沒有一絲色澤、乾枯暗黃，濃重的黑眼圈將她的眼睛突出得有些嚇人，嘴唇竟然泛著淡淡的青色，好似一隻女鬼一般。

「蟬鳴讓妳很難受吧？我聽說，患有這種病的人，寧願自己聽不到，也不想要整日整夜受到這種鳴叫的痛苦。」

連清妍忽然激動起來，一把抓住素年的雙肩。「妳說這是一種病？不是我臆想出來的？」

素年很確定地點點頭，看到連清妍眼中光芒大盛。可很快地，她眼中的光芒又黯淡下來，兩隻手從素年的肩膀上滑落。

「可他們不信，誰都不信，說我已經瘋了，說我是不祥之人，會拖累昊天……」連清妍好似在喃喃自語。「只有引泉一個人相信，除了他，所有人都覺得是我的問題……趕出去幾個侍妾又如何？因為我成了現在這副樣子，他們又給昊天納了一房貴妾，長得漂亮，性格又溫順，就好像曾經的我一樣……」

素年有些不忍再聽下去了，連清妍說到最後，如同一縷遊魂般，茫然、不知所措。這就是這個時代的現狀，素年閉了閉眼。女子如同浮萍，她們要依靠獲得丈夫的寵愛過活，失了寵，就好像失去了整個世界一樣。而身為男子，卻可以找一個又一個能讓他動心的女子，沒有人會指責，樂此不疲。所以素年從一開始就不抱有任何希望，哪那麼容易能遇到禁得起誘惑的男子？哪就那麼幸運能輪到自己？

素年的沈默讓柳老覺得心驚，他活了一把年紀了，竟然能從這個小丫頭身上感受到如此強烈的滄桑，這什麼情況？素年丫頭什麼時候有這麼悲觀的情緒了？

外面的院子裡漸漸出現騷動，有人輕輕叩響了房門。「柳神醫？我們家老爺請神醫移步前廳品茗。」

柳老壓根兒當沒聽到，站在那裡動都不動。

結果叩門聲加重了，可能是覺得剛剛力度小了，柳老沒有聽見。

「吵什麼吵？老夫是來治病的，不是來喝茶的！」柳老的脾氣爆發，直接開口吼了出來。

敲門聲戛然而止，裡裡外外一片安靜，接著，有窸窸窣窣的聲音越行越遠，估計是去報信了。

「師父……您嗓門克制著點，徒兒我是習慣了，但嚇到連姑娘怎麼辦？」素年掏了掏耳朵，她師父的中氣可真足。

連清妍確是嚇了一跳，她還沒見過有人可以這麼大聲地吼，還是對著老爺身邊的貼身小廝，一時間，她甚至都忘記了一直讓她頭痛欲裂的耳鳴。

素年乘機拉起連清妍的手診脈，脈象沈細無力、身體消瘦、氣血不足，明顯沒有調養好，臉色慘白，應該還伴有貧血。原本身子就因為中毒而虛弱，這下更是消瘦到可怕。

「連姑娘，妳說的那些蟬鳴聲，皆是因為之前的毒藥引起的內耳損傷，所以神經纖維的電生理改變了，才會出現這種情況。」

連清妍聽不懂，她只知道眼前這位看上去比自己要小的女子，是醫聖的徒弟，她現在在跟自己解釋她患了一種奇怪的病，所以她聽不懂是正常的。

素年也沒打算要她聽懂，向病患說明原因只是她的習慣而已。「我會給妳進行針灸治療，可能有些疼，妳願意嗎？」

「願意！」連清妍立刻表態。別說是疼了，要她怎麼樣都行！只要不再有沒完沒了的聲音，她都是願意的！

素年明白耳鳴的痛苦，當即就準備給連姑娘施針，可這會兒，院子裡又開始騷亂起來。

「哈哈哈哈……柳老，老夫知道您愛喝君山銀針，費了牛鼻子的勁才弄來了這麼一點點，您可要賞臉啊！」伴隨著洪亮的嗓音，屋子的門被人推開了，一個穿著紫色直裰長袍、腰間繫著同色金絲蛛紋帶、腳踏雲紋厚底皂靴的中年人，邁著大步走了進來。

連清妍趕緊站起身，用絲帕將臉上的淚痕擦掉，身形有些不穩地福身。「爹，您來了。」

來者正是黎州太守渝光耀。他聽聞醫聖柳老入了府，就一直等著人通報，結果馬管家來說，柳老直接到連清妍這裡了。渝光耀早知柳老的脾氣，也不計較，反而差了身邊的小廝客客氣氣地來請，卻沒能請得來，反而被暴喝一頓，於是，渝光耀只得親自前來。

柳老扭過頭。「多謝渝大人惦記。」

「哪裡哪裡！那我們先去前廳吧？我讓人煮了一罐珍藏的竹葉雪水，用來沖泡君山銀針是最好不過了。」

「丫頭，妳覺得如何？」

柳老沒有表態，反而問向站在連清妍旁邊發呆的素年。

「不如何。連小姐的病沒治好，徒兒沒有心情喝茶，若是師父覺得喝茶比病人重要，徒兒也不反對。」

連清妍的眼珠子開始往外瞪了，這、這……這是什麼口氣？平淡到略帶嘲諷，絲毫沒有徒弟應該有的尊重和敬畏，這可是醫聖啊！

渝光耀的臉色也開始發青了，他只能瞪著人不像人、鬼不像鬼的連清妍，彷彿如果柳老會生氣，都是她惹出來的一樣！

誰知，柳老卻只是挑了挑眉，然後看向渝光耀。「不好意思，渝大人，連老夫的徒兒都這麼關心連姑娘，老夫可不能這麼沒有醫德。」

「呵呵，柳老說笑了……」渝光耀的笑容有些尷尬。上門來治病的大夫都這麼關心連清妍，作為她公公的自己要是還執意邀請柳老去喝茶，確實有些不近人情了。可柳老上一次來的時候，似乎並不是這種體恤人的性子啊！是因為他新收的這個傳人嗎？渝光耀將眼神轉到這個脂粉未施卻透著一股子絕色的小姑娘身上，冷靜的神情、榮辱不驚的氣勢，怪不得能讓柳老看上。不過，這個小丫頭對自己一點敬畏之心都沒有，這讓渝光耀心裡有些不舒服。

「爹？」門外又有人走了進來。

「昊天……」

素年聽到連清妍微不可聞的聲音，眼中的情愫彷彿都要溢出來一樣。可素年左看右看，真沒覺得這個渝昊天傑出在哪裡？光外貌的話，別說劉炎梓了，就連蕭戈蕭大人都及不上啊！莫不是內在讓人傾慕？素年的想法很簡單，能讓連清妍芳心沈淪得如此徹底，渝昊天怎麼說也得有特別出眾的地方才說得過去。

可她忘記了，連清妍已經嫁給了渝昊天，已經沒有了任何退路，不管渝昊天是什麼樣，那都已經是她唯一能夠依賴的天，她沒得挑。

那邊，渝昊天給渝光耀請了安，又跟柳老客套了一番，看柳老不怎麼搭理他，才將目光挪到連清妍這邊，只不過，首先映入眼簾的，是素年清麗脫俗的身影。她靜靜地站在那裡，瓷白的臉龐好似會發光一樣，尤其是在連清妍慘白暗沈的臉色襯托下，更顯得瑩瑩生輝。

「這位，想必就是醫聖柳老的傳人吧？如此一看，果然不凡。」渝昊天臉上滿是讚嘆。

素年注意到，連清妍臉上一閃而逝的期待，心裡對這位渝大少爺更覺得不耐煩了。自己的老婆在這兒，還生著病呢，居然第一個注意到的是她這個不相干的人，果然不是什麼好男人！「渝少爺謬讚了，小女子之前還正想問渝大人您的行蹤呢，畢竟連姑娘的病，還需要渝少爺配合。」

「喔？是這樣嗎？」渝昊天這才看向自己的妻子連清妍，眼中帶著疑惑。

連清妍同樣疑惑地望著素年，沒聽說呀！剛剛素年只是幫她診斷了一下，並沒有進行治療，她這會兒仍然能聽到一陣一陣的蟬鳴聲。

「柳老，確實是要犬子相助？」渝光耀也有些奇怪，昊天又不是大夫，他能幫上什麼忙？

柳老不回答，淡定地看著素年。

「連姑娘說她一直能夠聽到蟬鳴，這是因為前些日子中毒所致，毒素讓她的耳朵產生了異常。我聽師父說，渝少爺跟連姑娘恩愛互敬，是以此事由渝少爺來做最合適不過了。」素年笑容恬淡，慢慢地解釋。「我會為連姑娘施針來緩解這種鳴響，渝少爺所要做的，就是為連姑娘的幾處特定穴位按摩，因為力度是有講究的，丫鬟們無法達到要求，但以渝少爺跟連姑娘的感情，必定不會有問題的。」

素年話裡話外都點著渝昊天，提醒他跟連清妍曾經也有過甜蜜的時光，再看她現在瘦弱虛脫的樣子，心裡便生出了不少憐惜。「既如此，就請小娘子費心了。」渝昊天應承下來。

連清妍的神色微變，眼睛裡有水光溢出。「多謝夫君。」她聲音裡，竟有激動的顫抖。

「不是說有君山銀針嗎？」這時，柳老忽然開口。

渝太守立刻回了神。「當然，請！」

柳老離開前，瞥了素年一眼。這丫頭，自己什麼時候說過那些話？什麼恩愛互敬？他哪會在意那些有的沒的？一會兒再找她算帳！

師父和太守大人離開了院子，只剩下渝昊天，素年請他在屋外稍等片刻，自己先給連清妍施針。

連姑娘的情緒一直沒有平靜下來，素年盡力想要理解她的思維，卻發現有些困難。「連姑娘，妳就不生氣嗎？」

連清妍還沒緩過來呢，不能理解素年口中的「生氣」是什麼意思？她的臉頰上還掛著清淚，有些茫然，是對誰生氣呢？

「妳的夫君，在妳這麼艱難的時候，不但不體恤妳，還納了一房妾！看看妳現在住的地方，是少奶奶應該有的待遇嗎？」

「都怪妾身不爭氣……」

「跟妳有毛關係?!」

「毛……什麼？」

素年恨鐵不成鋼！她就是覺得不爽，看不見就算了，又不是什麼萬中選一的青年才俊，連清妍也太沒出息了，這麼個人就能讓她的情緒起這麼大的波動！素年也不坐在凳子上了，直接就靠著連清妍，坐上了貴妃榻，跟人家很熟似地搭上了她的肩膀。

小翠恨不得上去將素年的那隻胳膊扯下來！小姐呀，這會兒可不是在自己家裡，沒見連姑娘驚訝得眼珠子都不會轉了嗎？

素年卻不管，一把將連清妍的頭拉近些。「連姑娘，妳這樣可不行，太被動！女人嘛，能用的手段也就那幾樣，妳要是不用，就太浪費了！」

「……」

「妳看，我機會都給妳爭取過來了，一會兒我會將治療的穴位告訴渝少爺，當然，還會多加幾個，對妳的病情雖沒有多大的幫助，但絕對會有妳意想不到的作用。妳呢，每日渝少爺為妳按摩穴位的時候就機靈點，整日這麼黏黏糊糊的，沒什麼感情是培養不起來的！」

小翠往後退了退，往窗戶旁邊看了看，確定沒有人會聽到這番話才放下心，將巧兒拉到一旁。「一會兒出了這門，咱們死都不能承認小姐有說過這話！」

素年滿臉黑線。「小翠啊，妳聲音太大了，妳小姐我都聽到了……」

連清妍還沒有從深深的震撼中恢復過來，她腦子裡嗡嗡地響著，跟平常的嗚響截然不同，是屬於受了嚴重刺激以後的反應。她聽到了什麼？這位沈娘子是當著太守的面信口雌黃嗎？原來壓根兒不是真的需要夫君出手，只不過是沈娘子為了她而想出來的法子？這事對連清妍絕對是一種震撼，她的世界裡從來沒有計謀的存在，即便受到現在的待遇，她也只是含淚埋怨自己不爭氣。

「哭什麼呢？成不成一句話，要是連姑娘沒有這個心思，那我就是再折騰也是白費，不行我就省點力氣。」素年看著連清妍不說話，光是哭，急了。外面渝昊天還等著呢，她們沒多少時間可以浪費。剛說完，就覺得自己的手被緊緊地抓住，力道之大讓素年都皺眉。連清妍不是身體虛弱嗎？哪兒來的力氣啊？

「沈姑娘！您的大恩大德，清妍沒齒難忘！」連清妍是單純，卻不是真傻。沒人願意再過之前的生活，在受到冷落過後，連清妍怕了，若是以後夫君都不再寵愛自己怎麼辦？若是那個新納的妾完全抓住了夫君的心怎麼辦？自己以後是不是都要在這種偏僻的院子裡待著？或是再被人陷害，最終無聲無息地消失？

出嫁從夫，連清妍的娘家又不是什麼顯赫的家族，父親見到太守大人都是誠惶誠恐的，更談不上為自己撐腰。從小在閨中備受寵愛的連清妍，忽然從心底生出了堅毅，她要靠自己，她不能再那麼糊裡糊塗了。為了以後的日子，她要開始學會為自己打算！

素年點點頭，從手背上的力道，她完全感受到了連姑娘的決心，可……太疼了！素年奮力地一根一根將她的手指掰開，才重重地嘆了口氣，自己白嫩的手上已經開始泛出青紫。

「我要怎麼做？」連清妍眼中滿是堅定。

素年簡直不知道這個剛剛還因為渝少爺的一點關注就淚眼迷濛的姑娘，是怎麼蛻變得如此迅速的？

「這個，連姑娘自己把握吧。好了，我們開始抓緊時間施針，連姑娘的蟬鳴聲，想必很困擾吧？」

素年讓連清妍側躺下來，從小翠早已鋪開的針灸包內取針。聽宮穴直刺一寸兩分，用撚轉刮針的手法；翳風穴，同樣是刮針的手法；頰溪穴，常規針刺，短促行針。

連清妍只覺得蟬鳴之音彷彿變弱，整個人一下子放鬆下來，多日不得的清淨讓她感動得幾乎流淚。

等素年將銀針起出，連清妍的臉色已好了許多。倒不是自己真就那麼神奇，只是連日困擾她、壓在她神經上的憂思愁慮減輕了不少，她想通了、有了明確的目標，心情自然就會好上一些。

小翠開門，請渝少爺進來，她和巧兒卻站了出去，也不走遠，就守在門口。

渝昊天見連清妍爽利了許多的樣子，心中讚嘆，醫聖的傳人，果然名不虛傳，這才多長時間，清妍的臉上就似乎亮堂了不少！

「渝少爺，現在我就將每日需推拿按摩的穴位告知與你，連姑娘只要不間斷地施針、按摩，很快會恢復康健的。」幫著連清妍將外衣除去，素年隔著衣衫將幾個穴位一一指給渝昊天看，這些穴位大都在耳朵上，內耳、神門、腎、屏間、枕等。

不過，素年又加了幾個。「胸口的天池穴和天溪穴，連姑娘有胸悶氣喘的症狀，這兩個穴位在這裡……」她在連清妍的胸口比劃了一下，還手把手地指導渝昊天如何找準穴位，並且一臉嚴肅地說：「穴位必須找準，否則功效就沒有那麼顯著了。小女子對穴位的位置熟悉，渝少爺則不然，所以，在按摩的時候，需要將衣衫除盡，方能找準位置。」

連清妍早已紅了臉，渝昊天也是滿臉不自在，可無奈素年非常認真，板著臉，說得一本正經，絲毫沒有開玩笑的意思。

「湧泉穴在腳底，連姑娘，請將繡鞋暫時除去。」湧泉和足三里也是十分重要的穴位，素年倒是沒有亂加，不過這兩個地方也是敏感部位而已。「每日兩次，力度就如我剛才所說的，輕重緩急需要控制住。想來除了連姑娘的夫君，沒有人能夠勝任得了，還望渝少爺慎重。」

渝昊天連連作揖，表示他一定親力親為，請素年放心。渝昊天也覺得有些意思，這還是他第一次做這種事情，通常生了病就是吃藥，沒想到連清妍的身體想要恢復，自己也要出力。看著連清妍信任的眼神，渝昊天竟然生出了一種責任感。

素年點點頭。「我會再開一副養心寧神湯，每日一劑，連服二十八天方可見效。小翠！」

門被迅速推開，小翠和巧兒快步走了進來，小翠按照素年的吩咐去交代藥方了。

巧兒則打算上前幫連清妍整理衣服，從素年身邊走過時，巧兒只覺得腳下有東西一絆，差點撲出去，幸好素年眼疾手快地將她拉住。

「妳這丫頭，好好的路都走不好，笨手笨腳的！」素年難得地責備她，卻在背對著渝氏夫婦的時候跟巧兒擠眉弄眼。

巧兒心想，果然不是自己看錯，剛剛不著痕跡伸腳絆自己的，分明就是小姐嘛！她趕忙低頭認錯，然後特別乖巧地往旁邊一站，眼觀鼻、鼻觀心，什麼都不做了。

素年當然也不會多事。

渝昊天見清妍的動作緩慢，忙伸手幫她將衣服穿好，遠遠看去好似一雙璧人一樣和美。

「明兒我讓母親送些丫頭過來服侍妳，之前那些都打發出去了，早該添置的，是母親疏忽了。」渝昊天自然而然地開始關心清妍。

連清妍自是安慰道：「不礙事，左右我這裡也沒太多的事，母親事務繁忙，顧不過來也是有的……」

素年帶著巧兒往外走，將這個小院子留給這對小夫妻。

走到院外，抬頭仰視藍天，素年在想，自己是不是在做無用功夫？她只是看不過連清妍這麼可憐兮兮的樣子，卻也知道，別看這會兒渝昊天稍微有所改變，可男人的本性，是無法改變的。就算連清妍重新獲得渝昊天的疼寵，那又怎麼樣？一個單純的女子，在後宅裡因為想要獲得關注而慢慢地將自己原本的天性打磨掉，漸漸變得有心機，變得有手段，這本身就是一件可悲的事情。

第四十章　不嫁決心

素年出現的時候，情緒依然低落，柳老見她無精打采的，便直接告辭，拒絕了太守大人留宿的提議。從府裡出來後，柳老也沒開口問，直接讓魏西找一家乾淨點的客棧，吃飯的時候，才實在憋不住了。「ㄚ頭，妳要消沈到何時？妳拿師父做藉口的時候可是乾脆俐落得很吶！」

「是嗎？我就隨便說說而已。」

「不要咬筷子！什麼叫隨便說說？我什麼時候跟妳說過連姑娘跟她夫君恩愛互敬了？妳從哪兒看出來的？」

素年將筷子放下來。「對不起，師父，下次我會先問清楚再說的。」

柳老氣結，他壓根兒不是在意這個！「我說，妳從太守府出來後就一直苦著張臉，怎麼，那個渝少爺給妳氣受了？這還得了，為師找他算帳去！」說完，柳老一拍桌子，震驚四座，站起來就打算往外面走。

素年忙扯住他的袖子。「師父，別丟人了，這麼多人看著呢！」將柳老按在椅子上坐好，素年才彆彆扭扭地將她的感受說出來，完了還向柳老詢問。「師父，您說這女子怎麼就這麼可悲呢？」

半天不見有人回答，素年抬起頭，就看到柳老一副呆滯的表情。「師父？」

「咳！ㄚ頭啊，要不，咱們換個話題吧？討論一下今天妳針灸的穴位如何？」
「師父！」
柳老衝著素年擺擺手。「別喊別喊，妳說了別丟人的，這麼多人看著呢！」
素年鼓著張臉，圓溜溜的，好似一隻胖河豚。她知道這事跟師父說也沒用，自己也決定了今生不涉足感情，可她心裡憋屈啊，替全天下的女子憋屈啊！真是鹹吃蘿蔔淡操心！
「ㄚ頭啊，妳這樣想就不對了。」柳老摸了摸鬍子。「妳也是要嫁人的，先別把事情想得那麼糟糕——」
「我不嫁人。」素年輕飄飄的一句話，讓桌上的其餘四人齊唰唰地抬眼。
「小姐！妳說什麼呢！」小翠最激動，她面前的碗都差點翻掉。
「我說，我不嫁人。」
「妳還重複一遍?!」小翠是真的太憤怒了，壓根兒顧不得禮儀，聲音大得將周圍的視線又吸引過來，但小翠顧不上了，她恨不得能讓小姐將這句話給吞回去！
「先坐下。」巧兒拉著小翠坐好。她自己也是驚訝到不行，但小姐的話她還是要聽的。
「我之前好像沒有提過，主要是我年歲小，說了你們也不會當回事，現在正好，特別是見了連姑娘以後。我是不會嫁人的。」素年的語氣平淡，跟她平常說話的時候並無區別。
但正因為太平常了，就連魏西都給震住了。這是一個半大的姑娘會說的話嗎？
「徒兒啊，妳不能因為連姑娘的事就心灰意冷，妳才多大？」
「我想得很清楚，師父、魏大哥，還有小翠和巧兒，我是將你們當作我的家人才這麼說的，也許你們會覺得我離經叛道、不合規矩，但我只是想讓你們知道我真實的想法。小翠最知道的，我們兩人可以說是相依為命，相互支撐著度過最艱難的日子，可我並不覺得那很辛苦，雖然要吃的沒吃的、要喝的沒喝的，我還差點一命嗚呼。」

「小姐……」小翠有些哽咽，那些日子她一天都沒有忘記過。

「我們能夠活到今天，可以不用靠任何人過活，我覺得很開心。連姑娘的處境你們也看到了，她曾經也是錦衣玉食地被養大，現在卻被丟在小院子裡受盡冷落，只因為她嫁人了，上面多了公公、婆婆的壓制，身邊少了夫君的寵愛。這種日子，我一點都不想要嘗試。」

「可這並不是所有的情況啊！」

「但也已經是大多數了。」

素年堅定自己的想法。沒有那麼多驚世駭俗、有勇有謀的小姑娘，這裡，一般女子十五、六歲就開始訂親成親了。想想，前世這個年紀她們在幹麼？上學。差不多正是初中升高中的年紀，除了暗自在學習上較勁，就是一些拿不上檯面的妳跟我好、我不跟妳好的鬥爭。

而在這兒，本身還是個孩子，卻已經開始要學習持家、學習宅鬥了！

也只有那些小說中的女主角，才能那麼早熟聰慧，事實上，一般做人媳婦，那就是要吃苦受氣的。多年媳婦熬成婆，哪裡會這麼簡單？所以素年沒有任何僥倖，她不屑經歷這些，她好不容易被幸運女神眷顧得來的第二世生命，不能夠浪費在這些亂七八糟的事情上。

「總之，我只是想要告訴您我的決定而已，我不成親。」素年做了最後的總結陳詞，然後伸手將筷子抓住，滿臉輕鬆地繼續開吃。

可有人輕鬆不起來了，小翠那臉，嘖嘖，綠得跟菜一樣！她和巧兒還偷偷展望過未來——小姐能遇到一個疼愛她的夫君，快快樂樂地嫁人，她們倆就要一直陪在小姐身邊，到時候做管事嬤嬤，將小姐伺候得舒舒服服，再也不要有擔心的事情。可這事居然直接就破滅了，小姐說她不嫁人了！這怎麼成？自己怎麼跟逝去的老爺、夫人交代？

柳老的表情比小翠也好不了多少，無比精彩。當初自己信誓旦旦跟蕭戈侃侃而談，說是讓他不要再影響到素年了，不然素年以後怎麼說婆家？素年倒好，直接就不說了……

「趕緊吃啊，這道脆皮甜鴨做得不錯，涼了就不好吃了！」

素年盯著一個大盤子吃了不少，這才發現怎麼就她一個人動筷子呢？趕忙招呼其他人。

怎麼吃得下去啊？小翠覺得天都要塌了！成親生子是多麼正常的事，怎麼到小姐這裡就出問題了呢？

這頓飯，素年吃得無比的撐，主要是因為其他人幾乎都沒怎麼吃，除了魏西還勉強正常些，自己的兩個小丫鬟就保持著呆滯的表情一直到最後。

素年是個好姑娘，她反對浪費，於是只能自己不停地塞，塞到胃實在裝不下了才停手。

「嘔……」素年覺得自己有些不自量力了，胃裡已經傳來抗議的信號，趕忙扶著牆緩和一下。

柳老這才回神過來，看到素年毫無形象地扶著牆順著胸口，這還是因為吃撐了，他就覺得怎麼這麼荒謬呢？「等著。小翠，去後面借廚房煮一點消食的湯來。妳看看妳，像什麼樣子！就算不想成親也不用這樣吧？」

素年冤枉啊，她才不是有心的，誰會跟自己的身體過不去？純粹是因為浪費太多了她有罪惡感啊！

回到房裡，小翠很快端了消食湯來，素年的胃已經裝不下什麼了，硬著頭皮將湯喝掉後，保持著一個姿勢都不敢動，害怕一動就立刻吐出來。

小翠收了碗，卻沒有離開。

巧兒有眼色地將碗接過去，出了房間將門掩上，她知道小翠有話要跟小姐說。

「先說好啊，要是妳搞長跪不起那一套，除了讓我生氣，不會有其他功效的。」素年姿勢僵硬地挺著肚子靠在那兒，胃裡真難受啊！

小翠撇撇嘴，那還是算了。她扯了一張凳子坐在素年的旁邊，打算動之以情、曉之以理，用事實來感化小姐的決心！

「我覺得也不用了，妳什麼時候說得過我？」素年好心地提醒。

小翠剛打算開口，聽到這話就閉嘴了。小姐說得對，自己什麼時候也沒有能夠說過她，往往沒說幾句，自己就被小姐牽著鼻子走了。

「那怎麼辦？」小翠呆呆地反問。

素年很想翻白眼，她怎麼知道？最好的方法就是什麼也別做，乖乖接受她的決定就好。

「小姐，妳不覺得可惜嗎？」

「嗯？」

「緣分天注定，小姐的緣分早已是注定好的，妳卻決定不成親，那小姐的相公豈不是很可憐？」

喲？長本事了嘛，竟然會鬼扯了？素年艱難地掙扎起來，一臉誇獎。「這話誰說的？」

小翠一愣，半天才嘟嘟囔囔地說：「聽隔壁王家阿婆說的。」

「她是做媒人的，當然會這麼說。妳小姐我的緣分就是一個人清清靜靜的，要真是勉強找人成親，搶了別家姑娘的緣分，不是會遭天譴？」

好吧。小翠內心流淚，她就不應該孤軍奮戰的，怎麼著也該拉著巧兒作伴才好啊！她認命地站起來，轉身往外走，走到一半又扭過頭說：「反正、反正我是不贊同的！」

素年竟然點點頭。「放心，小姐我必然會給小翠找一戶好人家的，這個妳就別擔心了。」

哐！素年看著被重重關上的門，心想：長本事了啊，敢給自己臉色看了。不過，她是不是調戲得太嚴重了？怎麼說小翠也是個小姑娘……嘖嘖，該檢討啊！

第二日，幾人再次前往太守府，來到連清妍的院子時卻撲了個空，連清妍似乎已經從這個院子搬走了。

帶他們過來的小廝沒弄清情況，忙跪下請罪。

「去問問搬到哪兒了。」柳老開口。

小廝立刻爬起來，前去打聽。

柳老的眼光落在素年的身上。「妳看，連姑娘都沒有悲觀，妳卻先害怕了。」

「師父，咱能不說這事嗎？再說了，連姑娘能鼓起勇氣，那都是因為徒兒的鼓勵，您以為隨隨便便就能振作起來？」

「這不正說明了妳適合成親嘛！」

素年不想說話了。成親這事還有適合不適合的？她覺得在這件事情上，自己跟師父確實是有本質上的區別的。

連清妍現在住的院子叫做青蓮苑，環境素雅幽靜，看得出來很用心布置了一番。素年進屋的時候，渝昊天也在。

素年眼尖地捕捉到了連清妍和渝昊天之間的眼神交流，特別是連姑娘，含羞帶怯的小眼神，真是能讓人看得心都醉了。這才短短一天，他們就乾柴烈火了？素年覺得甚是不可思議。「請渝少爺先迴避，小女子要給連姑娘施針。」

渝昊天有些不捨地從連清妍的身邊走開，跟柳老一起到院子裡等候。

門關上以後，素年迫不及待地想要知道，才一天怎麼就這麼黏糊了？她的八卦之心熊熊燃燒著，那溫婉的貴妾一點都沒能讓渝少爺分心？

面對素年，連清妍真是什麼都肯說。

「相公他說，還是我最懂他的心……」連清妍的臉紅得都要滴血了，可表情卻是十分的幸福。

素年無語凝噎，這種爛大街的話連姑娘也能堅信不疑？她的後宅經驗還需要鍛鍊啊……

跟昨天一樣施了一遍針，穴位稍作調整，素年一邊讓連清妍放鬆，一邊漫不經心地問她有沒有感覺好一些。

「好多了。」連清妍毫不猶豫地肯定素年的醫術，末了還思考片刻，又加上一句。「按摩也很有效用。」

素年的手一抖，差點扎歪。她很想刨根問底，究竟是那些對症的穴位有效用，還是她多加的那幾個有效用？但這是人家的私事，加上連清妍又是深閨之中的矜持女子，能說到這個程度已經是她的極限了，自己做人還是厚道點好啊！

第四十一章　上門鬧事

院子外面，渝昊天謙恭地跟柳老作揖，感謝他的出手相助，說清妍能夠恢復，全是柳老的功勞。

柳老只淡淡瞥他一眼。「你瞎呀？從頭到尾都是我徒兒在忙活，你跟我道什麼謝？」

渝昊天無比尷尬，只得訕訕地說一句「都是師父教得好」這種廢話來善後。父親早叮囑過他，說柳老的脾氣古怪，說話不留情面，沒想到竟會不留情面到這個地步。

柳老對渝昊天的態度是帶有個人情緒在裡面的。自己好好一個徒弟，就因為渝昊天這種薄情寡義的例子，萌生出不嫁人的念頭，自己沒有噴死他已經是口下積德了。

「柳老，渭城的永和堂今早有人來府裡，說是聽聞柳老的行蹤，特意來取經的，我聽說柳老從前治病並不避諱這個，所以他們問起的時候我就隨便答了，希望您不要介意。」渝昊天忽然想起了這茬，但他其實也沒有說什麼，就挑了不重要的按摩穴位敷衍了那些大夫，應該……不礙事吧？

柳老還是無所謂的樣子，他並沒有世俗大夫那些抱著秘方秘不外傳的想法，而素年這丫頭比他還放得開，之前那三年裡，林縣同仁堂的謝大夫不時會來青善縣，對他提出的問題，素年從不遮遮掩掩。

渝昊天心裡鬆了口氣，柳老不介意當然是最好的，他看永和堂那些大夫陰陽怪氣的樣子，似乎對柳老很是不滿意。

這是自然的，醫者能做到柳老這樣名聲在外的極少，做不到的那些，一半對柳老欽佩不已，而另一半則是心中不服氣，覺得都是世人以訛傳訛出來、誇大其詞的名氣。典型的酸葡萄心理，他們當然也想能有柳老的地位，若是將他的秘方學會，或是能將他從醫聖的雲端拉下來，也是極好的。

屋內的素年和連清妍還沒有動靜，院子外面卻先一步有了聲響。

柳老的眉頭皺了起來。怎麼回事？怎麼每次治個病都不得安生？亂糟糟的成何體統？

渝昊天第一時間發現了柳老的不快，立刻對身邊的小廝示意。「快，去看看！少奶奶這裡正治病呢！」

小廝動作迅速地跑出去，不到片刻又跑了回來。「少爺，不好了！是永和堂的人，還有千植堂和百草堂，他們說柳老的醫術有疑點，這會兒，正在外面鬧著呢！」

柳老也聽見了小廝的話，很感興趣地挑了挑眉，順帶掃了一眼渝昊天的臉色——黑油油的。

渝昊天剛剛還提了這茬呢，果然自己是不應該搭理永和堂的人嗎？可他們在渭城的這些醫館裡實力最好，府裡有個頭疼腦熱的，都會請永和堂的大夫來瞧病，若是自己真的將他們看作地位卑微的人而不理不睬，也確實不好。可誰會想到永和堂的心氣這麼高，直接就瞄上了醫聖，還聯合了另外兩家醫館！這、這……

渝昊天還沒能想出個解決的法子，騷亂就已經波及到院子裡來了。

一群人從院門口走了進來，為首的，是一位貴婦人，穿著桃紅緞裙繡水紋千枝花，外罩一件棗紅鑲金邊錦衣，腕上戴著一對白玉八仙紋手鐲，耳邊金累絲嵌寶石葉形耳墜隨著她的走動輕微地晃動，面如銀盤，保養得極好，臉上帶著端莊的微笑。

在她的身旁，是一名青春年少的女子，從髮型能看得出來已經許了人家，粉色繡花羅衫、珍珠白湖縐裙，嫩白如玉的瓜子臉上抹著淡淡的胭脂，好似一朵剛開放的瓊花。

這兩名女子身後跟著的，就是一群半老的大夫了，他們的眼睛早就盯住了柳老，雖然大都沒見過本人，但渝少爺他們熟啊，能讓渝少爺這麼恭敬對待的，除了醫聖不作他想。

這群人來到了柳老的面前，但柳老連眼神都沒有挪一下。

「母親。」渝昊天向那名上了年紀的貴婦請安。

渝夫人淡淡地笑著，將頭轉向柳老。「想必，這位就是醫聖了吧？恕妾身失禮，昨日知道柳老大駕光臨的時候，您已經出府了，所以沒能見禮，請醫聖莫怪。」

「無須多禮。」柳老反正是不在乎這些繁文縟節的。

渝夫人繼續和氣地笑著。「清妍能夠兩次得醫聖救治，是她的造化，妾身感激不盡。」接著，她話頭一轉。「今日妾身身體也有些不爽利，請了永和堂的趙大夫來瞧瞧，在府中正好巧遇昊天，便想請教一下醫聖的醫術，不過，他們似乎有些地方弄不明白，這不，就打算過來一問究竟。畢竟是妾身的兒媳，妾身心裡也擔心得緊。」

渝夫人這番話聽起來十分真誠，如果柳老沒見過昨日連清妍的處境，說不定他就信了，可現在，他理都不想理。高門大院中果然是非多，素年丫頭的擔憂並不是沒有理由的。

見柳老一句話都不說，渝夫人的臉色有些不好。她還從沒有被這樣忽略過，不過是個大夫，就算是有些名氣好了，那也是個醫者！居然對她不理不睬的，誰給了他這個膽子？

眼瞅著母親的臉色有變，渝昊天趕忙站出來。「娘，柳老的醫術您還不放心？兒子一直陪著呢，清妍已經覺得好多了。」

這話渝夫人就不愛聽了。「昊天呀，娘也是擔心你媳婦不是？如果真有不對可如何是好？」渝夫人就是典型的古代婆婆，連清妍是自己選中的，當初就是看她性格溫婉才娶進門，後來也確實沒鬧出什麼么蛾子，渝夫人一度覺得自己很明智。可自從她中毒以後，一會兒又是遍尋名醫，一會兒又是莫名其妙的蟬鳴，讓渝夫人覺得有些煩。特別是蟬鳴，她可什麼都沒有聽到，連清妍卻一直堅持有，讓她心裡感覺毛毛的，覺得這個女人有些不祥。

天底下好姑娘多得是，以他們家的家世，隨隨便便就能再給她兒子納一名溫順的小妾，但沒想到，原本那個柔弱的連清妍，竟然讓她的小廝又去將醫聖給請來了，堅持她只是生病了而已，這種反抗，讓渝夫人覺得威信受到了挑戰。這才一天而已，兒子的心就又回到了連清妍的身上，自己精心給他挑選的小妾一眼都不看了！渝夫人之前對連清妍的一些好感立即煙消雲散，什麼不善妒？看看現在，可不就露出狐狸尾巴來了！

「正是如此。夫人，老夫只是想瞻仰一下醫聖的醫術，才問了問渝少爺，柳老的醫治方式。要按摩穴位沒什麼問題，可裡面有幾個穴位根本就是不對症的，誰知道會出現什麼後果？」人群中，那位趙大夫站出來了，痛心地指責著醫聖的疏忽。

「可清妍說她好了許多，說明那是沒有問題的！」渝昊天急了，這些人怎麼回事？他們有什麼資格來指責？還有娘，她到底知不知道後果是什麼？怎麼也跟著瞎摻和呢？
「相公。」那名嬌美如花的女子輕聲開口了。「娘也是擔心清妍姊姊的身體，覺得還是慎重一點為好。」
「妳懂什麼！」渝昊天不耐煩地吼她，這是他剛納進門沒多久的妾室香寒。
「昊天！香寒哪裡說錯了，你要這樣對她？」渝夫人怒了，怎麼說她也是自己挑出來的，昊天怎麼能這麼不當回事？一定是連清妍那個虛偽的女人教唆的！她的兒子原來是多麼的聽話孝順！
柳老看著眼前的鬧劇，覺得頭都疼了。還是自己的徒弟看得開，要讓素年在這種家裡過活，柳老想想都心疼。不過，是不是能給她找一個家庭簡單的好人呢？不用受惡婆婆的氣，這樣她應該就沒有拒絕的理由了吧……一旁的騷亂柳老完全沒有放在心上，走神都不知道走到哪裡去了。
「柳老，希望您能解釋一下。雖然您是醫聖，但醫術多有相通，我們這些大夫絞盡腦汁也想不出，那幾個穴位對少奶奶的病情有什麼幫助？」永和堂裡有人點名了。
他們看出了柳老的心不在焉，氣得腦袋都要冒青煙了，他們列舉了數個有理有據的例子出來，結果人家根本就沒在聽！
柳老自己也說不出來，昨兒個光顧著被素年震驚四座的決心震撼了，沒來得及問她這些細節。至於永和堂說的這些穴位，大部分是沒有問題的，可有幾個，還真沒什麼道理。但這些柳老怎麼可能會承認？他正打算用「這些很深奧，你們不是醫聖都不懂」這種拿名頭壓人的方法糊弄過去時，「吱呀」一聲，房門開了。

巧兒從裡面走出來，跟在她後面的，是素年的身影。

渝昊天覺得，每一次看到沈素年的時候，他都會不由自主地平靜下來，就像現在。明明剛剛還焦心著，一看到沈素年淡然自若的表情，他居然就鎮定了下來。

「渝少爺，小女子已施針完畢，堅持服用湯藥和按摩即可。」

外面這些人素年早看到了，小翠更是趴在窗戶邊上跟還在施針的素年進行了實況轉播，那舉動，讓連清妍又一次大開眼界，偏偏素年還縱容得很，讓連清妍都不知說什麼好。

這是衝著師父來的，素年對這些不將時間用在提高、鑽研醫術上，卻想著法子見不得別人好的人打從心底討厭。

素年的話也讓這些臉紅脖子粗的大夫們很震驚，這個小丫頭剛剛說了什麼？施針？怎麼是她在施針？不說了是柳老醫的嗎？

「昊天，這又是怎麼回事？」渝夫人也大為疑惑，香寒跟自己說的可是連清妍居然繞過了自己請來了柳老，眼中根本沒有自己的存在，加上老爺對柳老也是莫名的推崇，要是讓連清妍搭上線，那她豈不更是目中無人了？可為什麼現在卻換成一個小丫頭在治療？這其中的差別就有些大了呀！

有消息靈通的人已經聽聞柳老有了傳人的說法，畢竟這事傳出來也沒多長時間，大部分人不知道也是正常的。

「如此說來，現在是柳老的傳人在為少奶奶治病？」心裡這麼猜想的人趕緊引導眾人的注意力。他們是想給柳老的醫術抹黑，要是搞了半天只讓一個小姑娘揹黑鍋，他們這麼興師動眾不就白忙活了？

「原來是柳老的傳人呀，失敬失敬！想必少奶奶的醫治方式，也是得到了柳老的認同吧？」

「那是自然的，怎麼說也是唯一的傳人呢！」

素年不知為什麼有些想笑，還真是不遺餘力地打算扯師父的後腿啊，這些人真是無聊至極。可這麼沈默著也不是辦法，他們顯然是有備而來的，光前面將那幾個穴位透澈地分析，就足以說明做過了不少功課。

素年也懶得敷衍，直截了當地開口。「不知各位對小女子的醫術有什麼疑問？」

「小娘子，怎麼能全怪妳呢？」有人的口氣開始悲憫了。「小娘子還未及笄，對醫術不算精通這很正常，但柳老可是醫聖，他沒有指點出來，就有些說不過去了。」

「您是在諷刺我學藝不精嗎？」素年一點都不覺得這人是在為她找理由，完全不領情。老大夫皺了皺眉，這小姑娘怎麼那麼不識抬舉呢？

「連姑娘的病從頭到尾都是我一人看的，你們現在是打算將這份功勞算到我師父的身上嗎？雖然你們的心情我能夠理解，見到醫聖難免會起巴結之心，不過很抱歉，我師父高風亮節，一定不會跟我搶功勞的！是吧，師父？」

詭異的靜謐，青蓮苑裡只能聽到不時的蟲鳴。

怎麼忽然就奇怪起來了呢？前面還說得好好的，這個小娘子怎麼突然就語出驚人呢？

柳老的臉上終於出現了其他的表情，他不動聲色地偷偷將臉轉向沒人的地方，自己好歹是名人，笑也要笑得有風度。

小翠和巧兒站在素年身後，面不改色。她們已經鍛鍊出來了，不會因為這種小場面就破功的！

「小娘子……我們是覺得，少奶奶的治療方法有疑點！」在「疑點」兩個字上，說話的人刻意加重了幾分語氣，深怕沈素年繼續誤會。

「喔？是什麼？」

看到沈素年的神情仍舊沒有太大的變動，大夫們覺得如果不說明白，這個小娘子可能是不會理解的。

「渝少爺說，少奶奶的病情需要以針灸配上按摩，我說的可對？」

「不錯。」

「渝少爺又說，這按摩的穴位是小娘子妳親自示範的，不錯吧？」

「確實。」

「渝少爺還說——」

「怎麼都是渝少爺說的？難不成是渝少爺覺得有不妥的地方？渝少爺，你說呢？」素年聽得不耐煩了，乾脆轉過頭直接去問渝昊天。

渝昊天連忙搖頭。「沈娘子好醫術，渝某佩服！」

這讓剛剛說話的大夫面色十分的精彩，像是挨了一巴掌一樣。

素年轉回來的眼光讓他無比難受，強忍著才能繼續往下說：「雖然……雖然渝少爺覺得少奶奶開始好轉，但他畢竟不是大夫，不說別的，小娘子讓渝少爺每日按摩的天池穴和天溪穴，老夫等人怎麼也想不明白對少奶奶的病情有何幫助？」

「所以，我才能夠成為醫聖的傳人，而不是大夫您。」素年回答得特別迅速，語氣特別誠懇，成功地讓大夫的臉再次精彩絕倫起來。

柳老撐不住了，他覺得自己有必要先行離場。本來還覺得自己蠻不講理地糊弄過去會不會不大好？現在看來，絕對是非常可靠的。青出於藍而勝於藍，自己這徒弟收得簡直太合心意了！

又是一片靜謐。大夫們心中都納悶了，不應該是這樣的呀！他們是來戳穿醫聖名號名過其實的，應該讓柳老無地自容才對，怎麼到頭來被一個小丫頭兩句話就說懵了呢？

「強詞奪理！就算是醫聖的傳人，也不能拿人的身體不當一回事，小丫頭休得如此猖狂！我們這裡這麼多大夫，如果妳不能給出一個明確的說法，我們這些大夫是不會善罷甘休的！」從人群中走出一個中年男子，頭髮有些灰白，顯然沒被素年的話蒙蔽過去。

「對，對對！不會善罷甘休的！」

眾人大聲附和起來，說得太好了，完全說中了他們的內心所想。

素年嘆了口氣。「那行，不過，如果我解釋了，你們卻聽不懂，到時候不承認可如何是好？先說清楚，讓聽不懂的人聽懂，這我可做不到。」

一時間抽氣聲四起，眾人沒想到，這個長得水靈靈的小姑娘竟然這麼刁鑽！什麼叫他們聽不懂？他們怎麼可能聽不懂?!

「呵呵呵，還是原來那個脾氣。」

忽然有笑聲從院門口傳來，眾人轉過頭，一眼就先看到了渝大人的身影。

「老爺？」渝夫人快步走過去。渝光耀今日怎麼回來得這麼早？

「妳這是在幹什麼?!」渝光耀臉上很不好看。

「妾身……妾身只是……」

「一段時間不見，妳一點改變都沒有啊！」

渝光耀身邊站著一個人，那張英氣十足的面龐，讓素年的眼角跳了好幾下。這人的消息，未免也太靈通了點吧？

第四十二章　又見熟人

「蕭大人，這位沈娘子……您認識？」渝光耀不理渝夫人，而是帶著謙遜的笑容問道。

「本官在青善縣的時候，就多蒙沈娘子照顧，沈娘子的醫術可是相當了得的。」蕭戈回答渝光耀的話，眼睛卻一直看著素年。

這人是要成精啊……素年在心中驚嘆，卻也不好表露得太明顯，只謙遜地笑著。

「那是、那是！聽昊天說，清妍已經好了許多，不愧是醫聖的傳人呢！」渝光耀哈哈地笑著，好一通讚嘆，然後眼睛在院子裡一掃。「怎麼回事？怎麼這麼多人？清妍這丫頭還需要靜養，弄這麼多人來幹麼？」然後對著站在身後的渝夫人吩咐道：「還不將人都帶出去？不知兒媳正生著病嗎？看看這院子裡，也沒幾個服侍的人，連個端茶送水的都沒有！」

「老爺，妾身已經安排了，撥了幾個丫頭過來，可唯恐她們不懂規矩，正調教著呢，明日一早就讓她們過來，老爺請放心。」渝夫人在這麼多人面前被說，面子下不來，卻只得咬著牙硬撐著答話。

那些氣勢剛剛高漲起來的大夫們，之前能那麼囂張地進到這裡來，全是因為說動了渝夫人，可這會兒，很明顯渝大人不喜他們的作為，使一下子都蔫了。

「各位大夫們都請回吧。」渝大人輕飄飄地說了一句，然後對著蕭戈做了一個「請」的手勢。「蕭大人，我們前廳說話？」

蕭戈沒動，湳光耀順著他的視線看去，哎喲，還在沈娘子身上呢！「柳老、沈娘子也請，本官要好好感謝一下兩位。」

素年本不打算去，她覺得師父不是那種喜歡應酬的人，正想搭個順風車，以師父的名義拒絕呢，卻沒想到師父的腳竟然動了！素年的臉抽動了兩下，只得跟在師父的身後，也慢慢地挪動起來。

青蓮苑瞬間恢復了平靜，那些大夫雖然還沒有離開，但誰也不再開口了。這是太守府，剛剛讓他們趕緊離開的人是太守大人，他們這些醫者，無法違抗太守的命令……

前廳裡，素年看著端上來的茶盞，湯黃澄高，芽壯多毫，條真勻齊，白毫如羽，一看就是上好的君山銀針，是師父的最愛。貴死個人，偏偏師父嘴又刁，日常的吃食倒還好，就是這茶，不是君山銀針他就喝得不情不願的。在青善縣的時候，自己家裡沒少存著，都是蕭戈差人送來的，說是給柳老準備的。

抬眼一看，師父喝得一臉愜意，說明這茶確實是上品，真是難為太守大人了。

素年假裝自己是裝飾品，坐在那裡一言不發地捧著個茶盞，一小口一小口地輕啜。

「蕭大人，今日大人賞臉來下官府中，真是蓬蓽生輝啊！哈哈哈哈……」

「哪裡，本官是聽聞柳老和沈娘子在太守府中，才特意前來拜見。」蕭戈一改在青善縣的沈默寡言，架子放得很低。

柳老一句謙虛的話都沒有，好像這是應該的一樣，端著個茶盞，一副高人的形象。

渝光耀知道，這是蕭戈在為柳老撐腰，他蕭戈是什麼身分？州牧！比自己要高一個品級呢！他若說柳老妙手回春，自己能說出個反對的話來嗎？於是，渝光耀順著蕭戈的話不停地擺事實講道理，用各種方法讚嘆柳老以及他的傳人沈素年。渝光耀也是個人精，早就看出蕭戈對沈素年不尋常的關注，這個時候不抓緊機會，他自己都會鄙視自己的！

素年的頭越垂越低，心生佩服，不愧是做官的人，壓根兒沒有聽說過自己，還能不帶重複地讚美，渝大人是怎麼做到的？這也是一種才能啊！

「渭城的這三家醫館對柳老的醫術有質疑，渝大人，你怎麼看？」

蕭戈的態度依舊和煦，只是渝光耀卻一下子有些心虛。他怎麼看？他哪知道怎麼看？醫者之間的競爭多稀鬆平常啊！任何一個行當之間都會有競爭，這沒什麼想不到的，但問題是，將這三家醫館的人帶到柳老面前的是自己的妻子！蕭大人不會以為這是在自己的默許下進行的吧？這真是無妄之災啊！誰知那娘兒們心裡怎麼想的？渝光耀一時間心裡恨極！

「這……蕭大人，不瞞您說，下官對柳老的醫術那是打心底佩服，清妍丫頭之前中毒也多虧了柳老，下官感激不盡。今日的事情……唉，都是下官的愚妻被人蒙蔽所致，下官……深感慚愧！」渝光耀直接承認錯誤。

他這種身分的人能做到這個地步，對於柳老來說絕對是不容易的，因此柳老見好就收。

「渝大人言重了，他們不過是不瞭解我徒兒的醫術而已，會產生質疑，也是有的。」

「說到這個，沈娘子，本官真是感激不盡，清妍丫頭那裡，昊天說已經好了大半。之前也不是沒有找醫館的大夫來瞧過，喝了不少湯藥，卻總不見起色，沈娘子這一來，立刻就見了成效，不愧是醫聖的傳人吶！」

素年笑得淡然。這是肯定的，連清妍除了被耳鳴困擾以外，還有個巨大的心結，再多的藥也不能讓她心裡的鬱結消失，有時候心裡的病才是最嚴重的。

在渝府裡多待了一會兒，柳老就起身告辭。

素年比誰都快地站起來，恨不得能飛出去才好。

「柳老，府裡已經給您準備了院子，您莫非是還介意今日的事情，所以不肯賞臉？」渝光耀提了幾次此事，都被柳老回絕。能求得醫聖來治病，卻讓醫聖住在外面，這說出去，人家不得以為他們太守府就這種待客之道？

這時，蕭戈也站了起來。「渝大人，柳老到渭城來，自然是要住在本官那裡的，你就別跟我搶了。」

聽到這話，渝光耀閉嘴了。也是，有蕭大人在這裡，能輪得到自己嗎？

柳老也沒反駁，跟渝光耀告辭之後，隨同蕭戈一起離開了太守府。

魏西早已等候多時，看到柳老和素年出來以後，就將馬車牽到門口，可隨即，他又看到了兩人身旁的蕭戈。

「蕭大人留步，今日之事老夫很是感謝，告辭。」走到門口，柳老對著蕭戈作揖，然後打算帶著素年上車。

「柳老，我已收拾好了院子。從青善縣來這裡，柳老竟然都不來找我，蕭某真是覺得傷心。」蕭戈似真似假地將柳老攔住，面上還帶著笑容。

「蕭大人事務繁忙，又是剛赴任不久，老夫這點自知之明還是有的。」

「柳老客氣了，就是再忙，招待故人的時間也還是有的。如何，不知柳老是否賞臉？」

這話就嚴重了，饒是柳老也不好拒絕。他們在渭城還要逗留一段時間，每日在客棧和太守府之間來往也不大好，可他是堅決不想住在太守府的，現在看來，蕭戈倒是個不錯的選擇。「既然如此，老夫就恭敬不如從命了。」衡量了一下，柳老就同意了蕭戈的建議。

素年的表情毫不掩飾的吃驚，師父就這麼妥協了？不能啊，他可是有原則的醫聖啊！就算對方是州牧大人，可這幾乎就沒有掙扎啊……

「沈娘子是覺得有不妥的地方嗎？」素年微張著嘴巴的樣子讓蕭戈覺得有意思，這個姑娘，有時候覺得她心思深沈，完全不似她這個年歲的孩子，有時候又覺得，可能是自己高估她了，讓人捉摸不透。

素年本能地就想說不妥，但既然師父都同意了，她就是覺得再不妥也沒有辦法，於是，素年只能緩慢憂鬱地搖了搖頭，不情願的意思卻溢於言表。

「那麼，就請上車吧。」

蕭戈乾脆當沒看見，讓素年又是好一通惆悵。不是在問她意見的嗎？她雖然表達得委婉了些，但也表示出來了啊，怎麼能視而不見呢？

太守府中，渝大人在蕭戈離開之後，怒火沖天地來到內宅。

渝夫人正在讓小丫鬟給自己整理妝容，剛換了一支碧玉銜珠鳳釵，正左右瞧著呢，就見房門被丈夫一腳踹開。「怎麼了這是？」渝夫人揮手讓小丫鬟下去，自己走到渝大人身邊，問：「誰讓老爺這麼生氣？」

「妳個愚婦！」

渝夫人一下子沒有反應過來，而後才覺得荒唐。「我怎麼了我？」

「誰讓妳喚那些大夫進府的？誰讓妳帶他們去青蓮苑的？我也不指望妳安寧後宅，妳卻還在這裡給我添亂！」

渝夫人被罵得懵了神，半晌才脹紅了臉。「老爺怎麼能這麼說我？我只是覺得有些不適，才請了永和堂的大夫來瞧瞧，這也不成嗎？至於去青蓮苑，我也是擔心清妍的身子，加上那些大夫說得頭頭是道的，我這不是怕萬一有什麼問題嗎？」

「會有什麼問題？那可是醫聖柳老！我還想著能不能套套關係呢，妳倒好，帶了人去質疑柳老的醫術！妳有沒有腦子？」

渝夫人的眼眶立刻就紅了，她跟渝光耀雖談不上如膠似漆，但也還是有點感情的，渝光耀從來沒有語氣這麼重地罵過自己，因此渝夫人覺得委屈極了。

「不就是個大夫嘛！至於讓老爺發這麼大的火？以老爺的身分，還要去結交這種低賤的醫者嗎？老爺，您可是太守呀，犯得著為了一個大夫跟我發這麼大的脾氣？」

「妳！愚蠢的婦人，真是愚不可及！」渝夫人的話讓渝光耀徹底沒詞了，這些女人的頭腦怎麼能如此的簡單？「州牧大人尚且對柳老尊敬有加，知道他來到渭城，第二日就上門來給柳老撐腰了，要不妳以為蕭大人是吃飽了撐著？他可是我的上峰，想要刁難我真是易如反掌，我的前途，說不定就毀在妳這個賤人的手裡了！」渝光耀咬牙切齒，口不擇言。對他來說，前程遠比一個蠢笨的婦人來得重要的多。

渝夫人一下子哭了出來。「渝光耀！你竟然罵我是賤人？我知道，不就因為我沒讓你那個相好的進門嗎？那可是個煙花女子啊，我是死也不可能讓她進門的！」

渝大人覺得甚是神奇，他們現在在說的事情，跟煙花女子怎麼岔到一塊兒去的？

「妳不可理喻！」渝光耀憤憤地喘了好幾口粗氣，才略略平靜下來。「也罷，清妍丫頭的身子已經開始慢慢好轉了，妳手上的中饋事宜就交給她來主持吧！」

渝夫人頓時癱坐在那裡，她不相信渝光耀是認真的。當初會讓連清妍進門，就是因為看她軟弱、不會搶自己的權力，而現在，渝光耀竟然要她將權力都交出去？就因為她得罪了一個醫者？這不可能！渝夫人眼中迸出激動的火花，她才是太守府後宅的主人，誰也別想壓在她的頭上！

渝光耀坐在那裡，看著渝夫人淡淡地說：「既然有了媳婦，理應要讓她來主持中饋，妳一直握在手裡，是何用意？妳也該享享福了，這些操心的事，就交給清妍吧。」

激動的火花瞬間熄滅。渝夫人明白渝光耀的意思，她是太守夫人，做的事就必須要體面合理，之前是因為連清妍不在意，大家相安無事，所以渝光耀可以睜一隻眼閉一隻眼，但現在，是他提出要剝奪自己管家的權力，如果自己還死霸著，後果……

渝夫人此刻心裡悔得恨不得時光能倒流，為什麼自己要去蹚這趟渾水？是了，是香寒！這個女人不停地在自己耳邊攛掇著，讓她害怕連清妍可能會對自己造成威脅，所以自己才想著將醫聖趕走，就讓她繼續這麼病著該多好……是香寒，是這個小賤人！

太守府裡的事情，素年自然是猜不到的，就算猜到，她也沒心情去管，畢竟她現在自己就挺糟心的。

蕭戈的州牧府，要比太守府更豪華，這是必然的。月松今日沒有出現在蕭戈身邊，素年還覺得奇怪呢，結果一到府裡，月松就守在門口，見到素年以後特別開心地蹦出來。

「沈娘子，您的院子我給收拾好了，保准您滿意，嘻嘻嘻！」

嘻嘻嘻你妹啊！素年低著頭，不說話。

在青善縣的時候，每次請素年去蕭府，月松都會主動過去，一來他是蕭戈身前第一重用的小廝，由他出面以表示對素年的尊重；二來，月松自己也樂得跑這一趟。

在月松的認知裡，小翠和巧兒那也叫做人丫鬟的？就沒見過她們那麼隨興的，當著素年的面是什麼話都敢說、什麼想法都敢表露，百無禁忌。回回月松在素年那裡，都會感覺到無比放鬆，不管他做什麼事，素年都是笑咪咪的，更別提每次都有好吃的東西，只要他去請素年來府，時間總是花得相當的多。蕭戈可能也知道，但他從來不說什麼，自己的小廝覺得沈素年那裡的氣氛自在，也沒什麼不好的。

今兒一早，蕭戈就吩咐月松去收拾兩個院子出來，月松不明所以，只是聽命令行事，等無意間得知是給柳老和素年收拾地方的時候，他的勁頭就十足起來，布置得那叫一個用心！蕭戈都看得無語了，對自己這個主子，月松怕也就只是如此吧？

面對月松的笑臉，素年也不好繼續僵著張死人臉，扯出了習慣性的笑容。月松立刻受到了鼓舞，主動將他們隨行帶著的行李包袱接過來，然後二話不說就往府裡拎。

蕭戈滿意地暗自點頭，不愧是跟著自己這麼長時間的小廝，就算沒來得及領會自己的想法，他做的事情也是合自己心意的。

小翠和巧兒兩手空空地站在素年身後，素年一看，這也沒什麼變數了，只得跟在師父身後，踏入了蕭戈在渭城的州牧府。

「柳老，這趟準備在渭城待多久？」

「要看素年丫頭什麼時候能將那個小姑娘治好。」

蕭戈的眼神移到素年的身上。

素年裝死，像被周圍的景致吸引住，絲毫沒辦法分心一樣。

「這樣啊……我聽渝大人說，連姑娘的病情反覆，看來不是太容易治好呢。」

你又不是大夫，瞎說個什麼勁兒？素年在心底吐槽著，忽然怔住，自己這是怎麼了？素年停住了腳步，臉上出現她都無法理解的茫然。在青善縣的時候，她對蕭戈雖說不上畢恭畢敬，但也進退得體，可為什麼在渭城遇到以後，自己的心情有了些許的改變呢？

這可是州牧大人，她憑什麼對人家愛理不理的？自己仰仗了什麼？是醫聖柳老的徒弟？還是蕭戈對自己洩漏出來的一絲情愫？

柳老和蕭戈兩人在素年停下來以後也很疑惑地收住了腳步，看著她臉上的表情不變，然後突兀地抬起雙手「啪啪」一地在自己臉上打了兩下。

那聲音清脆得柳老都肉痛，這小丫頭又怎麼了？

白皙的雙頰很快地染上了緋紅，一向維護素年的小翠和巧兒卻出乎意料地沒有任何反應。其實她們倆之前也見過素年這種舉動，她說這是在反省，能讓自己更加清醒的方法。但小翠和巧兒想要模仿的時候，卻又被素年叫停了，說「這是我專用的，妳們就是照做了，也不一定能收到效果」。現在小姐一定是在反省什麼。小翠和巧兒雖不知道具體情況，但只要是小姐覺得必要的，那肯定是正確的。

「我說丫頭，妳幹麼呢？」柳老忍不住開口詢問。嘖嘖，這力道絕對不輕，臉都紅成什麼樣了？

素年慢慢地抬起頭，這一瞬間，蕭戈覺得全身的汗毛都豎了起來。素年雙頰泛紅，眼睛裡卻是不相稱的清明，冷靜的明眸恍若燦星，冷冽而閃亮，讓人完全挪不開眼睛。

看到蕭戈臉上擔憂的神情，素年緩緩地說：「小女子只是想起了一些事情而已，蕭大人不必掛心。」

同樣的嗓音，卻讓蕭戈聽出了不同的情緒。如果說之前在太守府裡，素年還是彆彆扭扭的小姑娘，這會兒，她卻已經完全將情緒控制住了。帶著尊敬的疏離語氣，讓蕭戈覺得，她明明就站在自己面前，卻彷彿離他很遠很遠……

究竟是哪裡出問題了呢？蕭戈不知道，他也沒有辦法、沒有立場問什麼，只能帶著他們，慢慢地走到準備好的院子裡。

第四十三章　寄人籬下

很舒適，這是素年的第一個印象。屋子裡布置得雅致清淡，是素年喜歡的風格，小小的院子裡什麼都不缺，一個單獨的小廚房，裡面已經放了不少早上才添置的各種工具和新鮮的食材。素年恭敬地跟蕭戈道謝，感謝他準備得這麼周到。

蕭戈默默地接受，臉上的表情卻開始越來越凝重。

又回到了青善縣的樣子。那時候的素年，因為被自己強行留下來，雖然不敢反抗，心中總是不舒服的，所以她在面對蕭戈的時候，總是一副公事公辦的樣子，淡漠的笑容、客氣的話語，只有偶爾不經意才會露出一絲她原本的性子。

在渝府，在那個院子門口，蕭戈才發現，原來素年竟是這樣一個充滿著活力的女子，為了保護她師父的名聲，敢站出來跟那麼多人對峙，臉上高傲、帶著蔑視的神情，讓蕭戈的心臟被刺了一下。這才是她原本的樣子啊……蕭戈心想。而後，素年又出現了小女孩一般的扭捏，裝作喝茶，死不抬頭，不願意住到這裡來而磨磨唧唧，這些讓蕭戈覺得很有意思，都是他不曾見過的樣子。但才這麼一會兒，她就恢復了。蕭戈一邊扼腕，一邊回憶到底是哪兒出了問題？之前不是好好的嗎？

安頓好以後，蕭戈說是已經準備了晚宴，要給柳老接風，這種形式柳老自然是熟悉得很，素年卻是當著蕭戈的面跟師父撒嬌，說是她今天給連清妍施針，有些疲倦，反正院子裡也有小廚房，她就不去了。

柳老自然是心疼自己徒弟的，於是想都不想就點頭。「那行吧！小翠、巧兒，妳們好好照顧素年丫頭啊！」

小翠和巧兒連聲應下，表示一定不負重託。

人家都這樣說了，蕭戈也不好再說什麼，只得也關心了兩句，便被柳老給拖到了前面去。

巧兒將院門關上，跑回來時的腳步都輕巧了起來。「小姐，走了。」

「小姐，我剛剛看見廚房裡有剛宰好的雞，上次那道鹽焗雞小姐不是誇我做得好嗎？咱們晚上再做一次？」

素年幽幽地長舒一口氣。「知我心者，還是小翠和巧兒啊！」

兩個小丫頭捂著嘴「格格格」地笑。什麼有些疲倦想要休息，小姐只是不耐煩應付而已。

要說蕭戈確實挺有心的，小院子裡什麼都不缺。

巧兒泡來一壺茶，素年剛坐下，就聽到院子門口有人叫門。

巧兒將門打開一看，是魏西大哥。

「就知道妳肯定窩在院子裡！」魏西大步走進來，不避嫌地在素年對面坐下。「挺不錯的嘛！」

魏西和柳老住的院子離這裡不遠，看來這接風晚宴是沒魏西的分了，不過他看起來一點都不失落。

「小翠姑娘晚上做什麼吃的呀？我可是等不及了呢！」

「魏大哥真有口福！」素年由衷地感嘆。「不過你可有得等了，今晚吃鹽焗雞，要耗些功夫。」

魏西一聽，口水不自覺地分泌出來。鹽焗雞他嚐過，上回小翠做過一次，那個滋味配上美酒，簡直是太美妙了！只不過上次小翠是初次嘗試，只做了一隻，真真不夠吃的。

「小翠姑娘，反正不著急，多做幾隻吧！」

小翠在小廚房裡忙活，巧兒在給魏西倒了茶水之後也進去幫忙了。

院子裡，素年和魏西一人捧著一只光潔的茶杯，悠閒地度過這美妙的下午。

晚餐的香味開始在院子裡飄蕩，鹽焗雞鹹鮮的香氣刺激著所有人的味蕾，魏西頻頻地往小廚房裡張望，看樣子是真饞了。

「魏大哥，你知道這鹽焗雞是如何做出來的嗎？」素年忽然很有聊天的興致。

「這個……我還真不知道。」

「我來告訴你啊，先用米酒在雞身內外搓揉去除異味，然後將調料抹勻，肚子裡塞入蔥、薑、八角，再用棉線縫好，醃製差不多一個時辰後，拿出來晾一下，用紙將雞包好，放入炒至乾爽滾燙的海鹽中開始焗，最後才能出鍋。」

「……這麼麻煩？」魏西從中間開始就走神了，沒想到這一道菜就有如此繁瑣的步驟，真是太不容易了……忽然，魏西想起來一事。「那我之前還讓小翠姑娘多做幾隻，是不是太為難了？」

素年笑了笑。「那倒不會，可以同時進行的，焗一隻是焗，焗幾隻也是焗。」

古代女子在後宅並不容易，得操持著一家老小的吃喝拉撒、衣食住行，但凡稍微有些偏失，都會落人話柄。憑什麼？她們也很不容易的！也許大戶人家不需要親自下廚，但小門小戶卻是難免的，一道菜就要花費如此心血，怎麼能讓人不帶著感恩的心情吃掉？

晚餐是鹽焗雞和一盤赤紅的辣炒雞丁，看得魏西眼睛都放光了，這也是他的最愛啊！

麗朝的辣椒平日裡只是用來做點綴的，素年直接讓小翠當成食材，第一次弄的時候那叫一個慘烈，小翠無意間弄到了眼睛裡，雙眼通紅得直嚎，做出來的菜也是一口都不碰。

誰想，除了素年比較享受以外，更是合魏西的口味，吃得極為歡暢，然後半夜胃疼……

這道辣炒雞丁尤其受魏西的青睞，只不過小翠不愛做，通常都是需要看她的心情，加上刻意的奉承，小翠才會偶爾做一次。

「小翠姑娘真是……太貼心了……」魏西都要無語凝噎了。

素年看得望天，魏大哥鐵錚錚的硬漢子一條，為了道菜柔情似水，讓素年不忍直視。

巧兒去找了蕭府的下人，要了兩壺酒來，這不是素年吩咐的，可當素年看到時，也是同樣一副無語凝噎的模樣。太貼心了，這兩個丫頭！要是沒有她們，自己可怎麼辦吶？

麗朝的酒就跟水一樣，寡淡清薄，只有些酒味，素年是不放在眼裡的。

魏西更是無酒不歡，無奈素年盯得緊，關節疼痛此症忌口的食物裡，酒名列前茅，所以只能偷偷背著她喝一點，或是在節日的時候開放禁忌，看到巧兒拎來了酒壺，他眼中幾乎閃出水花。

小翠將菜端到了院中的石桌上，一盤是她切好的鹽焗雞，還有一盤躺著一隻完整的雞，送到了魏西的面前。「這回不會說我小氣了吧？」

柳老到院子裡來的時候，滿院子裡都飄著酒菜香氣，加上素年喝了些酒，情緒有些放開，正唱著小曲說著笑話，逗得小翠和巧兒笑聲不斷，而魏西則攬著一壺酒自飲自酌，偶爾挾一口菜放進嘴裡，整個一幅和諧的畫卷。

「丫頭，妳倒是悠閒自得得很，把師父一個人撇到旁邊了？」

素年看是柳老來了，讓小翠再加一張凳子。「師父說笑呢，那可是蕭大人為您辦的接風宴，怎麼著也比我們這些要豐盛數倍呢！師父，不興您這麼埋汰人的。」

柳老也喝了些酒，這會兒他完全忘了剛剛是蕭戈將他送回來的，哪還記得蕭戈現在還在院子門口呢！

蕭戈站在那裡，身子隱藏在陰影中，他看著素年巧笑倩兮地圍在柳老身邊說話，不時回頭逗一下丫鬟們，看著她朝氣活潑的笑臉，染了紅暈好似一顆粉嘟嘟的蘋果。這才是平常的她嗎？原來自己真的一直都不曾見到真正的沈素年？那自己要如何做才能讓她放下心中的防備，才能讓她也這樣跟自己笑呢？蕭戈覺得，他可能喝多了，頭有些疼啊……

州牧府裡的床都是舒適的，比起客棧，那是壓根兒都不用做比較的，素年甜香地睡了個好覺，剛用完早飯，便有人來通報，說渝府已經派人來了，現在在前廳等著呢！

素年嚇了一跳，這才什麼時辰？之前她覺得渝府的人對連清妍的病挺不上心的，怎麼忽然這麼急切了？

前廳裡，來的是渝府的馬管家。師父還沒有到，蕭戈也不在，素年只得自己一個人應付。

「沈娘子。」馬管家從一開始對素年的態度就很恭敬，這會兒更恭敬了。

「可是連姑娘那裡有什麼不妥？」

「不是不是，沈娘子無須擔心，少奶奶一切安好，是老爺讓小的來接沈娘子和柳老而已。」

「師父他老人家這會兒……」

「不礙事、不礙事，小的並不急。」

這樣啊……既然人家不急，那素年就更無所謂了。

柳老也不是個喜歡端架子的人，很快也出現在前廳。「行了，走吧。」

再次見到連清妍，素年覺得這姑娘從頭到尾似乎都有些變了，那種灰暗的、頹廢的神情已經消失殆盡。雖然素年知道，這耳鳴並沒有完全消失，連清妍必然還是能夠聽見的，可她的表情卻明亮得驚人。

「這是怎麼了？連姑娘是人逢喜事不成？」素年跟連清妍沒什麼不能說的，當然也就不避諱。

連清妍像是一直在等她一樣，讓屋裡服侍的小丫頭統統出去，將門關好，才走過來拉住素年的手。「沈姑娘，妳的大恩大德，清妍沒齒難忘！」

眼看著連清妍有往地上跪的趨勢，素年頭皮發麻，趕忙招呼小翠和巧兒將人給拉住。

「連姑娘，妳這是幹麼？」

連清妍在椅子上坐下，面對素年的眼睛裡雖是點點淚花，表情卻依然明豔。「相公說，那個香寒已經趕出府去了，是太太動的手，我也不知道為什麼。不只如此，爹說，以後府中的大小事宜都由我作主，就算是……就算是太太，也不能插手。沈姑娘，妳可能不知道這對我來說有多麼重要，我嫁進渝家後，就好像只是個擺設一樣，太太說憐惜我身子弱，不想讓我操心家事，讓我成了一個可有可無的存在，家裡那些下人更是不拿我當回事，虧得相公對我還算好，才免去我被下人蹧踐的下場。

「可這場突如其來的災難，太太因為覺得我不祥，平日裡做的樣子都不屑再做了。沈姑娘也瞧見了，我之前過的是什麼日子……我也是我爹娘疼寵長大的，他們為什麼要這麼對我？現在好了，爹說家裡一切由我作主。妳沒瞧見，爹說完以後，那些管事們臉上巴結的笑容，他們從來也沒對我這麼正眼相看過。這一切，都是沈姑娘給我帶來的，我連清妍必將感恩圖報，報答妳這份恩情！」

素年靜靜地聽著，看到連清妍臉上控制不住的激動表情。曾經受到的那些對待，她不是不在意，是沒有資格和地位去在意，而現在，她終於可以不用再委曲求全地做人了，終於可以揚眉吐氣了，只要她不做錯事，那麼她的地位就不可動搖。

或許很難，畢竟渝夫人那麼多年主持中饋下來，肯定積攢下不少人脈，如何將這些人收為己用，或是乾脆除掉，這些並不簡單，但顯然連清妍不怕，她豪情萬丈，她熱情飛揚，她終於等到了這個機會，而不是在這個後宅裡被渝夫人打壓消磨著。

素年不禁想，當初她見到的那個因為渝昊天的出現就感動得垂下清淚的連清妍，和眼前這個神采飛揚、毫不掩飾自己情緒的女子，究竟哪一個，才是連清妍真正的模樣？

「完了？」柳老看見素年推門走出來，懶懶地問了一句。

素年點點頭，她不大想說話。

柳老察覺了素年的情緒有些低落，也不多問，直接帶著她回到了蕭府。

「說吧，這一臉喪氣樣又是因為什麼？」

素年想了想，正打算開口，又停住了，她覺得吧，自己這種小女生的風花雪月、多愁善感，跟眼前這個老頭子說了他也未必明白，還會白白被他嘲笑。越想越覺得有可能，素年便將嘴給閉上了。

「嘿，怎麼了這是？難道懷疑為師沒辦法解決？」

「算了，師父，說了您也聽不懂。」

柳老固執起來也是很可怕的，當初為了收素年為徒，愣是在青善縣糾纏了三年，其固執可見一斑，這會兒素年的話他就不愛聽了。什麼叫他聽不懂？他吃的藥比素年吃的鹽都多，如何能聽不懂？「說，我就不信了，還有我聽不懂的！」

素年一見柳老的面色就知道，師父較真了，於是乾脆原原本本地將連清妍的事情說出來。「師父，您說這人，怎麼就這麼奇怪呢？」

柳老從聽到素年說話開始，就一直保持著一個姿勢，這會兒眼珠子已經不會轉了，聽到素年問他，他「啊」了幾下才磕磕巴巴地說：「這人……可不就這麼奇怪。」

素年鄙視的眼神立刻掃了過去。「就說了您聽不懂，非要逞能！您看看，徒兒的困惑越來越大了！」

「小丫頭懂不懂尊師重道？就這麼跟妳師父說話呢！」柳老吹鬍子瞪眼睛，被小徒弟指著鼻子說逞能，他一顆鮮紅的師尊之心受到了深深的傷害。

「切！」素年壓根兒不睬他。這一招用一次、兩次她還會稍微有些罪惡感，但架不住師父三天兩頭地受到深深的傷害，她已經學會無視了。

「那我問妳，要是連清妍還像原來那樣，被婆婆打壓、被丈夫無視、被下人怠慢，妳是不是就覺得好受點了？」

「當然不會。」

「這不就結了？是人都不願意過那種生活！連姑娘想要改變自己的狀況怎麼了？我覺得合情合理，沒什麼值得妳大驚小怪的。妳自己還不是，因為不想過複雜的生活而逼我們接受妳不嫁的想法！」

「這能一樣嗎？」

「是不能一樣。」

最後這句話，卻不是柳老的聲音。素年和柳老一同望去，看到蕭戈正站在院門那裡，身姿筆直，陽光從他背面照過來，讓人看不清他的表情。這人，站在那裡多久了？

看到素年和柳老的視線轉過來，蕭戈從陰影裡走了出來。

「蕭大人。」素年神色如常地行禮，然後自覺地站到柳老的身後。

這人跟人就是不一樣，很明顯是偷聽的事，蕭戈卻絲毫不覺得有任何問題。也對，這裡可是他的府邸，人家在自己家裡閒逛怎麼了？素年垂著頭，面無表情。

蕭戈很平常地跟柳老打了招呼，說了一些可有可無的話以後就離開了，看他的表現好像完全沒有聽到他們之前的話，那句「是不能一樣」也不是出自他的口中似的。

這件事，就這麼過去了。

第四十四章　落戶胡同

接下來的日子，素年從每日去太守府裡一次，到隔一日才去一次，算下來，也將近一月有餘了。連清妍的耳鳴症狀差不多已經完全消失，但素年知道，這種神經性耳鳴是很有可能復發的，她也跟連清妍叮囑了，以後的日子裡，一定要多注意休息，避免環境嘈雜吵鬧，精神也不要太過於緊張。

連清妍一一應承，完了還拉著素年的手，一副依依不捨的表情。

素年就納悶了，這一個多月裡，她除了要給連清妍針灸以外，還充當了一回知心姊姊。天知道，連清妍比她還大上好幾歲呢，可她但凡心裡有話都會跟素年說，然後滿臉期待地問：「怎麼辦才好呢？」素年怎麼知道？她最不耐煩這種豪門大院裡的彎彎繞繞了，一點點小事情都弄得跟諜戰片似的，有意思嗎？

後來，連清妍知道素年對這些繁瑣的事情心裡不喜，也就乾脆不說，但轉換成諮詢情感方面的問題了……這自己就更沒有經驗了啊！

可連清妍卻不這麼認為，想想啊，素年一開始給自己出的主意，那幾個可有可無的穴位，開玩笑，要是真不懂，怎麼會想出這麼刁鑽的法子？

素年百口莫辯啊！她雖沒吃過豬肉，但總是看過豬跑步的，她的靈魂壓根兒就不是古板的古代人，這種事情，想想也是知道的啊！

連清妍絲毫沒有保留，將她和渝少爺的狀況和盤托出，素年面對這樣信任自己的姑娘，只得硬著頭皮出主意。也可能是她運氣好，這些看似都挺不可靠的主意還都滿有作用的，至少在這一個多月裡，小倆口之間甜甜蜜蜜、如膠似漆，讓連清妍更加崇拜素年了。

「素年妹妹，妳真的要走了嗎？」連清妍對素年的稱呼早已經換了，今日，是素年給她複診的最後一天，她心裡不捨啊！

素年的指尖從連清妍的手腕上移開，淡淡地笑著。「連姑娘已無大礙。」

「可妳不是說，這病以後還會再犯嗎？」

「只要連姑娘調養得當，身心舒暢，也不是那麼容易復發的。」

連清妍是真捨不得，她嫁入渝家後，小心翼翼地安身立命，卻依舊到處碰壁，只覺得一片灰暗的時候，是素年幫助她重獲光明，她能有今天的地位，能讓所有人都對她不再輕視，連清妍覺得，素年就好像她的一根定心針一樣。

這話一點都不誇張，在渝家，她只能孤軍奮戰，而有了素年後，凡事都可以找她商量，雖然素年有時能看得出來並不擅長，但也總是真心誠意地給她出主意。後宅之中，能夠沒任何目的就願意幫助自己的，連清妍覺得，她這輩子，可能就只能遇到這麼一個了。

柳老要離開，渝大人自然是要出現的，言辭懇切地好一通挽留，然後才各種感謝，送上豐厚的診金。

素年看著那只胖胖的小箱子，眼前卻閃過連清妍秀麗美好的臉龐，跟自己初來時看到的簡直是天壤之別，那嬌羞的表情，難怪渝少爺那麼喜歡。

素年在這一個多月裡看清楚了，這些女子被關在後宅，能夠左右她們情緒的，有時候僅僅是夫君的一個笑容，多麼可悲，又多麼可憐。紅顏易老，當嬌豔如花的容色不再，當她們一直依靠著的夫君有了新歡，女子們似乎只能靠手段心機來爭奪，然而一旦沒有任何能夠挽回的可能，哀莫大於心死，等待她們的將會是什麼？素年不願意往下想，這一個個天真嬌美的姑娘們，有多少在後宅裡生生消磨著她們的生命？

所以她不願意！一千一百個不願意！這個時代的男子，她一個都不相信。大環境造就出來的人，怎麼可能那麼輕易為了單單一個女子而妥協？什麼「今生唯愛妳一人」，統統是放屁！只是為了迷惑女子的心說出來的謊話而已！

將胸口的悶氣吐出去，素年的心裡更加的通透。還是要靠自己，不依附於任何人過活，沒有那些男人，她一樣能夠生活得很好！

柳老發現，從太守府裡出來以後，素年的情緒似乎有了微妙的變化，但他也說不上來是什麼，就是覺得有些不同。

既然湣城這兒的事情了結了，素年和柳老就打算回青善縣。也不知道玄毅一個人怎麼樣了？本就是個寡言少語的孩子，這下倒好，他們回去以後不會變得更不愛說話了吧？

小翠和巧兒正在收拾東西呢，她們帶來的雜七雜八的東西也不少。

「小姐，這塊絲帕就不要了吧？小翠給妳繡了一塊新的喲！」

「好。」

「魏大哥，這兩個罈子一會兒麻煩你抱一下，快醃好了呢，可不能忘了！」

「行。」

「……老爺子，那君山銀針不是我們帶來的呀……」

「哎呀，都一樣、都一樣。」

蕭戈從衙門裡回來，剛進府就有人來說柳老有請，他的腳下一頓，面上有些了然。走進院子裡的時候，看到的就是這麼一幅繁忙的景象。

「蕭大人。」素年是這裡面最無所事事的人，自然第一個發現了蕭戈的出現。大家手上忙活的事情略略停了一下，行了禮，然後又開始裡裡外外收拾了。

「這是準備回青善縣了？」

「是的，小女子出來的時間也夠長了，是時候該回去了。」

「我讓月松送你們回去吧。」

「不勞煩大人，魏大哥已經找好了車輛，訂金都付了。」

蕭戈又一次感覺到了無形的疏離，且比之前更加的清晰明顯。素年在劃一條看不見的線，將她跟自己完全隔離。這種無力感讓蕭戈一點辦法都沒有，事實上，他自己都沒弄清對素年是怎麼個想法。

「今日，渝大人特意來找我，希望能將柳老留在渭城。相信柳老也知道，渭城裡有不少官員，雖然也有許多醫館，但這些官員的女眷，有時卻找不到足以信賴的醫娘。」

一直漫不經心的柳老忽然心裡一動，是了，給女眷看病不同於男子，尤其是一些難以啟齒的病況，要嘛，就自己忍著不說，最終釀成大禍；要嘛，就只能找那些醫婆來瞧瞧。

可這些醫婆慣於走街串巷、搬弄是非，有些甚至還會賣假藥，更別提抓住別人隱私敲詐勒索了，也不可靠。醫館裡其實也有醫娘，但大都只是打下手的，並不能起什麼作用。

柳老覺得，以素年的醫術，足以獨當一面。他的年紀也大了，不能護著她多長時間，是時候要讓她自己積攢人脈和威信了。

走女眷這條路，是柳老自己無法實施的，但素年完全可以，而且別小看了這些女眷，她們正值盛寵的時候，稍微吹吹枕頭風，那效果簡直比治好一個疑難雜症要強得多。

柳老須臾之間便想得透澈，他疑惑地抬頭，蕭戈這話，怕是說給自己聽的吧？

這是肯定的，素年還一副油鹽不進的模樣，要想說動她，蕭戈已經是不抱希望了，但留在湄城確實對素年有益，因此蕭戈只能從柳老這裡下手。

「素年丫頭，來來來，我們聊聊！」柳老衡量了一下後，直接將素年帶到石桌邊坐下。

「這湄城，咱們就不走了吧？」

「……」素年皺著眉。「為什麼？」

柳老深吸一口氣，也不避著蕭戈，直接將他剛剛心中的想法說出來，他相信素年能夠聽得懂，這丫頭伶俐得很。「妳不是一直都希望能憑藉醫術為自己贏得地位嗎？現在就是一個很好的契機，如何？」

素年沈默了，柳老這麼一說她就明白，單看連清妍，因為她的關係，渝府從一開始只重視柳老，到現在就算柳老不出現也沒人敢怠慢自己，這就是一個很好的例子。

素年想要憑藉醫術在這個朝代立足，卻又發現醫者的地位低微得可怕，要想混出個名堂，要嘛，跟師父一樣，在權貴之中遊走，互相牽制，讓她立於平衡之間；要嘛，就乾脆狠賺一筆發大財，然後隱居鄉野，躲得誰都找不到。

素年傾向於後者，主要是她覺得自己不適合周旋，太傷腦細胞。可後者也有弊端，她想過好的生活啊，隱居鄉野的話，就是再有錢，能奢侈到什麼地步？紅燒肉一頓燒三碗，吃一碗，看一碗，倒一碗？這不扯淡嘛！如果能夠混個一官半職的就好了，素年皺著個眉頭亂想，那樣就沒有人敢欺負自己，想要治病的，需要提前預約，銀子一把一把摟，還不用看別人眼色。不過這也不現實，師父多牛啊，醫聖啊，那也只是個民間的封號而已。

「丫頭，妳想好了沒有？」柳老很熟悉素年的這種眼神，明顯已經走神到千里之外了，於是趕緊出聲將她拉回來。

「這個……很難抉擇啊！」素年一副苦大仇深的樣子。

「……行了，那為師替妳決定了，咱們就留在渭城吧！去個人將玄毅小子弄過來，青善縣老夫也待夠了，換換環境也不錯。」

「師父，您剛剛是在問我的意見吧？」

「對啊，可妳不是難抉擇嘛！怎麼，有意見？」

素年滿心無奈，但她也知道，師父的決定也是為了她好。「對於有這麼一個強橫的師父，我是挺有意見的。」

「小丫頭懂不懂尊師重道？有妳這麼說師父的嗎？」

素年正打算再反抗幾句，猛地一想，蕭戈還在這兒呢，連忙將臉上邪惡到一半的表情收回來。「呵呵呵，蕭大人，讓您見笑了。」

「喔，對，你還沒走啊？」柳老也是剛反應過來。「我們以後就在渭城落腳了，還望大人多擔待著點。」

「柳老說笑了。」蕭戈十分可惜地笑了笑，對於素年另一半的邪惡表情還挺感興趣的。

「小翠、巧兒，收拾好了沒？」素年看兩個小丫頭整理出來了兩大包東西，都覺得不可思議，她們來的時候有這麼多行李嗎？

「快了，小姐，馬上就好！」小翠進屋最後巡視了一遍，確認沒有落下什麼，也沒有多拿什麼，這才走出來。「好了！」

「蕭大人，那我們就告辭了。」

蕭戈有些茫然，不是說要在渭城待下去了嗎？怎麼還收拾呢？然後一想，也對，素年的性子，怎麼可能會願意住在自己府上？「離這裡不遠的福順胡同裡有一處院落挺合適的——」

蕭戈剛開口，素年便轉過頭，臉上帶著得體的笑容。「多謝蕭大人，只是，我們對渭城還不熟悉，打算自己先逛逛，順帶找落腳的地方。」

蕭戈收住了後面的話，他想到在青善縣的那三年。他知道素年對別人的安排不喜，也就隨他們去了，反正他們在渭城裡，以後相見的機會還會少嗎？

從蕭府裡出來，素年讓他們將東西全部放上車，先找了一家客棧住著。找房子這種事情不是一下子就能找到的，素年打算花點時間，找一個最舒適的住所。

「小翠、魏大哥，你們去青善縣幫忙收拾吧，玄毅估計也等急了。嘖嘖，看來以後出診要謹慎，出一次診，搬一次家，這頻率可夠高的。」

小翠脆聲應下。「小姐，其實我一個人就夠了。」

「妳可真敢說，這麼個水靈靈的小姑娘，我敢放妳一個人回去嗎？萬一路上被人劫走了，我上哪兒哭去？」

小翠和魏西走了之後，就剩下素年、柳老和巧兒，渭城挺大的，三人走街串巷，開始尋覓合適的地方。最好要離集市近一些；離商鋪街也不能太遠，可又不能是臨街的，這樣太吵了；院子裡一定要有井，用水方便；格局也不能太差；當然，鄰居也很關鍵。

素年現在不差錢，太守府出手豪邁，收穫頗豐，但問題是，這種房子不好找啊！先不說柳老介不介意，她自己是不能太不講究的。

接連找了兩天，愣是一處院子都沒有看中，筋疲力盡地回到客棧。素年覺得，這活兒可真累人。

「小姐，我看下午的那處院子就不錯，就是裡面有兩棵槐樹的那個。」巧兒一邊幫素年捏著肩膀，一邊提意見，小姐這樣東奔西跑的，太辛苦了。

「那家啊？得了吧，隔了一條胡同就是紅燈區。紅燈區懂不懂？煙花之地！保不齊晚上會有醉鬼鬧事呢！」素年也愁啊，別是小翠他們回來了，自己這兒還沒有落實住所呢！「再找找吧，我們也不是暫住，肯定得要好一些的才行。」

隔日，三人又開始重複前一天的行為，將另一半的渭城繞了一圈，別說，還真讓素年看中了一處院子。相鄰的院落，一邊是一家書院，另一邊則是一戶人家，在這裡住了許多年了，家裡人口簡單，清靜不鬧騰，這人文環境就很讓素年滿意。

相隔兩條胡同，是渭城最熱鬧的商鋪街，想買什麼都有，街上的喧鬧也不會傳到這裡來。

院子是個三進的，在渭城裡算是大戶型了，裡面前院、後院各有一口井，廂房裡儘管沒人住，但卻乾淨整潔，看起來不時會有人打掃，且家具齊全，添置些鋪蓋就可以直接入住了。

素年看了以後相當滿意，直接站著就不走了，這完全符合她的要求嘛！不過這樣的院子竟然一直空著沒人住，這租金可能……

院子的主人並沒出現，素年便同看顧這裡的人表達了自己想要租下這個院子的想法。

「哎呀，小娘子，您真是有眼光！不是我說啊，這院子不只在福順胡同裡，就是放眼整個渭城，那也是數一數二的！您說這——」

「嬸子您等會兒。」素年忽然聽到一個熟悉的字眼。「您說這兒是什麼胡同？」

「福順胡同呀！小娘子，您怎麼了？」大嬸看到素年一瞬間變了的表情，有些不能理解。在渭城，誰人不知福順胡同？除了那些當官的，能在這裡住的，甭管是買的還是租的，那都是有頭有臉的，要是光有錢，嘿，還不一定能住得進來呢！

「丫頭，怎麼了？」柳老看著素年轉身走到自己身後，無力地靠在巧兒的身上。

「師父，您去談吧。我覺得啊，自己夠沒用的，又覺得這裡好捨不得，但又不甘心，乾脆師父去吧。」

柳老皺了皺眉，這說的是什麼話呢？再仔細一想，他們離開蕭府的時候，蕭戈說有一處合適的院子，可不就在福順胡同裡？柳老可沒有那些心理負擔，這處院子確實不錯，就算他們是靠了蕭戈的關係才能租下來，但也交了租金不是？

這院子的租金並沒有大家想像中的貴，素年想著，是不是也是因為蕭戈才這樣？

柳老倒是不這麼認為。「租金嘛，本就不是最重要的，能在這裡擁有宅子，人家也不差妳這幾個錢，既然租下了就不要想那麼多。」

不管怎麼樣，落腳的地方，總算是定下來了。

第四十五章　混跡女眷

小翠、魏西和玄毅很快地也從青善縣趕來了，足足帶了兩大馬車的東西，素年站在那裡看了半晌，才幽幽地問：「小翠啊，妳怎麼沒連院子都搬來？」

「搬不動啊！」

「……」素年覺得自己好像已經分不清小翠到底是真單純，還是故意的了。

他們又花了兩天的工夫才將這些雜物拾掇齊整，多出了不少沒用的，巧兒幫忙張羅著處理掉。

素年就倚在一邊看，順便埋汰小翠。「夠可以的啊，千里迢迢搬運過來扔掉，沒想到我們小翠是這麼念舊的一個人啊……」

玄毅果然變得更加不愛說話了，素年覺得，這是病，得治，並把這個光榮而艱巨的任務交給了小翠。小翠果然不負眾望，她起初還徵求素年的意見，該用什麼方法？可素年說了，如果是小翠，那壓根兒就不用刻意。事實證明，她太明智了，玄毅經常被逼得面紅耳赤。玄毅一定挺懷念那一個多月的清靜的，只可惜，假期結束了。素年遺憾地搖頭。

等大家都安定下來，也已經是好幾天之後的事情了。素年沒忘記他們在渭城安家的緣由，想著是不是要找機會拜訪一下連清妍，不想渝府的帖子卻先一步到了素年這裡。

「師父，渝大人請我們師徒去一趟渝府。」素年有些奇怪，渝府的人怎麼知道他們住在這裡？

柳老卻一點都不意外。「我想也差不多是時候了。」

渝府，兩人在門口報出名諱以後，馬管家很快地出現在他們面前。「柳老、沈姑娘，老爺已經恭候多時了，裡面請。」

這次入府不是來治病的，素年跟著師父一起見了渝大人、說了兩句話以後，才被帶到了後院。素年跟著渝府的小丫鬟來到了一處花園，打理得不錯，有各色的鮮花綻放著，看得人心曠神怡。繞過水榭，前面出現一個亭子，四周飄著淡紫色的紗幔，頗有意境。

「素年妹妹！」從亭子中忽然傳來一道驚喜的聲音，接著，快步走出一個人影。

穿著一身嫩黃水仙散花綠葉裙，披著金絲薄煙翠綠紗，低垂鬢髮斜插著一支鑲珍珠碧玉步搖，嫩生生得好似出水芙蓉，粉面含嬌，正是連清妍。

連清妍來到素年的身邊，伸手將她挽住。「素年妹妹，我可終於盼到妳了！爹爹說妳在渭城住下的時候，妳都不知道我有多開心！」

素年低調地微笑，連清妍喜悅的神情發自內心，看樣子確實很高興見到自己。

「素年妹妹，今兒給妳介紹幾位姊妹們認識。」連清妍一邊走，一邊跟素年眨了眨眼。

素年不明其意，卻也已經來到了亭子旁。

紗幔被風吹得飄動，素年看到亭子裡坐著幾位跟連清妍差不了多少的女子，她們一個個都盛裝打扮，眼睛卻都帶著好奇地看著素年。

這幾位女子，連清妍介紹說是渭城裡幾個官員的家眷，裡面有跟素年差不多大、還未出閣的小姑娘，也有已經嫁為人婦的婦人。

女子們看到素年出現，有的已經微微地竊竊私語起來。亭中的聚會，一看就是比較私密的類型，旁邊只留了兩個服侍的丫頭，這些藏身於深宅之中的女子，才會難得出現比較不合規矩的交頭接耳。

連清妍拉著素年的手介紹道：「這位就是沈素年，醫聖柳老的傳人。」

細細的驚呼聲讓素年覺得很詫異，好像被圍觀了一樣。

好在連清妍說完之後，就將她拉坐下來，靠在她的身邊。「素年妹妹妳別介意，這些夫人、妹妹們都是很好相處的，知曉了我的病以後，都鬧著想要見一見妳呢！」

素年恍然，她之前還跟師父躊躇著要怎麼打開在渭城的局面，沒想到今日就水到渠成了，真是順利得讓她都覺得不真實。

素年沒有想到的是，為了今天的聚會，連清妍功不可沒。

這裡女子之間的聚會雖不少見，但也不是隨隨便便就可以的，畢竟自己家裡的事務也需要安排，未出閣的閨秀們更是不能輕易出門，需有長輩帶著才可以。

但連清妍等不及了，知道渝大人今日會請柳老和素年來，就開始緊鑼密鼓地張羅。她現在的地位不同於往日，給各家派去的帖子也就分量十足。太守府少奶奶的花宴，當然是要給面子的，連清妍選擇的又都是品行端莊、跟她關係不錯的人，她事先也跟渝大人報備過了，希望渝大人可以在衙門裡跟這些女眷的家屬打聲招呼。

這其實非常不合禮數，但連清妍聰明地將自己的想法完全告知渝大人——她想要將自己跟素年的關係維繫好，這對他們太守府來說，也未嘗沒有作用。

反正這一切，只是為了能夠順利將素年介紹給這些女眷。連清妍將素年的好都記在心裡，她本是個溫順柔婉的姑娘，被後宅逼迫才開始往精明上轉變，但本質是沒變的。

素年心中感激，一邊聽著連清妍語氣輕快地給她介紹，這是某某知縣的千金、這是某某監司的夫人……等一圈介紹下來，素年完全分不清誰是誰？誰家的官職比誰大？她對這些不大敏感，但總看出來了，這些人裡面，差距還是有的。

素年一律報以微笑，讓眾女子心中「醫聖的傳人」這一稱號坐實——神秘、淡然。

「沈娘子，妳果然是精通醫術？」有女子按捺不住好奇，不禁開口詢問。

素年還沒來得及說話，連清妍已經代為回答了。「黃姑娘這話問得有趣，我身子可不就是素年妹妹醫好的嗎？」

黃姑娘微張著小嘴繼續驚嘆，看得出來她跟連清妍的關係不錯，並沒有因為她的語氣而不滿。

素年真是覺得不能這樣下去了，怎麼感覺自己跟隻動物園裡的猩猩一樣呢？「咳，各位好啊，沒想到連姑娘一下子給我介紹了這麼多美人呢，素年覺得十分榮幸！」

連清妍的一隻手不著痕跡地扶額，她就知道！素年是個不大可靠的姑娘，這當然指的不是她的醫術，而是她的態度。連清妍恍惚記得，自己跟素年第一次見面的時候，素年就跟她勾肩搭背了，還出了個驚世駭俗的主意，雖然那主意很起效果……

她發現素年的態度很跳脫，明明前一刻還很端莊規矩著，下一刻就能表現出流氓氣息，自己治病這段時間，沒少遭到調戲，就連素年的丫鬟們有時都看不下去，一臉羞愧地將素年拉到旁邊教育。果然，這個性還是沒有改變啊！

連清妍這裡感慨著，素年那裡卻忽然開了竅一樣。「是柳夫人吧？您的皮膚真好，有沒有保養的訣竅？嘖嘖，真是細膩！」那語氣，都恨不得伸手去摸一把才好。

柳夫人哪見過這場面？震驚得連客氣的笑容都給忘了。

素年掃了一圈，發現在座的幾位都是貨真價實的美人，臉上並沒有濃妝豔抹，倒是很合她的口味，剛準備挨個兒讚美一番，就被小翠從身後拽住了。

這麼多人，小翠也不好說什麼，只得將桌上的茶遞到素年手裡。「小姐，喝茶。」

連清妍已經回過了神，接收到小翠和巧兒求助的眼神，哭笑不得。

奇怪的是，亭子裡的女眷們並沒有太過排斥的情緒，那柳夫人反應過來後更是雙頰染紅，受到同樣是個美人的素年讚賞，她還是很開心的。

連清妍看了一眼捧著個茶盞乖乖喝茶的素年，這姑娘，總是知道什麼時候需要端莊，什麼時候可以流氓。尷尬的氣氛似乎淡薄了不少，之前不敢說話的女眷們都好像放開了一樣，開始問這問那，少了許多顧忌。

「沈娘子，若是我們有個頭疼腦熱的，也能勞煩妳嗎？」還是那個黃姑娘，問出了大家心裡所想。

「那是自然，能為這麼美麗的夫人、小姐們醫治，是素年的榮幸。」

「哎呀，沈娘子真是的……」

嘰嘰喳喳、歡歡樂樂，看得連清妍甚是欣慰，小翠和巧兒卻恨不得將頭低到胸口裡，小姐這也……也太亂來了！

因為氣氛和諧，花宴一直持續了很長時間，直到前院有人來催，大家才發現，怎麼不知不覺到這個時辰了？

素年起身跟大家道別，女子們竟然有些相見恨晚的不捨，無奈她們也不能出來這麼久，於是只得作罷。

前廳，柳老等到素年以後，兩人跟渝大人辭行，渝大人一再挽留，一直送到垂花門。

「跟連姑娘說了？」柳老直接問，他怕素年臉皮太薄，不好意思開口。

素年搖了搖頭。

柳老一副「我早就知道」的表情。

結果素年雙手一攤。「說什麼呀？我直接見到好幾位女眷，還怎麼說？」

「真的？」柳老不敢相信，這就順利地將人推銷出去了？連姑娘想得挺周到的呀！

素年點頭，連清妍確實為她考慮得很周到。

接下來的日子，柳老和素年便放鬆了心情，每日不是研究病例，就是研製一些有用的傷藥。

素年看著有趣，也弄出來兩小瓶能讓皮膚細嫩光滑的小秘方，完全不添加任何化學成分，純天然配方，就這兩小瓶，讓小翠和巧兒好一頓忙活。

柳老更是不忍直視，光當歸、白芨之類的，就不要錢一樣地研成粉，還有珍珠、蜂蜜、雞蛋就更別提了，暴殄天物啊！

這兩小瓶來之不易的精華，素年拿到手以後，便開始追著小翠和巧兒要嘗試，兩個小丫鬟都無語了，滿院子跑。

「小姐，這些可都很貴的！我覺得抹了以後，我晚上會心疼得睡不好覺。」

「我給妳配一副助眠的方子。」

「……」

血本砸下去，效果看得見，不過才用了幾天而已，小翠和巧兒的臉蛋便細嫩得好似幼滑的雞蛋白一樣，當然，底子好也很重要。

小姑娘自然都是愛美的，小丫頭開心之餘，也想幫素年抹一點。

素年的手緩緩摸上自己的臉，一臉困惑。「我這樣的，還用得著嗎？」

小丫頭們偃旗息鼓了。說得太是了，小姐完全用不著！每天伺候她洗漱的小翠深有感觸。

日日這麼鬧著，素年和柳老其實在等，等著那次花宴帶來的效果，柳老都已經制定好路線，素年就從後宅裡開始，奮鬥出屬於她自己的名氣。

結果沒想到，首先上門的，居然是蕭戈。

「沈娘子，老夫人有些不好了。」來的是月松，他的表情很焦急。

這位老夫人，就是當初自己被請到青善縣診治的那位。後來雖然救了過來，行動卻多少有些不便利，語言也略有些不清晰，並且得要精心調養著。也是蕭府財力雄厚，這麼些年竟然都安安穩穩過來了，可這會兒怎麼又出問題了呢？

素年趕緊收拾了東西，跟隨月松去蕭府。路上，月松神情有些晦暗地跟素年透露了一些，似乎老夫人是跟蕭大人置了氣，情緒激動才如此的。

「這可是大忌，怎麼蕭大人沒注意嗎？」素年嘆了口氣，一切只有等到了府裡再看了。

府裡的氣氛相當沈悶，素年跟著一路來到了老夫人的院子，在門口，就瞧見蕭戈獨自站在那裡，周身氣壓低得讓人都不敢接近。

看到素年匆匆趕來，蕭戈一句話都沒說，臉色陰沈得發黑。

素年朝他點了個頭，急忙進了屋。

屋裡也是亂成了一團，老夫人一開始出現眩暈，然後嘔吐，這會兒已經不省人事了，丫鬟們忙得團團轉，又是清理屋子，又是照顧老太太，看到了素年，所有人都集體鬆了一口氣。這個沈娘子，雖然看起來年歲不大，但意外地能讓人覺得踏實，有她在，應該……就沒事了吧？

素年察看了一下老夫人的情況，起手三棱針刺人中，並在十宣穴點刺出血；再用毫針刺百會、合谷和神門，都用瀉法。這是中風之症的急救手法。

老夫人這不是第一次了，而且情況不樂觀，意識已經昏迷，素年覺得，就算是救回來了，也肯定恢復不到之前的狀態。

「這幾日老夫人盡量少進食，撐不住了再用少量的米湯或糖水。」

素年一邊說，一邊到一旁的桌上開了一副藥方。「水煎服，每日一劑，日服兩次。」

屋子裡緊張的氣氛慢慢平靜下來，素年做完她能做的以後，走了出去。

蕭戈仍然在剛剛那個位置站著，似乎都沒有動過，看到素年出來了才走過去。「母親的狀況如何了？」

素年很冷靜地將大概情況說了一下。「這種病症，會一次比一次嚴重和危險，令堂就算救過來，可能也不能恢復到之前的狀態。」蕭戈沈默著點點頭，素年想了想，又說：「我會讓師父過來診斷的，大人請放心。」

面前的女孩似乎是想安慰自己，蕭戈抬眼，看到素年眼中的擔憂，不禁緩了口氣。「勞煩沈娘子了。」

接下來的日子，素年就比較忙碌，到老夫人睜開眼睛之前，她一整天幾乎都待在蕭府裡，等老夫人恢復意識了，素年感覺更亂了。

蕭老夫人的脾氣不是太好，這一點那三年裡素年早已知曉，在她院子裡服侍的丫頭們，個個都膽戰心驚的。

不過三年中，素年也只是每月才去一次蕭府，接觸得不多，就算老夫人對她陰陽怪氣，她也都笑笑，轉臉跟沒聽到一樣。

這會兒老夫人甦醒過來後，神奇地沒有忘記之前為什麼會犯病，半邊身子都不利索了，愣是用還能活動的另半邊砸了兩只碗。

素年站在門口直搖頭，蕭府的東西可是很金貴的，一水兒瑩若堆脂的青瓷，人家老太太就是豪氣，說砸就砸。

「去，讓那個不孝子來見我！」老太太情緒激動，可以動的那隻手扶著額角，看起來又要暈了。

「老夫人。」素年見狀走了進去。「您冷靜些，這樣對您的身子可不好。」素年對一旁的丫鬟使了個眼色，丫鬟們立刻上前將老夫人的身體扶住，緩緩地給她順氣。

面對給自己治病的素年，老夫人也沒有個好話，兀自生著氣，好似沒看見素年一樣。

素年早就習慣了，自顧自地開始給老夫人診脈，然後熟稔地讓她平躺下來，開始施針。

「老夫人，試試看動一下這邊的手指。」

「……」

「嗯，不錯。」

事實上，蕭老夫人半邊身子都沒什麼感覺，她都不知道自己剛剛動了沒有，怎麼就不錯了？

第四十六章　冤家路窄

施針完之後，素年便打算跟之前一樣默默地離開，誰知，蕭戈這時走了進來。那自己就更應該迴避了，素年垂下頭，讓小翠和巧兒拿好了工具，慢慢退出去。

「沈娘子，母親的身子如何了？」

素年一愣，這問題之前不是說過了嗎？但她還是站住了，如實地將話又說了一遍。

蕭戈很滿意。「沈娘子妳留一下。母親，您也聽到了，您的情緒不宜激動，有什麼話，兒子聽著就是。」

素年一臉茫然，這蕭戈讓自己留在這裡是個什麼意思？他們明顯是要母子談心，自己一個外人，這不妥吧……

「好！那你倒是說說，徐家的丫頭哪裡不如你意了？父母之命、媒妁之言，你居然跟我說不同意？你怎麼能跟我說這種話？」老夫人哪管素年在不在，她心裡堵著一口氣。

蕭戈站在那裡沒動。「兒子只是覺得，徐姑娘不是良配罷了。」

「你！」蕭老夫人又開始頭暈了。

素年這下子明白蕭戈將自己留下來的用意了，這是打算讓自己隨時能夠急救啊！

一針扎在少商穴，蕭老夫人總算是緩了過來。

「你憑什麼說徐姑娘不是良配？你就是這樣忤逆你的母親的？」

素年無奈地看著老夫人青筋暴起、臉色潮紅、搖搖欲墜的樣子，有心讓她養足了精神再跟她兒子吵，可蕭老夫人的模樣，像是不問出個所以然來絕不甘休的樣子。

「是不是良配，母親心裡最清楚，不是嗎？」

蕭戈淡淡的一句話，瞬間讓蕭老夫人安靜了下來。他的神色有些冷淡，跟三年多前第一次在蕭府見到他的時候一樣，帶著淡薄的情意，站在那裡看著他的母親。

從素年的角度，能夠看到蕭老夫人的臉色迅速轉變，剛剛暴怒激動的情緒已經消失不見，甚至，在她的後頸處，居然還出了一層細薄的汗珠。

「你這孩子，說什麼呢？我怎麼會知道？」

蕭老夫人的失態連素年都能夠看得出來，更何況是蕭戈？

可他完全沒有任何異樣，依舊是那種眼神，定定地站在那裡。

「哎喲，我的頭，我的頭好疼！沈娘子妳快看看，我覺得氣有些喘不上來了……」蕭老夫人的身子沈重了起來，表情難受到不行。

這演技，也太浮誇了……素年有些看不下去。不是說後宅女子個個是人精嗎？她怎麼沒有看出來？顧及著蕭老夫人的面子，素年上前象徵性地檢查了一下，然後給出一個「需要靜養」這種沒意義的建議。

「既然如此，兒子告辭。」蕭戈很「善解人意」地轉身離開。

等素年也從屋子裡走出來的時候，發現蕭戈站在院子裡，似乎是在等她的樣子。

素年正好也有話要說，便走了過去。「蕭大人，老夫人雖然剛剛……咳，沒有大礙，但她的身子確實已經禁不住太大的情緒波動，若是能順著她，就多順著點吧。」

蕭戈的目光轉過來。「如果她能安分些的話，我不介意事事都順著她。」

就猜到會是這樣……素年覺得這多簡單啊。對蕭老夫人來說，蕭戈並不是她生的，但似乎又混得不錯，久居深宅怎麼說心理都會有些不大對勁，想給蕭戈添些堵也不是太難理解。但從剛剛老夫人不精湛的演技來看，就是個有心無力的主。

而蕭戈，不是素年妄自菲薄，她混跡了兩世，也沒有任何信心能跟這人對抗，這就是個人精，知道什麼時候用什麼手段，不管對方是誰，都能吃得死死的，蕭老夫人這種級別的，素年真心不看好。

既然如此，素年也就不多說了，她知道蕭戈自己會控制好的，她需要做的，就是盡力將老太太治好而已。

柳老見素年回來後就沒精打采，像一攤泥巴一樣地癱在那兒，便去向小翠和巧兒打聽，素年從來不瞞著她這兩個丫鬟。

兩人也實誠，將聽到、看到的事情說了個大概，柳老就知道了，這丫頭，又開始間歇性地惆悵了……

「為師兩日以後會離開渭城，護軍參領森大人身體有恙，老夫不得不走這一遭，妳自己一個人多注意些。」

柳老的一句話將素年從多愁善感的情緒中直接抽離出來。「兩天以後就走？師父，護軍參領是在京城裡吧？這一去要多長時間？」

「不知道，要看森大人的情況了。總之，完事之後，為師會盡快回來的。這些不是妳該擔心的，妳想想自己就行了。」

素年胸口一挺。「我可是醫聖的傳人，誰要想找我麻煩，直接用師父的頭銜砸死他！」

柳老摸著鬍鬚，呵呵地笑。

師父走的時候，素年心中很是不捨。柳老此人，說好相處也好相處，說不好相處，那是很多地方都是不能忍的，又挑剔、又嫌棄、又易怒、又愛吼人。可他也護短，又不吝嗇讚美，心情好的時候對誰都笑咪咪的，整個就是一個普通的老頭子，誰也不會往脾氣古怪的醫聖身上想。

素年都已經習慣有這麼一個長輩在自己身邊了，她會覺得心裡踏實、安心，雖然師父囉嗦了點，還動不動就愛給她洗腦……成吧，自己也不是小孩子了，最好能在師父回來前做出點成就，也好跟師父炫耀嘚瑟不是？

素年打起精神，先去一趟蕭府，給蕭老夫人複診，笑咪咪地接受老夫人不善的眼光，笑得老夫人都不好意思說什麼了。

從蕭府回來後，玄毅說，楊府來人，希望素年能去一趟，說是府裡有女眷身體不適。

楊府？哪個楊府？素年特別仔細地回想了一下，她似乎並沒有接觸過姓楊的姑娘啊，難道是那次花宴她看漏了人？不過，這麼快就有女眷來求診，素年覺得還是很有效率的，於是稍微整理了一下，便跟著楊府的來人去了。

這個楊府，竟然離蕭戈的州牧府並不遠，也是一處挺大氣、上檔次的府邸，素年一看就知是個官員宅子，就是不知道是哪個官員了。

跟著楊府的丫鬟在院子裡走著，素年主僕目不斜視。這院子的格局不錯，侍弄得也很精心，但三人早已見過了太守府和蕭府，再看這裡就有些食之無味了。

來到後院，穿過長廊，來到一處名為香婉閣的院子前，丫鬟進去通報，片刻之後畢恭畢敬地出來。「小姐請沈娘子進去。」

素年保持禮數地跟在丫鬟身後，院子裡有一個小小的池塘，不深，裡面鋪著一層鵝卵石，清冽的水晶瑩透亮，裡面游著幾尾錦鯉，悠然自得的樣子。

院子裡的布置一看就是姑娘家的閨閣，秀氣精美。素年來到屋子門口，卻看到了一個目瞪口呆地瞪著自己的人。看到這人，素年算是終於想起來這姓楊的姑娘是哪位了。可不會這麼巧吧，這樣都能遇見？

這個目瞪口呆的小丫鬟，正是當初跟著她家小姐去到林縣的彩月，她家小姐，就是那個衝著林縣才女的名頭而去，結果卻敗在一心求財的素年手下的楊鈺婉。

怎麼這裡是黎州府台大人的府上嗎？自己也來渭城有段時間了，怎麼沒有聽說過呢？那，這個院子裡的主人是誰就昭然若揭了，必然是黎州第一才女楊鈺婉吶！她居然派人請自己來瞧病？而且看彩月的表情，並不像是故意的，莫非真這麼巧？

素年很體貼地站住了，彩月也急忙衝回屋子裡報信。

「小姐，要不咱們回去吧？」小翠也一眼將人認了出來，這不是那個討厭的丫鬟嗎？還有那個討厭的楊小姐，在林縣可沒少欺負她們。

素年也是這麼想的，但如果楊鈺婉真的身體不適，她就這麼走了也不好，姑且等等吧，要是人家不願意讓自己瞧，那她就沒辦法了。

楊鈺婉這會兒在屋子裡也是如遭雷劈，她怎麼會知道這醫聖的傳人自己竟然認識，還是曾有過節的沈素年，這太令她不敢相信了！

楊鈺婉並不在連清妍的圈子內，之前的花宴也根本沒有請到她，但渭城女眷的圈子就那麼點大，楊鈺婉從別家女眷的口中聽到了隻字片語——醫聖柳老有傳人了，還是個女的，醫術了得。

這些消息對楊鈺婉來說，足夠了。至於這傳人叫什麼名字、長什麼模樣，那不重要，她也打聽不到，可誰知居然是沈素年！

現在，沈素年就在門外候著，要不要讓她進來？不行，自己跟她有過節，更是放出了話，讓她以後不要碰見自己，這要是讓她來給自己瞧病，還不知道會發生什麼事呢。

楊鈺婉一瞬間作出了決定，正想讓人將素年趕走的時候，她又猶豫了。如果不讓沈素年醫治，她能夠找誰呢？自己是個未出閣的小姑娘，普通大夫……是不方便的。她也已經找過有經驗的嬤嬤來瞧過，各種秘方也嘗試過，卻仍舊不見好轉。她就快要嫁人了，如果讓婆家知道的話……

楊鈺婉一時間茫然了，思緒萬千。她心中暗恨，為什麼這人偏偏是沈素年？為什麼她可以成為醫聖的傳人？

彩月在一旁看了心中著急，卻也沒有辦法，只得小心翼翼地出主意。「小姐，既然這個沈姑娘是醫聖的傳人，您就讓她看吧？以您的身分，想要拿捏她也不是不能夠，而且我聽說柳老已經離開了渭城呢！」

楊鈺婉一聽，心中有些豁然。對呀，她是誰？她可是府台大人的千金，她想要讓沈素年為自己看病，沈素年豈敢不從？

「讓她進來。」楊鈺婉冷著聲音，眼睛微微瞇起。是的，是她想多了，醫聖的傳人又如何？如果治不好病，她憑什麼做醫聖的傳人？

房門重新打開，彩月一掃剛剛的慌亂，趾高氣揚地讓素年進去，並在小翠和巧兒要跟進去的時候站過來擋住。「小姐說了，只能讓沈娘子一個人進去。」

小翠和巧兒當即就急了，這怎麼可以？又不是不知道那楊鈺婉是什麼德行，她們可不放心小姐獨自進去。

「怎麼著，妳們是擔心我家小姐將沈娘子給吃了不成？」彩月臉上勾出笑容。

小翠和巧兒看得心頭直冒火。

「妳們就在外面等著，我一個人就行，誰吃誰，還不一定呢！」素年反倒是笑著安撫小翠和巧兒。

一句話，說得彩月得意的臉色有些掛不住，正想辯兩句，素年卻已經轉身進屋了。

屋裡的風格依舊秀氣，格調雅致，四處可見書卷筆墨，清雅至極。

楊鈺婉就端坐在榻上，臉上的神情跟彩月之前如出一轍，趾高氣揚。

「沈娘子，很久不見，沒想到當初一個尋常的小醫娘，現在竟然成了醫聖的傳人，真是人不可貌相啊！」楊鈺婉看著從外面走進來的素年，眼睛裡無端冒出了火。幾年不見，這個沈素年竟然變得更加奪目，這要是站出去，沒人會覺得她只是個醫娘而已。

想到幾年前在林縣自己受到的恥辱，楊鈺婉就怒火中燒。她的人生似乎就是從那次林縣之行開始，變得不順利了。

楊府台雖然認同了楊鈺婉身體不適的藉口，但他心中仍舊有些疙瘩，在他看來，自己的女兒就是身體再弱，也不可能輸給林縣的任何一個人才對。

再後來，一直圍在楊鈺婉身邊奉承的小姐們，不知從哪裡打聽到楊鈺婉在林縣的遭遇，她們會圍著楊鈺婉轉，只不過因為她是府台千金而已，誰願意整天捧著別人呢？於是，這個令楊鈺婉悲劇的事實就被傳開了。因為是事實，楊鈺婉根本不好解釋，她的才女名聲如同一個笑話一樣，連林縣這種小地方的人都比她強，她怎麼能叫做才女呢？

那段日子，楊鈺婉真是度日如年，從前熱衷的詩會、花宴統統稱病不參加，縮在家裡好長一段時間才慢慢淡化這種影響。現在見到沈素年，這些記憶全部都回來了，讓楊鈺婉如何不咬牙切齒？努力壓制了好一會兒，才讓心情平靜下來，楊鈺婉向後靠在榻上。「妳我如今再次相見，這也是一種緣分。」

「看來，妳對這種緣分覺得挺高興的？那就好，素年還以為，妳會不願意見到我呢。」

素年淡淡地開口，頓時讓楊鈺婉才壓下去的火氣又上來了。誰高興了？誰樂意見到她了?!

素年無視楊鈺婉發青的臉。「楊小姐，妳哪兒不舒服？」

楊鈺婉不說話，只咬著嘴唇。這讓她如何開口？而且，沈素年這態度，是真的打算為自己治病嗎？

「哪兒不舒服就說，我的時間可是很寶貴的。」

「妳是大夫，我哪兒不舒服不是應該妳來告訴我嗎？」

「喔？是嗎？妳確定？」

楊鈺婉的臉不只發青，更開始發黑。想起來了，她又想起來了！這個女人，在林縣也是這麼一副嘴臉，然後給她扎了一遍銀針，疼到了心裡，就是現在想起來，都能讓她渾身顫抖！

素年可不管她。「既然如此，就讓小女子來為楊姑娘診斷吧。」說著就開始捋袖子。

「妳等會兒！」楊鈺婉往榻裡縮了縮，她讓這個沈素年進屋究竟是對還是錯？

一旁的彩月倒是想起素年剛剛說的話，她說什麼來著？「誰吃誰，還不一定呢！」——果然啊，是不一定呢……

「楊姑娘，妳這樣不配合，小女子無法為妳醫治啊！難道妳特意派人請小女子來就只是為了見一見故人？」

楊鈺婉被逼到了這個分上，她想起剛剛彩月說的話，乾脆敞開來說：「沈素年，妳別得意，不就是醫聖的傳人嗎？告訴妳，不是每個人都會給醫聖這個面子的，既然妳是醫聖的傳人，今日若是治不好我的病，我明日就昭告天下，說醫聖的傳人也不過如此！」

「嗯，好的。」

楊鈺婉淚流滿面了，她這麼強勢威脅的話，總共就換來三個字，氣勢一下子就弱了下去！怎麼回事？究竟是怎麼回事？為什麼遇上了沈素年，她就好像失了平日的伶俐一樣？

素年也不喜歡老這麼欺負人，既然楊鈺婉都這麼說了，她也要表現一下不是？於是又上前了兩步，手往楊鈺婉的身前伸去。

「妳幹麼?!」楊鈺婉這是叫出來的，完全是下意識的行為。

「診斷呀！大小姐，妳不會以為我光靠看看就能看出來妳哪兒不舒服吧？那不是醫聖的傳人，那是神仙了！為了讓妳不到處宣傳醫聖的傳人沒用，我不得努力一下？」

說完，素年一把扯過楊鈺婉的手腕，將她的衣袖撩上去，細白的指尖搭在了她的手腕上。脈象沈細無力，尺脈弱虛。素年又檢查了一下楊鈺婉的舌苔，舌質淡，苔薄潤，再看她的面色，雖敷了一層粉，仍能看出面色晦暗，還真生病了。

「……妳……看出來了什麼沒有？」楊鈺婉的語氣很緊張，手揪著自己桃紅色的裙子，揉得縐巴巴的。

素年直起身，長長地嘆了一口氣，嘆得楊鈺婉的心都要從喉嚨裡跳出來了。

「看出來了，小姐妳不是在跟我說笑，妳確實身體有恙。」素年規規矩矩地往後退了兩步，神色淡然。「只不過，若是妳不說清楚是哪兒不舒服的話，小女子也無能為力。」

楊鈺婉絞著裙子，臉開始脹紅，像是不知道如何開口一樣，愣是半天沒有說話。

素年心裡忽然一動。「楊小姐，妳是否時常覺得頭暈腰痠？」
「有時。」
「夜裡起夜次數？」
「三……三、四次吧。」
「您今年芳齡？」
「小姐是去年及笄的。」彩月回答。
那麼就是十六歲了。素年壓低聲音道：「恕小女子失禮，妳的月事……正常嗎？」
楊鈺婉猛一抬眼。她診出來了？她真的診出來了！這個沈素年是真的醫術了得？那麼，自己是不是找對人了？

第四十七章 登門道歉

這會兒，楊鈺婉也顧不得跟素年有什麼樣的過節，只把她當成自己的救命稻草一樣，她沒辦法選擇，她都十六歲了，也已經許了人家，是通政使司副使秦家二房的少爺。

據說，這位少爺偏愛有才情的女子才會相中自己，而他們二房只有一個希望，就是能盡早完婚，然後為他們二房開枝散葉。

這種要求，真的已經不算什麼了，可偏偏楊鈺婉現在卻做不到！

她已經十六歲了，身子出落得如花似玉、凹凸有致，可她的月事，卻一直遲遲未來。

楊鈺婉年紀小不懂，但她身邊的嬤嬤可是知道的，小姐月事不來，她還怎麼懷孕生子？漸漸地，楊鈺婉知道了嬤嬤著急的原因，她也傻了，這如何是好？不能傳宗接代的女子，還能有什麼作用？

秦家那邊催著要過門，而楊鈺婉只能哀求父親一再拖著，她不願意失去這樁姻緣，更不願意嫁過去以後被夫家知道緣由休出門去。

楊鈺婉走投無路，找了幾個醫婆來看，結果都是讓她喝藥，也不知道藥裡放了什麼，喝了一段日子不僅月事沒來，連身子都連帶虛了不少。

父親已經不知道要跟秦家再以什麼理由拖下去了，如果不過門，他們堂堂通政使司副使，不愁找不到可心的媳婦。

所以，當醫聖柳老有一個女傳人的消息讓楊鈺婉知道以後，她的心又重新鮮活了起來，這是她的機會，是上天垂憐於她！楊鈺婉懷著感恩的心去將人請來，誰知道卻是沈素年！可現在，沈素年竟然只診斷了一下，就說出了她的情況，讓楊鈺婉無比的激動，可以的，自己的身子可以恢復正常的！

素年等了半天，都沒人回答她這個問題，這是不打算治病的意思嗎？素年暗暗點頭，她是個溫柔體貼的姑娘，既然人家不願意回答，那她就乖乖離開好了。

楊鈺婉看見素年忽然轉過身，開始往門口走，驚得直接就往榻下跳，結果裙角勾住了一旁高腳黃梨木雕雙蝶花几，將上面的一只五彩花紋描銀梅瓶給拽了下來，在地上裂出清脆的響聲。

「小姐！」等在門口的小翠和巧兒聽見聲音，早顧不得什麼規矩，直接推門闖了進來，就看到地上的瓷片和素年吃驚的表情，還有楊鈺婉剛剛站穩的身姿，這分明是想要謀害小姐的架勢啊！

小丫鬟當即就爆發了，小翠插著腰站到素年的身前。「妳想幹什麼？告訴妳，妳要是敢傷害小姐一根汗毛，我是不會放過妳的！」

巧兒也將素年拉到身後，雖然沒有小翠威武，但維護之意一覽無遺。

素年看著這兩個小丫頭，無奈地笑了。「可以了，好歹是人家的府上。再說了，我是那麼容易吃虧的嗎？」

素年的話讓小翠和巧兒放了心，但還是站在她的左右兩側防備著。

楊鈺婉目瞪口呆，有這麼囂張的丫鬟嗎？沈素年是怎麼縱容出來的？這還得了，反了不成？

「若是沒事的話，小女子就告辭了。」素年懶得再待下去，又打算帶著小丫頭往外走。

「妳站住！」

素年回過頭。「楊小姐還有什麼吩咐嗎？」

「妳……妳不是來給我治病的嗎？什麼都沒做就想走？」

「楊小姐妳誤會了，我之前不知道是妳來請我的，不然也許我都不會出現在這裡。」

「妳！放肆！也不看看這地方是哪兒，容得妳如此囂張？不過是個醫娘！我說了，妳要是治不好我的病，別怪我沒提醒過妳！」

素年的表情紋絲不動。「楊小姐說完了？那告辭。」

「沈素年！給我攔住她！」

隨著楊鈺婉的怒吼，幾個丫鬟齊齊地擋在素年三人面前。

素年轉過頭。「楊小姐，這就是你們楊府的規矩？」

「對付妳一個小醫娘，要什麼規矩？」

「行吧，妳將我們留在楊府，又能如何？不瞞姑娘，我這人什麼都好，就是討厭被人逼迫。」

「好！妳好！既然不治病，那妳要這一雙手也沒什麼用了！來人，給我敲斷！」

「妳敢！」小翠和巧兒毅然決然地站出來。這個楊鈺婉簡直欺人太甚！她是個什麼東西？蕭大人跟小姐說話的時候都客客氣氣的，不過是個府台千金，竟然倨傲成這個樣子！

楊鈺婉反而笑了起來。「妳們說我敢不敢？一個醫聖傳人罷了，妳以為妳的地位就高人一等了？告訴妳，不可能！就算是柳老，我也不會放在眼裡！」

「住口！」

一聲暴喝從院門口傳來，將院子裡僵持著的氣氛打破。

素年望過去，看到了楊鈺婉的父親，楊程。

「楊大人。」素年給楊大人行禮。

其餘人好像這才反應過來，紛紛低下頭。

楊大人對著素年略一點頭後，大步走到楊鈺婉的身邊。

「爹爹。」

啪！一巴掌落在了楊鈺婉的臉上，讓她的身子被打得直顫動，連退幾步靠在彩月身上才停住。

楊鈺婉被打懵了，爹爹居然打她？過去這十六年裡，她一直是爹爹的掌上明珠，什麼好東西，爹爹都想著自己，這次選夫婿更是爹爹親自選定的。別說是動手打了，就連重話爹爹也不曾說過幾句！為什麼打她？

「沈娘子，小女多有冒犯，還望沈娘子不要見怪。」楊程看都沒有看楊鈺婉一眼，倒是朝著素年和善地笑笑。

「楊大人多禮了，除了要將小女子的手敲斷以外，楊姑娘並沒有其他冒犯我的地方。」

素年的語氣平淡，好似在說尋常的客套話，楊程的臉色卻是一白，瞪了楊鈺婉一眼。那眼神，冰冷得讓楊鈺婉心底直冒寒氣。她的爹爹如何會對她有這種表情？

「本官一定好好教育，還請沈娘子不要放在心上。」楊程的笑容加深了幾分，然後轉過頭怒喝：「還不給我滾回去！」

楊鈺婉滿臉的不敢置信。

彩月看出楊大人是真的在生氣，連忙連拖帶拽地將人拉走。

「沈娘子，請，我們前廳說話。」

楊程慶幸自己今日回來得早，也多嘴問了一句門口停的馬車是誰的，婉兒這丫頭，太給他惹事了！

楊程是一早知道柳老來了渭城的，當然還有他那徒弟，但他覺得跟自己沒什麼關係。近日跟蕭大人碰面的時候，兩人關係頗為融洽，這讓楊程很是自得。蕭大人的品級要比他高，能跟這位大人搞好關係，對楊程的前程來說很重要。

聽說蕭大人的母親身體有恙，楊程當然要狗腿地慰問一下，這才知道，醫聖柳老的傳人沈娘子正在蕭府，而且，正是當初他們在林縣遇到的那位沈娘子！這絕對是天賜的機緣，楊程怎麼會放過？何況他口中的，又是蕭大人所不知道的沈素年，蕭戈聽著很有興趣。

楊程也在官場上混跡了許多年，如何看不出蕭戈對素年有些特別的關注？當即決定，這位醫聖的傳人，自己還是要多多接觸才行。

待回到府中，得知門口的馬車就是沈娘子的，是自己女兒特意去派人請回來的，楊程心裡別提多熨貼了。婉兒還是那麼的貼心，沒有辜負他的期望啊！誰知，他才剛來到香婉閣的門口，就聽到婉兒叫囂著要敲斷人家的手，這一棍子讓自己都懵了。什麼情況？婉兒請人幹麼來了？這是在給自己添亂啊！

「沈娘子，小女最近身體不適，容易情緒激動，才會口不擇言，還請沈娘子多多擔待。」楊大人再一次為楊鈺婉的魯莽說著歉意的話。

素年在這種場合，一向是端莊大氣的。「楊大人言重了，小女子的手這會兒還好好的，想來，楊姑娘只是說笑而已，您說是嗎？」

「是是是，沈娘子深明大義，令本官佩服！」

素年不想再待在楊府裡，稍微客套一下就起身告辭。

楊大人在送走了素年之後，怒氣沖沖地回到了香婉閣。

楊鈺婉這會兒還委屈地直哭呢，臉上鮮紅的掌印已經腫了起來。彩月找來了一盒子清涼消腫的藥膏，可楊鈺婉不肯抹。

「就放著！我要讓爹爹瞧著，他就不心疼？嗚嗚嗚……從小到大，爹爹都沒有打過我，這次卻為了一個低賤的醫娘打我……」

彩月無奈地站在一旁，捧著個藥膏左右不是。老爺都氣成那樣了，怎可能還會心疼？果然，楊程來到屋子裡的時候，依舊寒著一張臉。「妳出去！」

彩月默默地退下去，順便將屋子的門關好。希望小姐能清醒點，知道這一巴掌為什麼挨的才好。

楊鈺婉委屈地將頭轉到一邊，固執地生氣。

楊程看到楊鈺婉臉上腫成一片的紅痕，到底是心軟了，這也是他從小寵到大的女兒啊！

「還疼不疼？」

楊鈺婉不說話，眼淚卻不停地往下落。疼，當然疼！這一巴掌是在楊程盛怒之下搧出的，力道就不用說了。

「婉兒，妳知道爹爹為什麼打妳嗎？那沈娘子，妳怎麼能這麼對她？」

楊鈺婉的臉倏地轉過來。「她不就是個醫娘嗎？」

「她還是醫聖的傳人。」

「那又如何？就不是醫娘了嗎？」

楊程嘆了口氣。「如果光是醫聖的傳人，為父自然也不會這麼緊張，可妳知道嗎？沈娘子如今正在給蕭大人的母親治病，蕭大人似乎很重視她。這樣的人，妳卻要打斷人家的手，妳想想會是什麼後果？」

楊鈺婉的臉一下子白了。蕭大人？那個剛來渭城不久，新上任的黎州州牧蕭戈？怎麼偏偏是他？

「婉兒，對於這個沈素年，妳不僅不能得罪，還要拉攏。」

楊鈺婉紅腫的那半邊臉都開始發白了。拉攏？怎麼拉攏啊？自己都已經那種態度了，如何能拉攏得起來？要不一棍子將沈素年敲傻，讓她不記得今天發生的事情？

楊程看楊鈺婉發呆，拿過案几上的藥膏，親手給她抹上。「明兒，妳就親自去找沈素年，跟她道歉，務必要讓她原諒妳。」

「我不要！」楊鈺婉下意識就不願意。她是想治好身體，可她不願意這麼低聲下氣地去祈求原諒。她堂堂一位府台千金，要跟一個醫娘低頭？她做不到！

「由不得妳不要！妳去也得去，不去也得去！」

「小姐，這楊府我們以後少來，太過分了！」另一邊，小翠和巧兒也沒少跟素年灌輸楊府的不好。

素年一直是很無所謂的態度，不過，她也不想來就是了。剛剛在前廳，楊大人跟她聊的話裡，一直出現一個人——蕭戈。這才是讓他對自己另眼相看的原因吧？

沒想到，自己還沒能用醫術立足，她的保護傘，卻是她一直想要繞開的蕭戈。

長嘆一口氣。「不去了，以後再不去了。」

只是她不去，卻擋不住人家主動過來。

隔天，聽見玄毅通報說楊府的千金楊鈺婉來訪的時候，素年的嘴張得能塞進一隻拳頭。這是沒敲斷她的手不過癮，又找上門來的意思？

「不見，請人回去吧。」素年覺得今天不宜給自己添堵，很果斷地拒絕了。

玄毅還奇怪著呢，素年可從來沒有拒人於門外的行為，一旁的小翠已經湊過去給他告起狀來了，等玄毅聽說門外的人想要敲斷素年的手，臉立刻黑了下來，轉身就走。

「行，我去會會她們，看誰敲斷誰的！」

素年一口茶水噴了出來，嗆得眼淚都下來了，咳得直喘，卻忍著讓小翠追出去。「拖回來，趕緊拖回來！」

可惜遲了，小翠怎麼能追得上玄毅？

等她跑到院子門口，就看到玄毅一臉凶神惡煞的表情對著楊府的丫鬟，看得她們一個都不敢上前。

「是誰說要敲斷我家小姐的手的？站出來，留下一隻手就可以走了！」

楊府的丫鬟們個個花容失色，這男子看著長得白淨俊秀，怎麼說話這麼殘暴呢？

魏西抱著膀子站在一邊。「你別搶我護院的職責成嗎？」

素年跟著出來看情況的時候，看到的就是這麼一個令她崩潰的場面。不可靠啊，真真一個都不可靠啊！直接趕回去不就行了？玄毅的狠話一撂，人家連走都不敢走了……

「幹麼呢？都圍在這兒。楊姑娘是吧？請回吧，我覺得我們沒什麼可以聊的。」

素年笑得客套而敷衍。她主要任務是來將玄毅帶回去的，對著小翠和巧兒使了個眼色，無奈這兩個小丫頭對著楊府的人橫眉豎眼，愣是沒有接收到她的信號。

「沈娘子。」楊府馬車上的簾子掀開，楊鈺婉從裡面緩緩走出來。

她姿態優美地踩著小杌凳，走到素年的面前。「我今日前來，是為了之前的事情給沈娘子賠罪的，還望沈娘子成全。」

楊鈺婉的臉上覆了一層面紗，也是，素年估摸著昨日那一巴掌消得再快也會有些痕跡，當然要遮一遮。楊鈺婉的姿態放得這麼低，素年如果不成全她，是有些不近人情了。

楊府的馬車很好認，周圍的鄰里有人探頭探腦地看熱鬧。素年想著，既是在自己的地盤上，也不擔心她會出什麼么蛾子。

「既如此，請進吧。」

第四十八章　聲名鵲起

後院裡，素年死瞪著玄毅，可這孩子就直直地站在那裡，動都不動的，眼神凶狠，看得一干楊府女眷大氣都不敢出一下。

這可怎麼得了啊？雖然素年挺感動的，玄毅這小子會護短了，但總不能讓人家以為她家淨出些流氓氣息濃厚的人吧？昨日小翠和巧兒氣場十足地站出去跟楊鈺婉對吼，今天玄毅就死賴在後院裡不肯走，這可是姑娘家們的聚會啊！

「呵呵呵，楊姑娘別介意啊，我這位管家……呃，有些擔心我的安危，妳能理解的吧？」素年沒辦法了，只得實話實說。

楊鈺婉聽了，牙都要咬斷了！這話太過了吧？什麼叫她能夠理解？是防著她的吧？是吧？楊鈺婉很想發飆，但她想到今天自己來這裡的目的，想到爹爹的態度，不得不嚥下這口氣。

「沈娘子，昨日是鈺婉態度欠佳，說了些不該說的話，還請沈娘子大人有大量，不要生我的氣。」

楊鈺婉低著頭，表面上看來倒是挺有誠意的，只是，如果她能夠不摳自己家桌子的話，可信度會更高一點。但素年也不是那麼計較的人，事實上，對於楊鈺婉會上門道歉，她都覺得不可思議，想來是被楊大人給逼的吧？嘖嘖，以她的性子，夠憋屈的了。

「楊姑娘不必如此，素年沒有放在心上。」
嘎吱——素年的這句話，讓楊鈺婉的指甲在桌上劃拉出一道刺耳的聲音。
沒放在心上？她怎麼能沒放在心上？是因為攀上了蕭大人嗎？所以根本不在乎自己說了什麼？
「楊姑娘？」
楊鈺婉立刻將手收起來，她慶幸今日蒙了面紗來這裡，不然，她沒有自信讓自己猙獰的表情消失。
「那就好，沈娘子這麼說，鈺婉就放心了，呵呵……」楊鈺婉心裡暗恨，但她也有所顧忌，如果自己的脾氣再不克制的話，她的身體要怎麼辦？狠話已經放出去了，而沈素年不但不當回事，更是讓爹爹都看重她幾分，這麼一來，她必然不會願意為自己治病的。楊鈺婉一時間矛盾不已，歸根究柢，為什麼醫聖的傳人偏要是沈素年？換一個人不行嗎？
「對了，楊姑娘，昨日小女子為妳診斷過後，發現楊姑娘的身體確有不適的地方，妳願意跟我說說嗎？」
這時，倒是沈素年主動提出來了，看她的樣子，難不成還打算醫治自己？楊鈺婉的心瞬間活絡起來。不管她是不是看在自己今日來道歉的分上，如果她肯醫治，就再好不過了！楊鈺婉正想開口，眼光一掃，那個凶巴巴的管家還在一旁瞪著呢！
楊鈺婉頓時閉了嘴，有這麼一個男子在，讓她如何能說得出口？
「那個……沈娘子，能否讓妳的管家迴避一下？」

素年想想，如果她猜測正確的話，玄毅在這裡確實不大方便。「玄毅啊，你去前院吧。」
玄毅一聲不吭，站著不動。
「去前院守著，若是她們真對我做了什麼，守住前院，也可以一個都不放跑的。」
院子裡接連出現抽氣聲，這個沈素年，她在說什麼?!
倒是玄毅覺得這個法子還能接受，冷冰冰的目光掃了一圈楊府的丫鬟，確定她們都接收到自己的警告了，這才慢慢地退出了後院。
院子裡寂靜一片，楊府的小丫鬟們一個個都希望自己沒來過一樣。
而小翠和巧兒則站在素年的身後，延續玄毅的氣勢，昂著頭、抬著下巴，讓表情冷峻起來。
「行了，現在可以說了吧？」素年像是完全沒看到玄毅的舉動和院子裡的氣氛，笑咪咪地對著楊鈺婉。
楊鈺婉這會兒哭的心都有了！這些……這些都是什麼人啊?!
這種私密的事情，楊鈺婉當然希望越少人知道越好，楊家的丫鬟們也讓她揮手退下去，只留一個貼身的彩月候在一旁。就這樣，楊鈺婉還說得支支吾吾的。
素年感嘆，都說古代女子生病死亡率高，其中很關鍵的因素，可能就是這些女子的臉皮太薄了。素年聽了楊鈺婉的話，跟她猜測的相差無幾，但這並沒有讓素年欣喜，主要是，這種病，她不擅長啊……

楊鈺婉到現在都沒有來月事，很有可能是原發性閉經症，這種病有各種原因的，或是子宮發育不全，或是先天性生殖道發育異常，或是先天性卵巢發育不全等等，但不管是哪一種，素年都無法下手。她前世飽學醫術不假，但這種的……她還真沒什麼經驗。再說了，如果真是那些需要手術治療的，很抱歉，外科不是她擅長的。

素年臉上的難色讓楊鈺婉心裡不停地敲鼓，不是醫聖的傳人嗎？為什麼要露出這種表情？自己……自己不就是沒來月事嗎？讓它來不就行了嗎？

素年閉了閉眼睛，再睜開時，眼睛裡是楊鈺婉沒有見過的凝重。

「楊姑娘，我跟妳實話實說，妳這種症狀，有很多種可能性，最壞的打算，是無法生育，但若是腎氣不足、肝腎虧損導致的，是可以調整過來的。我現在無法知道是什麼原因導致的，妳明白嗎？」

「不明白！」楊鈺婉被素年前面的話嚇壞了，驚叫出來。「妳能治好的對不對？妳一定可以的！妳可是醫聖的傳人，妳怎麼可能治不好呢？」

「我師父……那也是醫男子的。」

楊鈺婉的眼睛裡瞬間沒有了光彩，哪兒還有之前盛氣凌人的架勢？她癱坐在椅子上，面如死灰。

「我說了，只是可能，也不一定的。如果只是肝腎陰虛，或是雌激素缺少，也不是養不回來的。」素年也不管楊鈺婉能不能聽懂她說的是什麼意思，才多大一個小姑娘，怎麼隨隨便便就露出了無生趣的表情呢？

楊鈺婉無神的眼睛漠然地看向素年。「若是養不回來呢？我活著還有什麼意思？」

「……」素年說不出話來，她看到楊鈺婉的眼睛，那不是說著玩玩的喪氣話，她是認真的！可能在楊鈺婉的世界裡，女子如果生不出孩子，就一點價值都沒有，這種想法，素年無法理解，她也沒辦法去改變。「現在說什麼還太早，那麼，妳還打算讓我醫治嗎？」

楊鈺婉沈默著點點頭，她不相信上天會對她那麼殘忍，她不願意相信。

「行吧，我給妳開兩副補腎益精、調補沖任的藥方，妳先喝著。日常的飲食也要有所調整。妳叫彩月是吧？一會兒我寫幾個方子，楊姑娘的飲食就照著那上面的來。」

彩月急忙點頭。

素年站了起來，招呼楊鈺婉進屋。

「嗯？」

「施針啊！不瞞楊姑娘，我能成為醫聖柳老的傳人，這一手好針法功不可沒呢，楊姑娘應該深有體會才是。」

楊鈺婉差點沒站起來往外跑，她太有體會了！這沈素年說的是真是假？確實是要施針嗎？還是說，她是乘機找機會報復自己？楊鈺婉無從知曉，但她卻不能拒絕。只要有一絲希望，她都不願意放棄。

「那什麼，彩月進來就好了，小翠、巧兒，妳們就在院子裡，不要放人進來。」素年率先走了進去。

楊鈺婉一看，她們這方還多一個人呢，當即情緒放鬆了不少，帶著彩月也走了進去，沒有看到身後小翠和巧兒臉上同情的表情……

很快地，楊鈺婉就領教到沈素年的不凡之處。

素年進了屋後，往床邊一坐，拍了拍床榻。「來，脫吧！」

楊鈺婉立刻石化，這場景，怎麼讓她覺得恍惚呢？但楊鈺婉也知道，沈素年是為了要施針。當初在林縣，她只扎了頭部和四肢，並不需要脫衣，沈素年的要求是正常的，且大家都是女的，楊鈺婉覺得脫了外衣也沒什麼，可沈素年的眼神在她身上上下掃視，她無法當作看不到……

彩月伺候著楊鈺婉，將水綠色散花長裙脫下來，擱置到一邊，楊鈺婉只穿著一件月白色的中衣。

「嘖，繼續啊！」

楊鈺婉再次石化。「還脫？」

素年點點頭。「醫治此病，所需的穴位中極穴、關元穴、氣穴、盲俞、氣門，這些都位於腹部，妳不脫，我如何下針？」

楊鈺婉是真的悚然了，這些穴位當然她是沒有聽過的，但素年每說一個，眼睛就在她的下腹掃視，掃得她一陣陣寒氣。

「楊姑娘，小女子今日還要去蕭大人府中複診，時間寶貴。」

小翠和巧兒守在門口，聽到楊鈺婉的陣陣驚呼時，兩人對看一眼，眼中均是無奈。小姐……最喜歡刁難人了，尤其是長得白白淨淨的姑娘家！這是怎麼養成的習慣呢？

屋內，楊鈺婉仰臥在床榻上，死揪著被子不鬆手，但露出來的肌膚，卻細膩得讓素年讚嘆。不愧是大家小姐，養得就是精細！但素年也只是過過眼癮而已，楊鈺婉不鬆手就不鬆手吧，腹部露出來了就行。

中極穴，下腹，前正中線上，當臍中下四寸；關元穴，下腹，前正中線上，當臍下三寸；氣穴，下腹，當臍中下三寸，前正中線旁開五分；盲俞穴，腹中部，當臍中旁開五分；氣門穴，腹部，正中線臍下三寸，旁開三寸處。

直刺一寸左右，緩慢由淺入深，反覆行針片刻，出現溫熱感即可。

楊鈺婉在素年拿針取穴的時候，全身都緊繃著，在她的認知裡，針灸絕對是一件慘無人道的行為，這次居然要在那麼私密的位置施針，疼痛可想而知，於是她肌肉僵硬，任憑沈素年如何勸說也無法放鬆下來。

素年無法，好在她的施針手法已經純熟，照樣扎得進去。

幾針進去之後，楊鈺婉忽然覺得，也不過如此嘛，怎麼不是很疼呢？

一旁的彩月看得觸目驚心，幾欲昏倒。小姐的反應不對啊！之前在林縣扎手扎腳都叫苦不迭，這會兒，扎在……那種地方，怎麼反而不叫了呢？

待素年將銀針起出，彩月立刻將楊鈺婉扶起來，伺候她穿好衣服。

「如何？腹部有沒有熱熱的感覺？」

楊鈺婉脹紅了臉，還是點了點頭。

「此針灸療法，需隔日施針一遍，持續一段時間方可見效。」

素年交代了一下，又開了一副藥方和幾種食療方子，當歸雞蛋湯、益母草烏豆糖水之類的，然後才打開門走了出去。

楊鈺婉重新覆好面紗走出去，卻不小心瞥到沈素年那兩個小丫頭，這兩個無法無天的丫鬟，一改之前對她的敵意，看見她時視線竟然還轉移開，裡面，是顯而易見的同情！楊鈺婉頓時就毛了，怎麼了？她怎麼就需要人同情了？不就是被看光了嗎？不就是被沈素年跟個流氓似地摸了兩下嗎？……嗚嗚嗚，楊鈺婉怒著怒著就悲摧了起來，她就不懂了，沈素年一個小姑娘，怎麼這樣呢！

楊大人對楊鈺婉的表現很滿意，不說別的，沈素年從那以後隔三差五就會來楊府，雖然大都是順路，蕭戈派人送她回去的時候順便來一趟給楊鈺婉施針的，但這已經夠了。從蕭戈的舉動上，楊程能看出來蕭戈對沈素年的重視，對於女兒的身體，楊程似乎沒有那麼關心，甚至覺得這個病很及時，能增加素年跟楊府的聯繫，他跟蕭戈拉關係也有切入點不是？

只是，楊府台千金身體有恙的消息到底是傳出去了，沈娘子的名氣也慢慢地傳開，蕭戈就不用說了，高調地來回接送，楊府那裡，素年也經常出入。楊府的千金楊鈺婉前段時間就稱恙一直沒出過府，沈素年這麼一來，倒是證實了這個消息一樣。

渭城的女眷們看到這個局面，誰還會懷疑素年的醫術？
如此一來，上門求診的人，就越來越多了。
都是一些官員的女眷，要按她們平日的做法，怎麼會對一個小醫娘客客氣氣？但她們不得不這麼做，因為沈素年可是讓州牧蕭大人很重視的一個人呢！
「沈娘子，還請移步薛府，我家奶奶頭疼得緊。」
素年才剛剛從蕭府回來，又有人上門，說是薛府來請，素年問了一下症狀，頭疼而已。頭疼什麼的就不要來湊熱鬧了好嗎？素年靠在椅背上。這段日子來回奔波，幾乎將渭城繞了個遍，什麼吳府、林府、蔣府都來人請她。這種狀況雖然有助於打開素年的名聲，但太辛苦了，有時一日就有兩到三家來求診，素年一刻休息的時間都沒有。
關鍵是，這些女眷有的就只是頭疼腦熱什麼的，問她們哪兒不舒服，一個個還都說不出來，只說身體不適！素年都要發飆了，這是在逗她呢？但人家該給的診金一分不少，素年就真心鬧不明白了，這些人，是個什麼意思？
「如果只是頭疼的話，還請薛奶奶去醫館裡請診吧，小女子分身乏術，抽不出時間來。」這是素年第一次拒絕，她是真的累慘了。
薛府的小廝一愣。「沈娘子這是什麼意思？別家來求醫妳都肯去，怎麼我們家就不願意了？」
素年沒力氣跟他解釋，頭疼得不行。她這副身子也只是個快十五歲的孩子，休息時間不夠的話，以後是會落下病根的。

薛府的小廝急了，這擺明了是不將他們薛府放在眼裡嘛！那他回去怎麼交代呢？

「不行，妳一定要跟我走這一趟！」小廝眼裡，沈素年就是再傳得神乎其神，她也只是個醫娘，小廝跟這種醫者接觸得也不少，壓根兒沒當回事，眼見素年想進院子，伸手就想去拽她。

「放肆！」小翠怒叱一聲。

從一旁斜裡伸出一隻胳膊，抓住了小廝的手，沒見怎麼使力，薛府小廝就向後飛了出去。

「哎喲！」小廝疼得嚎叫起來，揉著腰半天沒能爬起來。

魏西依舊抱著膀子。「說了讓你不要搶我護院的職責嘛……」

玄毅冷著臉，不理他。

「你！好，你等著！」薛府小廝放下一句狠話，揉著腰，帶著他家的馬車離開了。

素年慢吞吞地往院子裡走，心想，師父給她指明的這條道也太光明了，整個渭城就好像只有她一個醫娘一樣，但凡女眷有個不舒服，統統來找她，明明都是小問題，隨便找個大夫就可以的，這樣下去真的好嗎？

事實證明，確實有些不大好。

薛府奶奶聽到小廝添油加醋的轉述之後，怒氣攻心，一個醫娘而已，居然敢駁了她的意思？簡直恃寵而驕、不識好歹！

這薛奶奶心思也縝密，看得出來，素年是打算在女眷中打響名聲的，那還敢違抗自己？她以為攀上了蕭大人和楊家，就可以這麼目中無人了嗎？

薛奶奶在渭城的女眷中混得還行，得益於她見人說人話、見鬼說鬼話的八面玲瓏，這下子心中對沈素年有氣，便不著痕跡地煽動其餘女眷，不要誤信一些片面的說法，畢竟，這身體可是自己的。

這裡面，有人被薛奶奶不動聲色的分析給忽悠住了，覺得確實，這個忽然冒出來的醫娘究竟可不可靠，這是個問題。

但也有的，看州牧大人和府台大人那麼重用沈素年，想必醫術肯定超然，便不予理會，依舊會去請沈素年來瞧病。

薛奶奶當然也沒想著能讓所有人都排擠沈素年，只要有人退縮就夠了。這下子，少了這麼多女眷的推崇，沈素年必定會焦灼不已吧？呵呵……

第四十九章　樂得瀟灑

「小姐妳看看，是不是這麼做的？」

小翠從廚房裡端出一只青花瓷碟子，上面裝了一個胖胖的小包子，數十個皺摺如精緻的花瓣一樣，十分討喜。

素年放下手中的書，拿過巧兒準備好的麥管，從包子中間插進去，小心翼翼地嚐了一口湯汁。

小翠眨巴著眼睛蹲在一旁，等待素年的評價。

這蟹黃湯包，小翠前前後後嘗試了差不多能有十來次，從一開始破皮漏湯，裝盤時掉底，到現在這樣能夠成功地將湯包裝好端出，相當不容易。

素年將湯汁喝完，挾起薄皮去蘸調好的薑醋，然後放在嘴裡慢慢咀嚼。

自從她拒絕了薛府的求診之後，來找她瞧病的女眷一下子銳減了許多，有些需要複診的女眷也讓她不要再去了。素年忽然清淨了下來，除了蕭府和楊府她定期會去以外，自己似乎就沒什麼生意了。

素年這個樂啊，她天生是個懶散的人，用小翠的話就是能躺著絕不坐著，沒人求診非但沒讓她覺得失落，反而跟放了假一樣興奮。這不，又到了菊黃蟹肥的時節了，素年便想著能不能做個蟹黃湯包出來過過癮。

「小翠啊，這次的相當完美！妳做了幾個？大家都嚐嚐！」素年覺得，這真是人生一大享受。師父給她定的目標太遠大了，殊不知，素年更願意這麼逍遙自在地快活而已，醫聖的傳人，她還真不是太感興趣。

蕭府和楊府，素年還是定期會去，給老夫人診斷一下，施一遍針，再換換藥方，開兩個食補的方子；楊鈺婉那裡，也是一樣的。

素年更喜歡去楊府，面對冷言厲色的楊鈺婉，那調戲得叫一個淋漓盡致，每每小翠和巧兒都看不下去，兩人齊唰唰地裝作看不見。

楊鈺婉也有意思，明明知道自己反抗不了，還次次想著招要拿捏素年，回回敗得一塌糊塗。難得的是，她下次依然氣勢凜然地捲土重來，讓素年覺得十分神奇。

「小姐，我一會兒多做些，明兒去蕭府的時候，帶一些給蕭大人送去？」小翠轉身進廚房之前，轉過頭徵求一下素年的意見。

「這個……就不要了吧……」素年覺得，她跟蕭戈的關係，沒到互相送禮的地步吧？

「小姐！」小翠雖然自詡並不聰明，但她知道，蕭大人對她家小姐還是很照顧的，偏偏小姐就好像感受不到一樣。受人恩惠，自當回報，這種觀念小翠根植於心，所以她覺得，有好吃的東西自然要大家分享才對。

「行了行了，送吧送吧！」素年懶得再說什麼，不過是一些吃食，送送也沒什麼。「喔對了，是要多做些，回頭給楊鈺婉也送點，她的症狀，吃這個正合適。」

蕭戈收到這些蟹黃湯包的時候，挺訝異的，這東西，相似的他也不是沒吃過，不算什麼金貴的玩意兒，但既然是素年送來的，可就有些不同了。

「沈娘子還說什麼了？」

小廝恭敬地回報。

「沈娘子說，大人在吃的時候，一定要注意，不要被湯汁燙了。以防萬一，沈娘子還留了一副治嘴裡燙傷的方子。」

蕭戈哭笑不得，這沈素年還真是有意思。

禮尚往來，再次來到蕭府的時候，素年收到了蕭戈的回禮，她本不打算要，區區幾個湯包，算得了什麼？蕭戈的回禮也不算什麼，是一罈子螃蟹，不過是海蟹，這一罈鹽醉海蟹讓素年還真沒骨氣拒絕。海鮮在他們這裡絕對屬於金貴的東西，而且，月松說了，這罈鹽醉海蟹可來得不容易。

「呵呵呵，既然如此，我就不客氣了！」素年讓巧兒接過來，對著月松笑得一臉和氣。

「小姐，這蕭大人可真不錯！」巧兒捧著一罈鹽醉海蟹，滿臉感嘆。

素年不語，確實不錯，挑的回禮既合她的心意，也不會逾越，讓她完全沒有拒絕的理由。所以說，人精啊人精，此人，自己還是悠著點接觸，省得以後被他繞進去還一點都不自知。

楊鈺婉那裡，本來素年送的東西她是不屑吃的，但彩月說，這對她的病有幫助，所以就是再難吃，她也會硬著頭皮吞下去。

但實際上，除了一開始被不小心燙了一下以外，楊鈺婉吃得異常主動。餡裡是新鮮的蟹黃蟹肉，加了用雞湯和肉皮熬煮的皮凍，鮮美十足，以至於楊鈺婉不知不覺地都給吃了，還意猶未盡地問還有沒有。

「沒了，沈娘子就送來了這一籠。」

「真是的，不是說對我的病有幫助嗎？怎麼就送來了一籠呢？」

這日，素年仍舊在自己的院子裡逍遙快活，玄毅卻來通傳，門外有人求見。

「喔？又有了？不容易啊，請進來吧！」素年甩了甩手，指尖上是小翠剛給她浸染的鳳仙花汁，淡淡的粉色，襯得手指格外白皙。

很快地，一個穿著青色布裙、十分低調的丫鬟跟在玄毅身後走了進來。

「沈娘子。」丫鬟的聲音比素年想像中的還要低些。「我是夏府裡的，我們家太太的身體有些不適，不知沈娘子可否前去診治？」

丫鬟的態度不卑不亢，既沒有因為素年是個醫娘而輕視，也沒有刻意的奉承，只是平平淡淡來求診的語氣。

「可以。」素年很滿意這種對待自己的態度，左右自己也沒什麼事，去看看也成，就算只是小毛病，衝著人家這丫鬟調教得這麼好，她也樂意走這一趟。

素年這麼爽快地答應了，丫鬟也沒有任何喜悅的表示，只淡淡地說，馬車就在門口，隨時可以走。

「行，我們走吧。」

夏府的馬車跟這丫鬟同樣風格，低調卻不失內涵，讓素年對這個夏府充滿了興趣。

這夏府，素年是第一次去，之前請自己去看病成風潮的時候，夏府並沒有人來請她，現在大家都開始觀望了，夏府卻派人來了，素年覺得甚是有趣。

馬車停下，素年從車上下來，抬頭看到「夏府」的牌匾，字體遒勁有力，門口一對守護獸，同樣威武雄壯。

從偏門進府，小丫鬟帶著素年主僕一路往裡走，穿過了一座梅園，來到一個清靜的院子門口。從門口看進去，院子裡幾株花樹養得很好，顯然被人精心照顧著，看來這院子的主人身分並不低。

小丫鬟進去通傳了以後，出來請素年進去。

屋子裡的光線明亮，擺設的東西也大都精緻昂貴，素年目不斜視，看著端坐在椅子上的貴婦人。一襲青煙紫繡游鱗袘地長裙，外罩銀紋蟬紗絲衣，臉上有著精緻的妝容，豐腴貴氣，髮髻上插著一支紅翡滴珠鳳頭金步搖，耳朵上是同款紅翡滴珠耳環，手腕上一對嵌寶石雙龍紋金鐲，全身上下閃得素年眼睛都晃。

「妳就是醫聖柳老的傳人沈素年？」夫人緩緩開口，聲音柔軟和善。

「是小女子，不知夫人可是身子不妥？」

夏夫人淡淡地笑了笑，揮了揮手，屋內伺候的小丫頭們魚貫低頭出去，門在素年的身後輕輕關上。

「沈娘子，我也不瞞著，我的身子確實有些不適，讓我很是困擾，只是不知道，我的這種不適，沈娘子是否能醫治得了？」

「先容小女子診診脈吧。」

夏夫人也爽快，直接將手腕伸出，她看到素年染了鳳仙花汁的指尖輕搭在自己的脈搏上，手指素淨好看，生機勃勃的樣子。

素年的眉頭皺起，夏夫人的脈象……有些不好啊。脈象細數而無力，這是身體虛寒之症，並且，夏夫人的虛症要更加嚴重一些的樣子。再抬頭看去，夏夫人的表情依然不變。

「如何？」

素年收回手。「夫人，您的脈象細數而沈遲無力，可否冒昧問一句，夫人之前可曾中過毒？」

「沈娘子果然厲害。」夏夫人笑容加深。「看來，醫聖傳人的稱號實至名歸。」

「夫人過獎了。」素年很謙虛，她敏銳地覺得夏夫人的毒中得不那麼簡單，但看她雲淡風輕、毫不在意的樣子，似乎根本沒放在心上。「莫非，夫人請小女子來，是為了給夫人祛除餘毒？」素年猜道。

夏夫人的嘴角微微彎起，笑容卻不倨傲，反倒有一種讓人舒適的平和感。

「沈娘子，我聽說，妳在給楊家的三小姐治病？」

素年點點頭，這已經不是什麼稀奇的傳聞了。

「楊鈺婉那丫頭，聽說可能無法生育？」

素年的頭「嗡」地一下轟鳴起來，為什麼夏夫人會知道？楊鈺婉的情況，她自己是死都不會願意洩漏出去的，素年這裡，知曉的也就是她和小翠、巧兒兩個小丫頭，那麼，為何夏夫人會知道？素年心頭劇震，夏夫人到底什麼來頭？

看著素年震驚的眼神，夏夫人依舊笑得那麼平和。「沈娘子無須驚異，不過是消息靈通了一些罷了。」

這豈止是靈通了一些？這麼私密的情況夏夫人都能得知，這渭城，還有什麼是她不知道的嗎？素年一直沒有說話，她不知道夏夫人意欲為何，所以乾脆靜默地等著。

「沈娘子，兩年前，我曾經懷過一個孩子。」

夏夫人忽然淡淡地開口，素年聽得一頭霧水。

「那是我第一個孩子，我是多麼的高興，急不可耐地給還未出世的他製作小衣服、小帽子、小鞋子，日日盼著他能夠順利降臨。」

夏夫人無視素年的詫異，整個人都散發出一種母性光輝，可很快地，她語氣一轉。「因為這個孩子，我高興得不知道如何是好，連帶著，對周圍也疏忽了防範，我的毒，就是那個時候中的。」

素年一驚，懷著孩子卻中毒，這孩子還能夠順利生出來嗎？果然，夏夫人的語氣又轉為悲涼。

「我的孩子，生生地就沒了……我恨自己為什麼會疏忽大意，恨自己為什麼會給那個賤人機會，我還未來得及出世的孩子，就因為我的大意，胎死腹中。從那以後，老天便開始懲罰我，無論我再怎麼努力、再如何調養身子，我的孩子，卻再也不願意原諒我了……」

屋子裡令人舒服的氣氛早已無影無蹤，陽光依然亮晃晃地從窗戶照進來，在地上映出斑駁的影子，可也僅此而已，溫度，一點都沒有進來。

小翠和巧兒默不作聲地站在素年身後，一聲不吭，氣氛壓抑得讓她們很不自在。深宅大院裡，這種事常會發生，並不稀奇。

為了奪得一個男人的關注，女子們用盡一切手段，哪怕再喪盡天良，她們也會將良心拋卻，因為這決定著她們的地位，決定著她們後半生的保障。

素年依舊默不作聲，她隱約猜出了夏夫人的意思，她得知自己在為楊鈺婉治療，便將自己找來，這是打算讓自己醫治她懷不上孩子的不孕症？

素年都要哭了，她是想要做醫生不假，但她沒打算做婦科醫生啊！她壓根兒沒有科學系統地學習過，名號也才剛剛打出來，就一個、兩個地來找她醫治這方面的病，她真不擅長啊……

「沈娘子。」夏夫人的情緒冷靜了下來。「我知道，沈娘子雖然是醫聖的傳人，但年歲在這裡，讓妳醫治我的病，確實有些強人所難。姑娘放心，我並不是蠻橫之人，不會提無理的要求，可是沈娘子，還請妳體諒我一顆做母親的心，為我醫治吧？」

夏夫人神色哀婉，眉間的思愁讓素年不忍直視，可她真不擅長啊！雖然夏夫人現在說的意思是只打算讓她一試，可這種沒把握的事，她是真的不敢應。

「沈娘子，只是一試，只是一試就好！說不定，以沈娘子的醫術，真的能醫治好呢？」

夏夫人看素年不說話，有些急了。

「夏夫人，不是小女子不願，實在是……剛剛您也說了，以小女子的年歲，對這方面的病症確實不擅長，您讓小女子來醫治，有些高看了。」

「可妳不是給楊鈺婉診治了嗎？既治得了她，如何治不了我？」

素年嘆出一口氣。「夏夫人，楊姑娘的症狀跟您的不一樣，況且，即便是楊姑娘，我也並沒有十足的把握。」

「可妳至少試了！」

「……」素年舔了一下嘴唇，這話說得她無法反駁。

楊鈺婉，那是因為自己覺得可以試試，至於能不能治好，素年其實並沒有心理壓力。自己跟楊鈺婉說清楚了，就算治不好，她也不能因此刁難自己。

但夏夫人不同，夏夫人從一開始就讓素年有不一樣的感覺，那種感覺如同蕭戈給她的一樣，高高在上、不可侵犯，似乎很輕易就能決定她的生死。

這種感覺其實很不好，素年相當不喜歡，但夏夫人的遭遇又讓她心生同情，這個女人只是想要一個孩子而已，卻因為之前的疏忽，一直都懷不上。

素年其實並不介意為夏夫人試試，雖然她沒有系統地學習過，但對針灸瞭若指掌，對治療不孕症的方法和穴位都是知道的。

但針灸治療，也是要在確定了不孕的病因基礎上才可以發揮作用，夏夫人現在是因為身體之前中過毒導致虛寒，這種，倒還真可以試試。

「夏夫人，小女子看得出來，夫人是個爽快人，那小女子也就實話實說了。您這病，要我治，可以，但請您給小女子一個保障。」

「什麼保障？只要沈娘子肯治，什麼保障都成。」

「保障小女子治療之後，即便沒有達到您預期的效果，您也不會對我打擊報復。」

小翠和巧兒手都伸出去了，恨不得將素年拉到一旁！好好的，小姐怎麼又胡鬧了呢？這些新名詞「打擊報復」什麼的，素年有跟她們講解過，並不是一個好詞，她怎麼能用在夏夫人身上呢？

夏夫人沒聽明白，素年便不嫌麻煩，淺顯易懂地解釋給她聽，大意就是——就算治療無效，也不能仗著身分地位貴重找她麻煩。

「喔？沈娘子知道我是什麼人？」夏夫人有些驚訝，不知道素年為何會覺得她的身分地位貴重。

「不知道，但小女子是這麼感覺的。身為醫聖的傳人，感覺，往往也是很重要的。」

夏夫人忽然就笑開了，如同夏日盛開的花。「有意思，太有意思了！行，我給妳這個保障。」

「多謝夫人。」

素年之後又去了幾次夏府，她讓夏府的丫頭在夏夫人月事之前和之後都來告訴她，她仔細地給夏夫人診斷了一下，夏夫人似乎在那次中毒之後並沒有調養好身體，勞心勞力，讓氣血虧損，以至於之後雖然有心調養，但終究留下了病根。

「夏夫人，您現在要做的，是放鬆心情。您這麼想吧，其餘的都不重要，您要以最好的狀態去迎接您的孩子，所以心情首先要舒暢。您這幾年沒有懷上孩子，是因為您的身體沒有恢復完全，那樣的話，即便您懷上了，孩子也可能會有一些不妥的地方。」

素年診完脈後做的第一件事，就是開始給夏夫人洗腦。

這個她在長期忽悠小翠和巧兒的實踐中得到了經驗，如果夏夫人心裡一直有這麼一個疙瘩，即使她身體不錯，也會由於心理上的壓力而無法懷孕的。

然後，素年便根據夏夫人的月事，開始算排卵期……這真是囧裡個囧，素年一邊在算的時候，一邊在心裡暗自吐槽。她怎麼就覺得自己做的事這麼二呢？發揚中醫醫術之偉大和深奧的抱負呢？怎麼一瞬間，她就感覺不到了？

夏夫人也同樣覺得彆扭，這麼一個十五、六歲的女孩子，比自己小好多歲，卻拿著張紙，一本正經地跟自己說，什麼時候同房比較好，還一點扭捏的樣子都沒有，比自己都要自然、放得開，這……也太說不過去了。還是說，身為醫聖的傳人，這也是必要的素質？

夏夫人就是再淡定，也還是紅了臉，將素年教的演算法記下來，吩咐丫鬟收好。

治療這種病症的穴位，素年當初在用針灸銅人練習的時候都爛熟於心了，但那是銅人，現在躺在眼前的，則是活生生的人啊！

給楊鈺婉施針的時候，也有差不多的穴位，素年調戲起來毫不手軟，主要是因為她們兩人之中，排斥害羞的是楊鈺婉，素年當然就會自然放鬆一些。但現在面對的夏夫人，卻絲毫沒有矯情的意思，素年只讓她將需要施針的地方露出來一下，夏夫人就很乾脆豪爽地都脫了！玉體橫陳，雖已為人婦，肌膚依然細膩光滑、白皙勻稱，素年出乎意料地沒有調戲，甚至，小臉還微微紅著……

夏夫人心中暗笑，說是醫聖的傳人，終究，還是個孩子。

中極、子宮，加腎俞、命門、關元、氣海、然谷、三陰交、血海、照海，毫針刺入，得氣後用補法……

「柴胡二錢四分；荔枝核、橘核各一錢八分；當歸、白朮、白芍、茯苓各二錢四分；甘草六分。水煎服，若是……若是月事那個……不多的話，可不停藥，連服兩到三個月。」

夏夫人已經更衣完畢，素年背對著她正在開方子。

「勞煩沈娘子了。」對夏夫人來說，喝藥這種事情太稀鬆平常了，幾乎就沒有斷過，所以壓根兒沒當回事。

素年轉過臉。「夫人，是藥三分毒，即便是補藥。或許您沒聽過這句話，但如果您是為了生育的話，有些藥，能停，就停吧。」

夏夫人若有所思，然後點點頭。「多謝沈娘子提點。明珠。」

她叫了一聲，從屋子外面走進來一個侍女，跟之前去素年那裡請人的那位一樣，青色布衣，十分的低調。

明珠手裡捧著個扁扁的小匣子，低著頭呈到素年面前。

「一點小小心意，還望沈娘子笑納。」

素年心裡「咯噔」一下，這個橋段她熟啊！電視裡面演過的，但凡有人說這句話，出手的東西必然價值不輕啊！

小翠和巧兒已經從屋外進來了，素年微微點頭，巧兒便將匣子接過來。

「沈娘子，兩天後，我會再使人去府上接妳，可好？」夏夫人溫言問道。

素年點頭，她知道夏夫人的意思，大概她會出現在渭城並不是一件人盡皆知的事情，這樣更好，省了自己不少事。

「兩日之後，小女子會來為夫人施針。那麼，小女子告辭了。」

素年帶著小翠和巧兒往外走後，之前去請素年的小丫鬟不聲不響地走進了屋子。

「夫人，您真打算相信這個沈娘子？不過一個十五、六歲的姑娘家，真能有這種妙手？」

夏夫人笑了笑，眼神依舊盯著門口瞧。「明心，妳覺得沈娘子如何？」

喚作明心的丫鬟沈思了一下。「奴婢覺得，沈娘子很是……沈穩，對，跟她這個年歲的姑娘很不一樣。」

「如何不一樣？」

「奴婢也說不清楚，只是感覺而已。」

夏夫人又笑了。「這就很好了。」她伸手在剛剛針灸過的小腹上撫了撫，剛剛施針時，那一陣陣痠脹的感覺，讓她莫名地激動起來。有希望的，她還有希望能擁有屬於自己的孩子，對嗎？「況且，以我的境況，不信，也得信。」

「夫人……」

第五十章　夏府夫人

回程的路上，素年明顯感覺回去時走的路，跟她們來時的不一樣，她坐在馬車裡雖然看不到外面，但時間差距有些明顯，看來是刻意繞了一些路。素年不禁在心中再次猜測，這夏夫人到底什麼來頭？

不過，當巧兒將小匣子打開的時候，素年的這些念頭全部消失了。

匣子並不大，扁扁的一個盒子，可裡面整齊地碼著一小排金錠！

金子啊！素年來到這個朝代後，除了一些金子打的首飾以外，還沒見過金錠呢！她當即就拿過一個，放進嘴裡咬了一口。

小翠搶過去的時候，金錠上已經留下幾個淺淺的、圓滾滾的牙印了！

「小姐！」小翠毛了！怎麼能？怎麼能做這麼失了禮數的事情呢？

素年「呵呵呵」地笑，她覺得吧，見到金錠不咬一口，那才是對金錠沒有禮數呢！電視上大家都這麼演，說明這有一定的道理，剛剛咬了後，素年才發覺這道理究竟是什麼——爽啊！貨真價實的金子，她咬得無比幸福！

這一小匣金錠，讓素年覺得，她混吃等死的人生追求似乎可以提前達成了。麗朝的消費水準並不高，只要不是太奢侈的生活，就他們幾個人，舒服地找個地方坐吃等死是沒問題的。素年開始想，要不要等師父回來以後告訴他，自己打算金盆洗手了呢？師父會不會去廚房拿刀來砍她呢？

這個問題讓素年很糾結，這一糾結，就糾結了一個月……

這一個月中，蕭府老夫人的身體好了個大概，但她行走已經不便了，必定需要人從旁攙扶。在素年看來，老夫人的歲數其實並不是很大，這麼年輕就行走不便，真是太不幸了。而蕭戈對此卻沒什麼想法，只是當素年對著老夫人身影流露出同情的神色時，他淡淡地說了一句。「她至少還活著，我的母親，卻沒有這個福氣。」

素年體會不出其中暗藏的玄機，抬頭一看，蕭戈卻已經飄然離去，只是眼中有著沒來得及收回去的痛恨。

……素年立刻決定當作沒聽到，只不過她也同情不起來了。蕭老夫人雖說是蕭戈的繼母，但誰知道這個位置是怎麼來的？

另外，楊鈺婉那裡，在素年持續不斷的針灸和搜羅了腦子裡所有的藥方和食療方子之後，楊小姐的月事，終於在眾望所歸之下姍姍來遲。

楊鈺婉激動得當著素年的面眼淚滾滾，這對她來說有多麼的重要！而後，楊小姐終於反應過來，沈素年還在呢！

「哼——」楊鈺婉才哼了一聲，後面的話還沒說，就被沈素年涼涼地打斷了。

「想清楚再說話，妳以後就沒別的地方求我了？」

楊鈺婉頓時一句話也說不出來了。月事來了，但這是不是表示自己就可以順利地懷上孩子？素年之前不是說了嗎？她的症狀，最壞的打算是無法生育，現在只不過是月事正常了而已……

「嗯，這才對嘛！小女子可不是那麼寬宏大量的人，指望我下一次還能不計前嫌地給妳醫治？別逗了！」素年收拾收拾工具。「對了，診金別忘了啊！怎麼說我也是醫聖的傳人，妳自己掂量一下，派人送過去就行了。」

楊鈺婉全身都在抖啊……自己是打算拿捏住沈素年的，可怎麼現在，反倒是自己被拿捏了呢？可她還真沒辦法，她無法確定以後是不是還要求助於沈素年，便只能任由沈素年囂張，這也就算了，畢竟素年將自己的心病去除，可以風風光光地嫁人了。

診金她也沒打算剋扣啊，他們楊家，在湄城雖不是頂尖，但也是個府台，區區診金，她還真沒想過在這上面做文章，所以這她也認了。

但，臨走前說是要給她再檢查一番，檢查完順手又摸她一下什麼意思？摸完還點點頭，說什麼果然滑如凝脂，這是赤裸裸的流氓好嗎？她還沒有嫁人呢！

從楊府心滿意足地出來，別說，楊鈺婉小肚子的手感還真不賴！

素年意猶未盡，臉上的猥瑣讓小翠和巧兒不忍直視，心裡竟然無比同情楊鈺婉。栽在小姐的手裡，可真是不幸啊！

夏府那裡，每隔兩天，都會有人來接她去，還每次都是不一樣的馬車。起先明心還擔心素年會不會有疑問，但素年愣是一句話都沒說，鎮定自若地上車走人。

除了常規的針灸和中藥，素年還做了一些艾條，為夏夫人進行暖宮養血灸，關元、神闕、子宮、三陰交、足三里為主穴，每次輪換著配中極、歸來、八髎穴等，用艾條在距離穴位兩公分的地方熏灸，每穴一刻鐘左右。

這可是很耗神的工作，素年每次艾灸的時候，都會累得滿頭大汗，手也會累到顫抖，但她一直堅持著，讓夏夫人很是敬佩，不愧是醫聖的傳人。

而小翠和巧兒卻知道，哪是那麼回事？小姐說了「拿人家那麼多診金，不累一些我都不好意思」。

好吧，夏夫人確實出手大方，雖然不知道她是何許人也，但素年至少確定，這是一個有錢人。

每次出診，收到的診金都是金子，讓幾個小丫頭從一開始的瞠目結舌、惶惶不可終日，到後來已麻木淡定。不就是金子嗎？別讓小姐又咬了就成。

這天，素年被接到夏夫人那裡，卻沒有立刻施針，只紅著臉，眼神不斷轉悠。「夫人，那個……今日是個好日子。」

夏夫人一開始沒聽懂，素年只好來回暗示，她這才想起來，素年給自己算過懷孕的最佳時日，似乎就是今日。她捂著嘴輕笑道：「沈娘子，我的夫君並不在渭城。」

這樣啊……素年只得不好意思地笑笑，然後歪著頭說：「那麼，夫人如何能知道小女子的醫術是否有效呢？」

「我無法知曉。」夏夫人垂下眼瞼，臉上的笑容並沒有收回去。「沈娘子，正如我之前說的，我不會對妳提出什麼要求，因為，沈娘子是我能夠找到的，最後的嘗試了。」

素年心頭一震，夏夫人雖然還在笑著，但自己卻能感受到她破釜沈舟的無奈。夫君不在身邊，一個女子，孤身一人來到渭城求醫，這是懷了多大的期望！

看來，能懷上孩子不但是夏夫人對做母親的渴望，必定還有一些其他重要的意義。

「夫人放心，小女子會盡力的。」這是素年能夠做出的最大的保證了。

夏夫人的夫君不在，這治療到底有沒有效果，誰也不知道。夏夫人說了，她只能在渭城再待一個月，一個月後，她就必須離開這裡。素年手裡正好沒有其餘患者，便潛心為夏夫人尋找一切可能。

先天歸一湯、助孕育鱗方，這些對症的湯藥配合著針灸，效果會更好一些。然而，這些再有效果，也是湯藥，素年覺得，還是食療比較放心。

用鯽魚、枸杞做主料，芫荽、紹酒、豬油、奶湯、清湯做配料，武火燒沸後文火燉煮出來的紅杞活血湯，湯汁濃鮮，香氣四溢，最適用於腎陰虛的不孕者食用，每日一次，可常吃。

附片、淮山藥、枸杞、黨參，加牛鞭、荔枝肉、桂圓肉和紅棗，牛鞭按照素年提供的方法，洗淨煮熟，破開刮去白膜和雜質，切開剁成段，加入鹽和醋揉搓，洗淨煮開去除臊味，然後加入調料蒸至八成熟，去蔥、薑，加附片、黨參、山藥和枸杞、油，蒸至酥爛，撒少許胡椒即可。
「這附片，溫補陽氣，暖胞宮以助孕育；淮山藥、黨參，健脾培中土，以滋後天生化；枸杞，補肝腎而養血；牛鞭，溫陽益髓；桂圓、荔枝、大棗，補益肝脾氣血。這些對夫人您的身體都是有效的。」
素年每提供一個方子，都會這樣詳細地解釋一遍，她這種做法讓夏夫人很是安心，特別的是，從前自己每日都要喝極苦的藥汁，現在卻可以每日吃到美味的食物，而且據說更有效果。
夏夫人每多接觸素年一點，就對她有更深的認識，不僅是醫術，素年的行事和性格都很讓她欣賞，甚至讓夏夫人動了將她帶在身邊的想法，可也只是想法而已。夏夫人的身分，她的身子都有專門的醫者看顧著，除非是有柳老那樣的名聲，這還都需要有特許才能接受診治，更別說素年這麼一個剛剛成為傳人的小醫娘了。
「沈娘子，我就要離開渭城了，這段時間，辛苦沈娘子了。」
「夫人言重。」
「若是以後有緣分，我們會再見面的。」
夏夫人在最後一次被素年診治之後，留下了一句不明所以的話。
隔天，蕭老夫人那裡說是心口疼，素年來到了蕭府，恰巧碰上蕭戈休沐在家。
「忙完了？」蕭戈見到素年時，莫名地問了一句。

素年忽然意識到，這蕭戈，怕是知道夏夫人的。她去夏府，時間上很規律，每兩日去一次，從未間斷過，這會兒，素年才猛然發覺，夏府和蕭府，這兩個多月來，似乎從來沒有交疊過，一次也沒有。

這顯然不是巧合，她早該意識到的。

不過就算知道，素年也沒有其他想法。在她的眼中，蕭戈、夏夫人才是一路人，自己跟他們，只是醫患和大夫的關係而已。

素年沒有提哪怕關於夏夫人的一個字，跟蕭戈漫不經心地搭著話，然後在老夫人的院子門口和他分開了。

還沒進屋，就又聽到蕭老夫人有些模糊不清的斥責。老夫人自從患病以來，脾氣更加暴躁了，明明告訴她這樣對她的身子有害無益，她卻就是控制不住。

有小丫鬟從屋內退出來，額角發紅，顯然是被傷到了，看到素年主僕，小丫鬟驚慌了一下，然後才急忙又進了屋去通報。

素年踏入房間，蕭老夫人正倚在美人榻上，臉色微紅，看得出來，剛剛又發了火。之前頭上有傷的小丫鬟正跪在一邊，低著頭，動都不敢動。

「老夫人。」素年輕輕行禮。「聽說您心口疼？小女子再來給您請脈。」

蕭老夫人就好像沒聽見一樣，躺在那裡動都不動。

素年嘆了口氣，屋裡除了這個跪著的小丫頭，也沒別的丫鬟，素年便讓小翠上前，打算將老夫人扶起來。

誰知，小翠恭敬地在一旁行禮後，手還沒碰上去，老夫人拿起她手旁一只玉白色花瓶就往小翠身上扔！

小翠機敏地閃開，花瓶在地上裂成碎片。

「低賤的丫頭，居然還敢閃躲？還不給我跪下！」蕭老夫人被小翠閃開的舉動激怒了，拍著美人榻的扶手，指著小翠喝罵。

小翠先看了一眼素年，然後才默默地退到後面，對蕭老夫人讓她下跪的要求充耳不聞。

「賤人！沒聽到我的話嗎？」

「請問老夫人，您這賤人，說的是誰？」

素年再沒有剛進來的和善口吻，聲音瓷涼，加上她的話本就有歧義，讓蕭老夫人一時間怒氣攻心，手捂著胸口，一副喘不過氣來的樣子。

跪著的小丫頭急忙站起身，上前扶住她。「老夫人！老夫人您怎麼了？」

只不過，小丫頭的好心並不被接受，蕭老夫人將她一把揮開，指著素年罵。「好妳個低賤的小醫娘！今日妳對我不敬，我是不會善罷甘休的！」

素年好生無語，自己跟蕭老夫人接觸的時間也不算少了，之前對自己不理不睬，自己也已經習慣，好歹沒有觸碰到自己的底線。且老夫人還是很珍惜生命的，對自己的要求雖不熱情，也總是配合，今日是沒吃藥嗎？發什麼瘋啊？

「看來老夫人並無不妥，小女子告辭。」素年也不多話，老夫人現在這麼激動，自己還是消失在她的視線中比較明智。

「妳敢！我怎麼說也是州牧大人的母親，妳居然如此放肆？妳等著！蕭戈呢？去將蕭戈叫來！」

候在院子裡的丫鬟、小廝們，聽到老夫人的指示，早有人去向蕭戈通報了，很快地，蕭戈便出現在老夫人的院子裡。

「怎麼回事？」蕭戈踏進屋子，冷聲問道。

「你請的好醫娘！看我快要死了，對我毫無尊重，讓她的小丫鬟來作踐我！是不是，是不是你特意請來害我的？」

這個罪名就重了。蕭老夫人搶先說著，她的話讓院子裡裡外外的人神色都是一凜，麗朝對孝道很是看重，老夫人的話，無疑是要將蕭戈往死路上逼。

蕭戈看向素年，她的臉上很是平靜，既沒有憤怒也沒有委屈，似乎跟她沒有關係，見他看過去，素年甚至有一絲淡笑。

「老夫人說心口疼，屋裡也沒個服侍的，小翠便想去將老夫人扶起，誰知道老夫人不滿意，差點用花瓶砸到小翠。」這便算是素年的解釋了，說完，素年也不等老夫人繼續添油加醋，往後退了一步。「既然老夫人對素年不滿意，那素年自然不能壞了老夫人的身子，就請蕭大人另尋高明吧。」素年對著蕭戈微微低頭，然後抬起臉，看了一眼蕭戈，便帶著小翠和巧兒打算離開。

「站住！」

「站住。」

兩個聲音在素年身後響起，一個是蕭老夫人氣急敗壞的尖叫，一個是蕭戈一貫冷然的語調。素年回過頭，看到蕭老夫人臉上滿意的神情，這種滿意當然不是對她，而是對蕭戈將素年叫住而感到滿意。

這才對！衝撞了自己，怎麼能讓這個低賤的丫頭隨意離開？她是誰？她可是蕭戈的母親！只要她說一句蕭戈不孝，就能讓他從州牧的位置上跌下來！可現在還不是時候，蕭戈爬得還不夠高，站得越高，摔得才越重，不是嗎？蕭老夫人一臉高傲的神色，等著蕭戈對素年重重懲罰。

蕭戈的眼睛看著素年，看著她波瀾不驚的容顏，一如自己初見時。「月松，你送沈娘子回去，順便去請一位大夫回來。」

月松從蕭戈身後站出來，點了點頭，來到素年身邊。「沈娘子，請。」

素年從善如流地跟著月松離開，眼光無意間掃到蕭老夫人的臉色，那叫一個茫然。在她們走出院子的時候，才聽到老夫人憤怒的尖叫聲……

這麼一來，素年又輕鬆了不少，可以說，是完全進入閒散狀態，早上堅決不起，晚上早早就爬上床。小翠和巧兒拾掇得鬆軟的被子，對她具有超乎尋常的吸引力，為此，她還強烈地譴責了小翠和巧兒一番，怎麼能對被子施加這種魔力呢？太考驗人了！

小翠和巧兒欲哭無淚，別人家的小姐每每一早便起床，怎麼到小姐這裡，就變成有魔力了呢？再說，魔力是個什麼玩意兒？

蕭府在那之後也確實不再派人來請素年去府上診治了，也不知道後來蕭戈是如何處理的？素年倒是樂得輕鬆，跟蕭老夫人接觸真不是一種愉快的經歷，讓別家醫館去頭疼也不錯啊！

第五十一章　及笄之禮

在閒散中樂不思蜀的素年，某日發現小翠一早便去了集市，採買回來好些東西，回來後，一頭扎進廚房就不出來了。

「巧兒，妳知道小翠這是在幹麼嗎？」

巧兒將手裡的蜜桔剝皮，掰成一瓣一瓣的，在青花花卉紋菱花口盤中擺放整齊，又慢吞吞地給素年倒了一杯清甜的蜜桔甜茶，才悠悠地回答。「許是小翠姊姊忽然有了新菜式的想法罷了。」

「巧兒啊，沒有妳這麼敷衍小姐的……」素年不滿意，很不滿意！最近沒什麼契機讓小翠廚藝靈感大爆發，不過，小翠想做什麼就做什麼吧。想到從夏夫人和楊府那裡拿到的診金，素年豪情萬丈。她應該也能算是有錢人了，而且是個低調的有錢人。怎麼她遇到的這幾位，都是視金錢如糞土的主呢？簡直太美妙了！

蕭府後來也送來了不菲的診金，這在素年的意料之中，家裡忽然有了鉅款，素年思瞅著，要不要再僱兩個打手什麼的？

魏西對素年的這個想法表示了不屑，他覺得，他的護院實力並沒有辦法展現，關鍵的原因在於玄毅這位管家越俎代庖了，自己表示了強烈的譴責。

玄毅默不作聲，冷著臉，一點表情都沒有。

素年想想也是，家裡有這麼多金子、銀子，但除了他們沒人知道，就不要大張旗鼓地僱人，欲蓋彌彰了。素年豪氣地給所有人加了月例，並鼓勵大家向她學習，悶聲發大財！

這日傍晚時分，小翠終於是忙完了，滿滿當當一大桌子菜，都是素年愛吃的，素年正奇怪呢，又不過年不過節的，這是怎麼了？

小翠卻是帶著素年回房，給她換了前些日子她們才做好的一套衣服，藕荷色煙紗散花裙，外罩煙羅紗衣。紗衣上面的花紋乃是暗金線織就，點綴了細小而渾圓的薔薇晶石，星光閃爍，豔如流霞。

小翠又給素年重新梳了一個如意高鬟髻，素年從未梳過這麼繁複的髮髻，通常都隨意綰一個就好，怎麼簡單舒服怎麼來。可這會兒，小翠莊重肅穆的表情，讓素年無法反對。對呢，她已經十五歲了，該是及笄的年歲了。自己是穿越過來的，原先的沈素年究竟應該什麼時候及笄，自己不清楚，小翠記得嗎？

來到這裡這麼些年，小翠每年都沒有提醒她過生辰，素年已經默認為小翠也不清楚，這會兒小翠是又想起來了嗎？

素年從屋裡走出來的時候，院子裡悄然無聲。她不是沒有精心打扮過，幾年前在林縣時，她盛裝出席過祭月大會，但那時她畢竟年歲小，再怎麼裝扮也會有未脫的稚氣，而現在，不過是稍加妝點，頭上甚至沒有裝飾，都能讓人挪不開眼睛。

肌膚細潤如溫玉，柔光若膩，在光線下似乎有瑩光；嫩紅的嘴唇不點而朱，嬌豔欲滴；慧黠靈氣的雙眼，一如既往的璀璨幽深，讓人始終猜不透她的心思；藕荷色長裙下，腰不盈一握。往那兒一站，無瑕靈動得讓人心醉。

其他人並未上前，只有小翠，這個一直跟在素年身邊的丫頭，慢慢地走到素年的身前，跪了下去。

「小姐，小翠知道妳不喜看到人下跪，但今天，還請小姐原諒。」小翠抬著頭，看向素年的眼睛裡有點點晶瑩。「往年，小姐從不提妳自己的生辰，小翠明白，小姐是不願意回想起小姐的生辰是老爺和夫人的忌日這件事，但今年不一樣，小姐，恕小翠斗膽，擅自提起妳的傷心事。」

院子裡鴉雀無聲，除了小翠，巧兒、玄毅和魏西他們不是沒有疑惑過為什麼素年會一個人在外面生活，明明她的氣質如同大小姐一般，為什麼還需要靠醫術來賺取錢財？

素年則是明白了為什麼前幾年，小翠並沒有提及她的生辰了，原來還有這回事呢！

「小姐，今日是妳十五歲生辰，本應由夫人為妳大加操辦，可是……」小翠的聲音哽咽，吸了幾下鼻子才忍住。「小翠答應過夫人，會好好照顧好小姐，請小姐原諒我的自作主張。」

及笄之禮，素年有所耳聞，是在女子十五歲的時候，由長輩主持，讓德高望重的女賓給女子插上髮簪，這就算這個女孩子成人了，可以許配人家了，是女子很重要的一個儀式。

小翠還跪在那裡，頭深深地埋在掌間，地面上有一個個小小圓圓的水漬。

這丫頭，心理鬥爭得很痛苦吧？素年想著。一邊掙扎著是不是要重提自己的傷心事，一邊又苦惱這麼重要的及笄禮不能錯過，真是難為她了。

「及笄的話，應該是要有簪子的，準備好了沒？」

小翠猛然抬起頭，臉上的淚漬掛得滿臉。

素年嘖了一聲，親手將她拽起來，扔過去一條絲帕。「擦擦，妳就打算這種樣子為我賀及笄？」

小翠也顧不得別的，趕緊擦乾淨眼淚，衝著素年露出憨憨的笑容。

「傻死了！」素年伸手去戳她還沒有消退嬰兒肥的臉。「那麼，就勞煩各位觀禮吧……雖然其實大可不必，反正我也沒打算嫁人什麼的……」

「小姐！」小翠這邊還在傷感呢，就又聽到素年不著調的嘀咕，當即什麼情緒都消散了。

素年在院子當中坐下後，巧兒捧出一只匣子。「這是小翠姊姊一早去寶慶樓訂下的。」匣子一打開，素年差點被晃瞎了眼，鳳凰展翅六面鑲玉嵌七寶明金簪，無比華貴招搖地躺在裡面，素年當場就黑線了。「小翠……妳身上還有銀子嗎？」

小翠特誠實地搖搖頭。「小姐妳要用錢嗎？」

「……這簪子，花了不少錢吧？」

「嗯，小翠之前從蕭大人那裡得到的賞銀都不夠呢！這支寶簪，大家都有出錢呢，我想要給小姐買一支最好最貴的！」小翠喜孜孜的，看到小姐被簪子驚住的模樣，覺得錢花得不冤！

「小翠啊，妳來跟我說說妳是怎麼挑選的？」

「噗哧」一聲，巧兒忍不住轉過了頭，很顯然，巧兒是知道內情的。

「巧兒妳來說。」

巧兒努力回憶了一下，嘴角憋得直顫。這支簪子，是她陪小翠去選的，當然，她沒來得及發表任何意見，小翠進了寶慶樓後，直接讓人將最貴的簪子圖樣拿出來。人家看她們倆雖是丫鬟打扮，但氣勢太足，身上穿的衣裙用料也講究，心裡斷定是個大客戶，立刻帶進裡間，捧出了不少精美華貴的圖樣，這支，真的是相當貴的！但小翠不管，她覺得，只有這麼貴、這麼漂亮的簪子，才能配得上小姐，當即就拍板了。

巧兒避重就輕地大概說了一下，眾人都被小翠的豪爽給震住了，看向她的目光裡，都是毫不掩飾的佩服。

雖然簪子大家都有出錢，但毫無疑問，小翠出得最多，她將自己所有的積蓄都拿出來了，只為了這一支大概今天用了就不大可能會用第二次的簪子。

素年雖然覺得這支簪子性價比不高，這麼一支華美到閃瞎人眼睛的寶簪，她真沒有什麼機會能戴，但小翠的這份心意，卻讓素年需要深呼吸才能將眼底的濕意壓下去。

這個小丫頭，從始至終都是真心實意地對待自己，有好東西先緊著她，盡自己所有的能力不讓她受苦，單是這份情意，素年早就在心裡決定了，以後，絕對不能虧著小翠！

「行了，給我簪上吧！」素年笑著看向小翠。「我很喜歡，謝謝。」

小翠剛收住的眼淚又掉了下來，歡喜得跟個孩子一樣。她莊重地將寶簪拿在手裡，走到素年身旁，堅定地、神聖地，將簪子慢慢地簪在素年的髮髻上。

戴上髮簪的一瞬間，院子裡的人心頭都是一陣恍惚，金燦燦、明晃晃的簪子，讓素年整個人都熠熠生輝，不過一件飾品，繁複華美，在素年身上竟然不覺得突兀，反而增色不少，他們家小姐，怎麼會只是一個醫娘呢？

笄禮完成之後，其他人也紛紛送上慶賀的禮物。

巧兒是一只繡工精美的荷包，模樣是她之前無意中瞧見素年隨手畫的奇怪動物。

「賤兔！太棒了！」素年很喜歡，她就喜歡這隻兔子眯著眼睛的賤樣，彷彿什麼都不放在心上。

巧兒極力忽視「賤」這個字，好歹，這也是一隻兔子不是？

玄毅送來的，是一套文房四寶，品質上乘，比素年慣用的那些強上許多，也相當合素年心意。

魏西則是一筐書，沒錯，是筐。他直接拎來的筐子，素年本以為是食物，結果一揭開紅布，零亂地裝著許多書。

「這些可是我一本一本淘來的。嘖嘖，大家小姐怎麼會喜歡看這種閒書？」

素年不顧形象地蹲在地上，一本一本翻揀。大都是遊記、小說故事，還有《山海經》之類的奇幻神話。素年站起身，對著魏西施禮。「多謝魏大哥。」

小翠還從她和巧兒的屋子裡拿出一個小小的包袱遞給素年。「這是柳老留下的，說是他的及笄禮物。」

素年拆開，裡面是一個扁平的匣子，打開來一看，一套銀光閃閃的針整整齊齊地碼著，銀針的尖部有一層金黃，針柄精心雕琢了花紋，適合提插撚轉，毫針、梅花針、三棱針、火針……整整一套。匣子裡還有一張紙片，素年拿起來看，上面寫著「賀吾徒及笄之禮，望珍惜用之」。

素年如獲至寶，這套針灸針對她來說太及時了！她到現在為止用來施針的銀針，還是當初在烏縣裡蹭到的那套，有些已經扔掉了，單獨也不好補，重買一套又太浪費了。

「哈哈哈，及笄真是不錯，能收到這麼多好東西，以後可以經常辦辦！」素年得意地笑。

其他人很是無語。

素年正想招呼大家可以吃飯了，這麼多好菜，涼了多可惜？魏西卻忽然聽到前院有動靜，跟玄毅兩人立刻轉身走向了前院。

「這個時候，會有誰來？」素年已經感覺到餓了，小翠很貼心，做的都是她愛吃的，西湖醋魚、龍井蝦仁、一品豆腐、荷葉糯米雞、香菇盒……這會兒還都在冒熱氣，不趕緊吃掉，簡直太對不起小翠了！

魏西和玄毅很快回來了，只是他們身後還多了一個人影，差點沒讓素年的眼珠子瞪出來。蕭大人？他怎麼會來？

蕭戈站在院子門口那裡，一動也不動地看著素年。

「呵呵呵，蕭大人，有失遠迎！您……身體不適嗎？」素年的笑容少有的僵硬，她這才反應過來，自己的腦袋上還簪著一支光芒萬丈、璀璨生輝的簪子呢，也太不低調了！這人可真會選時間啊！

蕭戈的眼睛在素年身上逗留了好一會兒，才若無其事地開口。「本官並無不適，只是偶然路過，念及柳老的恩情，如今柳老並不在渭城，本官對他老人家的徒弟多看顧些，也是應該的。」

不止素年一個，院子裡其他人的臉上統統露出不忍直視的表情，就扯吧！蕭戈的衙門跟福順胡同差得不止一點半點，這也能路過？

不過，其他人的表情隱藏得很好，幾乎看不大出來。

素年就明顯得多，但她也乖順，露骨地鄙視一下之後，迅速將表情整理好，似乎從不曾出現一樣。「多謝大人惦念，小女子感激不盡。」

「今日看來沈娘子這裡有喜事呢，不知，本官有沒有這個福氣能沾點喜氣？」蕭戈不愧有大見識，毫不在意素年剛剛的表情。

「呵呵呵，大人請。」

對於素年的乾脆直爽，小翠和巧兒報以疑問。小姐說了，蕭大人，能避開最好避開，看來，今兒是屬於避不開的。

當然避不開，人家都上門了，都開口了，素年也懶得多努力了。反正跟蕭戈對上，只要不是原則性問題，就直接認輸吧！

「來來來，蕭大人請！家常小菜罷了，還請大人不要介意！」

素年頓時化身為好客的主人，招呼蕭大人自便。她則跟小翠進屋，將盛裝華服換成清爽便利的日常服飾。

素年這會兒有些遺憾，怎麼麗朝的風氣開放如斯呢？不是應該男女不同席嗎？真是的……

蕭戈曾經嚐過小翠做的甜點，還因此賞了她銀子，今天還是第一次正式地嚐到小翠的手藝。「甚好。小翠姑娘，有沒有興趣去州牧府做廚娘？」

蕭戈無心的一句話，讓桌子上頓時安靜了下來。

只有素年還在動作優雅地跟一個圓滾滾的蝦仁鬥爭。「以蕭大人的身分，什麼廚娘找不到？就別打我家小翠的主意了。」

小翠這會兒大氣都不敢出一下，只能微低著頭，一句話都不說。

在她身邊，素年仍舊不斷地嘗試將那顆蝦仁挾起來。這頓飯，因為有蕭戈在，小翠、巧兒、玄毅、魏西都沒有入席，雖然蕭戈一再強調，按平時的來就好，但誰敢啊？

所以，一大桌菜，這會兒也才剛剛動了一點。素年試了幾次都沒能成功將小碟子裡的蝦仁挾住，火了，迅速地端起碟子將蝦仁倒進嘴裡，然後又迅速地放下，開始動作優雅地咀嚼。

小翠和巧兒的嘴猛張著，半天都合不上。她們沒想到，小姐就是在蕭大人面前，也能這麼隨興……

蕭戈低頭暗咳一聲，其中似乎有輕微的笑意，然後，他之前漫不經心的一句話，就化為烏有了。蕭戈本來還想著該如何打破這種尷尬呢，他真是隨口說一下而已，並沒有抱著奪人所愛的目的，可素年這些手下人卻如臨大敵的樣子，讓他都無法自圓其說。

之後，蕭戈也沒有再說什麼，安靜地用餐，飯局很快就結束了。一門心思地吃，其實真的是很快的。

蕭戈擦擦嘴，站起身。「多謝沈娘子款待，本官告辭。」

素年恭敬地送他到門口後，剛要轉身，就聽蕭戈像忽然想到什麼一樣——

「啊，對了，今日本官從衙門回來，途經一處熱鬧的小攤，就順手買了一件小玩意兒，還請沈娘子別嫌棄，權當是答謝沈娘子的款待。」

月松立刻捧上一只盒子，素年只得讓小翠接過來。

蕭戈走後，素年手一揮，關門落鎖，招呼大家進屋吃飯。「只是可惜了，有些菜都涼了，失了滋味。」

「小姐，妳不看看蕭大人送的是什麼？」

小翠和巧兒倒是挺心急的，她們覺得，蕭大人既然這麼「偶然」路過，「偶然」買下的這個小玩意兒應該挺有意思的。

「那就打開來看看吧。」

小翠得令，立刻將小盒子打開，結果又是差點被閃瞎眼。同樣是一支簪子，但跟小翠那支珠光寶氣的不一樣，這支簪子，通體碧綠，這成色、這水頭、這雕工，誰說不如小翠那支，小翠都跟他急！

在寶慶樓，小翠見過跟這個差不多的，但都沒有眼前這支碧玉攢鳳簪來得名貴，這要說是在攤子上買的小玩意兒，那小翠立刻就要去集市上蹲著，有多少買多少回來！

「小翠啊，妳有沒有跟蕭大人說過我的生辰？」素年問道，這顯然是為了她的及笄之禮送來的。

「沒有！」小翠斬釘截鐵地回答，然後又加了一句。「不過我倒是跟月松說過，還是他介紹我去寶慶樓的呢！」

素年的額角有明顯的黑線出現。「不說了、不說了，吃飯、吃飯！」

這是素年在這個時空度過的第一個生日，雖然跟她前世生日的日子不一樣，但接收到的祝福都是一樣真心的。眼前的這些人，有一開始就在身邊的，有起初並不願意卻被她強留下的，有因為各種原因聚集在她身邊的。

素年很感恩，她想著，當初自己穿越過來能夠沒有過度驚慌失措、過度悲天憫人，是因為小翠那時在她身邊。她不是一個人，所以她不怕。素年想著，就算自己再落魄，至少會有一個小翠肯跟著自己，這種感覺讓她無所畏懼，讓她心生勇氣，讓她不論面對什麼人時，心底都會充滿了力量。

及笄了，就算是長大成人了，小翠很給力地準備了兩罈好酒，讓魏西直呼貼心，一個人抱著一罈不撒手，可憐兮兮地說自己都多少日子沒聞到酒香了，整顆頭都幾乎要埋進去猛嗅。

但最後還是讓巧兒強制性地勻出了半罈。「小姐說，魏大哥的身子要少喝酒為妙。若是魏大哥嫌少，巧兒給你灌點水進去？」

魏西早抱著剩餘的半罈逃之夭夭，對於素年的這兩個丫鬟，魏西惹不起。

醉酒望明月，明月分外圓。酒雖清薄，但喝多了，還是會微醺。素年躺在搖椅上，一上一下地搖動，半瞇著眼睛，盯著天上的銀盤。好漂亮呀，她就算知道月亮是顆布滿了土坑的球，也不得不讚嘆，承受了日光的月亮，美得惑人心神……

第五十二章　佟府孀娘

「小翠……我已經及笄了，已經是大人了！」素年哼哼唧唧。

小翠爆發了。「小姐！及笄不是用來做為妳不肯起身的藉口！妳看看都什麼時辰了！」

素年的頭從被子裡鑽出來一點，看到窗外白花花的日頭，頓時眼睛像被刺到一樣，哎呀哎呀地叫著又鑽了回去。

小翠簡直無語，看到素年的頭髮亂成一團，惡從膽邊生，跟巧兒使了個眼色，兩人一人一邊拽著被子就猛掀，豈料，素年竟然跟著被子翻滾，愣是不撒手！

「小姐！」巧兒都快哭了，已經可以嫁人的小姐，這鬧劇，什麼時候才是個頭啊……

等小翠和巧兒費盡九牛二虎之力將素年從床上挖起來時，都已經不早了。

「今兒又不需要出診，又沒什麼事，小翠啊，妳不明白，這女人，就應該趁年輕多睡睡，免得以後想睡都沒有時間，又要操持家務、又要相夫教子的。」

「小姐不是不準備嫁人嗎？」小翠面無表情。

「咦？妳同意了？那很好啊！」

「誰同意了！」

巧兒在一旁伺候素年用早飯。這種情況已經司空見慣了，小翠平日裡多溫柔賢淑的一個姑娘，每每面對小姐時都會被逼得暴躁起來。

素年本打算今天將之前讀到一半的《亭廂記》一口氣讀完，卻沒想到，書才翻開了一頁，便已經有人上門了。

素年以為，這一大早就到她這裡來的，應該是來求診的，便讓小翠和巧兒將院子收拾一下，然後臉上醞釀出「慈祥」的笑容，等著來人。

結果，從院子門口跌跌撞撞地衝進來一位婦人，一邊走還一邊用散發著香氣的絲帕摁著眼角，嘴裡更是帶著哭音。「素年丫頭！我苦命的孩子……」

素年全身的雞皮疙瘩都隨著這位貴婦誇張的演技蹦了出來。什麼情況？不是說自己的父母都不在了嗎？這是從哪兒冒出來的？

沒等素年想明白，貴婦人已經來到了她的面前，一把捉住她的手，聲淚俱下。

「我的兒，妳受苦了！」

素年正莫名其妙著，一旁的小翠卻已經跪了下去。

「太太！」

小翠這麼一喊，素年便有了印象，太太？莫非，是佟府的太太？

不過，這是演哪齣？素年已經都要忘了還有這個佟府的存在，看他們之前對待沈素年的態度，佟府的人也應該樂得忘了她才對。

佟太太拉著素年的手不鬆開，素年覺得自己臉上的笑容就快撐不住了，趕緊讓她坐下，自己順勢坐到她的對面。

還在垂淚的佟太太，看到素年竟然跟她一起坐下時，臉上有片刻的僵硬。

素年離得近，也看得仔細，佟太太保養得宜的臉部有些顫動。呵呵，大概是沒想到自己竟然如此的沒規矩吧？素年視而不見，她流落在外嘛，沒規矩，那也是正常的。

佟太太很快便將異樣的神情掩飾掉，用絲帕將眼角的濕意擦乾。「素年丫頭，這些年，妳受苦了……」

這句話，您已經說了三遍了……素年臉上掛著淡淡的笑容，不說話，以不變應萬變。在素年看來，佟府這位太太突然出現，肯定不會是因為陡然良心發現了而來找她的，要不是自己穿越過來，等他們想起來時，沈素年的屍骨早腐爛了。

這會兒，佟太太正跟素年解釋著呢，什麼下人奴大欺主，瞞著不報，以至於佟府以為素年這會兒還在牛家村裡享福呢！

「享福」這個詞讓素年的眉角挑了兩挑，卻依然不動聲色地含笑聽著佟太太的話。如果按照她說的，說是享福還真不為過，什麼每月月例就有十多兩，還不包括不時送去的新鮮瓜果什麼的。

素年心想，要當初是這待遇，她還奮發圖強個毛啊？直接在牛家村混吃等死得了！

佟太太的手從桌子上伸過來，握住素年的。「素年丫頭，這幾年，妳讓我們找得好苦啊！嬸娘看看，消瘦了許多呢！也是，在外哪有在家裡舒服。」

佟太太仔細審視著素年，越看，手抓得越緊。這哪像一個流落在外的小丫頭？明明養得滋潤水嫩，容色居然讓她都看得有些發愣。

佟太太曾經十分嫌棄素年，也不知道老爺發什麼瘋，非要將這個小丫頭帶回家養著，不過，老爺之後說，別讓素年那麼快死掉就行，這種毫不在意的態度倒讓她舒心不少。
那個時候的素年身形嬌小，臉上因為父母雙亡而布滿慘痛，偏偏還有著大小姐的嬌寵脾氣，自己嫌她礙眼，乾脆便直接將她扔到牛家村去自生自滅。後來，聽說素年主僕在牛家村消失了以後，自己反而覺得這樣更好，管她們離開之後是死是活呢，自己還少操一份心呢！可如今，佟太太卻不得不主動找上門來，一想到老爺對自己的交代，佟太太的心就恨得慌。
「素年丫頭，跟嬸娘回去吧！那些惡奴，嬸娘已經全部換掉了。妳別怕，有嬸娘在，沒有人會欺負妳的。」
「讓嬸娘如此惦念，是素年的不是了。」素年只感覺自己掌下的手一瞬間有想抽出去的衝動，然後硬是憋住了，讓素年不禁感嘆，自己可真了不起。「只不過，素年不願再讓嬸娘操心，素年畢竟不是佟府的人，如今也拜了師，不大方便離開這裡。」
「拜師？」佟太太精心修飾的眉毛皺了起來，裡面似乎有一絲鄙夷，但隨即消失。「素年丫頭，妳可是個姑娘家，這拜師……」
素年笑了起來。「嬸娘放心，素年有分寸的。」
「可妳也得為了妳的將來打算啊！可憐的孩子，若是嬸娘沒記錯的話，妳也已經及笄了吧？跟蓓蓓一樣的年歲。普通人家的女孩子已經開始選擇夫婿了，妳一個女孩子，這讓嬸娘如何放心的了？」
素年沒說話，而是讓小翠站起來。這丫頭，從剛剛看到佟太太以後就一直跪著，自己給她使眼色也看不到，她當真以為佟太太是擔心她們才來的嗎？

「這是小翠吧？這麼長時間，也出落成大姑娘了。」佟太太好像這才看到小翠一樣，忙又是一番誇讚。

小翠低著頭，臉上有激動的神色，讓佟太太很是滿意，這才是她想要看到的嘛！自己都紆尊降貴地親自來了，素年當然應該誠惶誠恐地跟著她回去才對啊！偏偏素年淡定得要死，絲毫沒有感激涕零的表現，讓佟太太很不舒服。

「就這麼著了，素年丫頭，趕緊收拾東西跟嬸娘回去，佟府已經給妳收拾好了院子，重新修葺了一番，保證妳滿意！小翠呀，還不給妳家小姐進屋收拾東西去？」

佟太太直接拍板，至於素年的意見……她能有什麼意見？從前不是哭著喊著要留在佟府的嗎？現在終於如願以償了，肯定是高興都來不及。

素年動都沒動。

小翠倒是想要進屋，被素年看了一眼，就站在原地不動了。

「嬸娘，您喝茶。這是上好的君山銀針，嬸娘來了，素年自當好好招待。」

佟太太心裡一動，看向茶盞中立於杯底的根根銀針，茶汁杏黃，葉底明亮，果然是難得一見的好茶。

素年絕口不提跟她回去的事，只吩咐小翠去做些拿手的菜來，佟太太這才有時間打量起這座她完全不放在眼裡的院子。幾張椅子，都是酸枝木的，佟太太的眼睛很毒，一眼就能看出來。還有，剛剛在門口的護院、將自己引到這裡來的管家、在素年身邊服侍的小翠和另一個丫頭，身上穿的竟然全都是錦緞！就連桌上也擺著水靈芬芳的瓜果，這個時節可不便宜，但在素年這裡似乎很正常一樣。佟太太的心裡起了疑，素年如何能夠生活得這麼好？她離開了佟府後，怎麼能夠活下來的？

佟太太本打算立刻讓素年跟自己離開，但素年顧左右而言他，愣是沒有表態，佟太太身邊只跟了一個丫鬟、一個婆子，又不能上前動手拉人，這一轉眼就到吃飯的時間了。

小翠很盡心地將自己拿手的菜都做了，一桌子香氣撲鼻的。佟太太得知素年在渭城之後便馬不停蹄地找來，確實又累又餓，看到小翠將桌子收拾好，面對素年的邀請，推辭得也不大徹底，半推半就地被素年請到了桌旁。

「去，告訴魏西和玄毅，吃飯了。」

素年也坐了下來，又讓巧兒去將人喊來。小翠在一旁滿是不贊同的神色，素年卻似乎沒注意。

很快地，魏西和玄毅出現在後院裡。

「坐下，吃飯吧。」素年一如往常一般招呼大家。

佟太太的臉色瞬間陰沈下來。「素年丫頭，這是什麼意思？」讓下人跟她同桌，這個該死的沈素年是打算如此來羞辱自己嗎？

素年睜著無辜的大眼睛。「嬸娘？喔，對了，嬸娘可能不大習慣，但請嬸娘原諒，素年在窮困潦倒、走投無路的時候，是他們幫助了我，我和小翠才能吃到一口飽飯，所以素年那個時候就決定了，他們不是下人，他們是我的家人。若是沒有他們，素年可能在牛家村就餓死了，哪還能像今天這般跟嬸娘重逢？」

佟太太的臉色很精彩，忽青忽綠，變化萬千。她瞪著眼前仍舊是天真爛漫的沈素年，心裡明白，這丫頭根本就沒有相信自己之前說的話！什麼「奴大欺主」？什麼「被惡奴蒙蔽」？誰信啊！可素年卻不直接跟她反駁，而是裝作不在意，卻用這種方式來告訴她，自己不是那麼好忽悠的！

佟太太用盡全身力量來抑制住顫抖，嘴角掙扎出僵硬的笑容。「呵呵，嬸娘忽然想起來，才到渭城，還有不少事情需要處理，嬸娘先回去了。」說完，「啪」地一聲拍在桌子的邊緣，閉了閉眼睛，深呼吸了一口才起身，頭也不回地往院外走去。

「巧兒，替我送一下嬸娘。」

小翠正打算跟著出去，卻聽見小姐點名了巧兒，只得收住腳步，站在那裡沒動。

巧兒很快回來了，素年已經動了筷子，魏西和玄毅也已坐了下來，只有小翠，仍舊站在那裡。

吃完了飯，小翠拜託巧兒去收拾整理，自己卻來到了素年身前。「小姐，佟太太來接妳了……」

素年嘆出一口氣，就算小翠不來找她，她也曾去找小翠的。

素年知道小翠是個單純的好孩子，但沒想到單純裡還有單蠢的成分。她轉過身，正視小翠。「妳覺得我應該跟她回去嗎？」

小翠點點頭。「那可是佟府，是老爺以前的同僚，有他們在，小姐就不用那麼辛苦為別人看病，不用被那些小姐、少爺們另眼相看，這樣不好嗎？」

「小翠，妳是真心的嗎？」

小翠驚訝地又點點頭，她當然是真心的，每次那些人聽見小姐是個醫娘的時候，臉上不自覺流露出來的鄙夷，都會讓她心痛不已。小姐明明是那麼好的人，明明那麼厲害，為什麼那些人都不瞭解呢？不是沒有如同連清妍一樣對素年推崇的，但更多的，是譏笑、是不屑。醫娘？多麼低賤的職業，這種人，怎麼能夠跟他們平起平坐？

所以小翠曾想，若小姐還是名門閨秀的身分，這些看不起的目光一定就不會再存在了，而現在，機會來了，佟府的太太親自來接小姐回去，態度那麼溫和，還說已經給小姐準備好了院子，小姐終於等到能夠洗脫身分的方法了！

「……小翠啊，我其實希望妳一直這樣就好，沒有心機，單純天真……行吧，妳放心，以後，小姐我會給妳找一個如意郎君，代替我繼續護著妳的。」

小翠臉上的堅定轉化為茫然，她之前是不是聽漏了什麼？怎麼忽然間，話題就轉變了呢？

「怎麼說，他們好歹也養了我一陣子，不管是怎麼養的，既然小翠這麼有信心，走一趟也無妨。去，把大家都叫過來，我有話要說。」

素年原本打算，不管這個佟太太如何忽悠，她都不會去佟府的，但現在她改變主意了，在沈素年父母雙亡之後，佟府至少沒有對她不管不顧，她就姑且去看看他們想要幹什麼，若是可有可無的計劃，能幫，自己就幫一下吧。雖然素年的潛意識裡，覺得佟府並不簡單。

小翠、巧兒、玄毅和魏西，都來到了素年的面前，素年將她的打算一說，沒有人有反應。

「那就是同意了？咱們去佟府見識見識也好，特別是玄毅，要多學學高門大院裡的管家是什麼樣的，咱們以後說不定也需要呢！」

玄毅一如既往地冷著臉，他覺得管家根本是多餘的，整天無所事事，都要閒出病來了，於是他沒事就會去找魏西練練，功夫倒是見長了不少。

玄毅的身體，從他來到素年這裡以後，就一直調養得當，素年也會定期給他和魏西診斷一下，然後施針鞏固，之前的癲癇一直沒有再犯。而他雖跟著素年，其實還有另外的想法，但現在他不能說，只是盡心盡力地為素年做事。

幾人稍微商量了一下，由於都要跟去佟府，這個院子沒有人留下，因此第二天一早，魏西和巧兒就僱了一輛車，隱蔽地將家裡的金銀運去錢莊兌成銀票了。

經過昨天的見面，佟太太已經認識到素年的難纏，但她必須將素年帶回去，因此在做了許多心理準備以後，佟太太再次笑著上門。

這次的成果很顯著，顯著到佟太太都沒搞明白是為什麼，素年就答應跟她回去了。她早做好了長期抗戰的準備，但還沒使力呢，怎麼就成了呢？

但不管如何，素年肯跟她回佟府，就再好不過。素年提出要帶著她的下人一起走，佟太太眼睛都不眨一下就應了。「當然當然，素年丫頭，這些都是妳用慣了的，嬸娘怎麼會反對呢？呵呵呵……」

素年也呵呵呵，她想過了，再不濟，憑藉玄毅和魏西，她怎麼樣也能從佟府中出來吧？不足為懼，統統不足為懼。

佟太太好像有些著急，素年同意了之後就一直在催她，小翠進屋收拾了一通，覺得哪樣不帶心裡都不踏實，恨不得將房子給揹過去。

素年早已領教了一次，進屋一看，那堆得是已經快成小山了！「都不帶、都不帶，佟府裡什麼沒有？這些都放著，回來還要用呢！」

「小姐，我們還回來嗎？」這個問題小翠問了不止一遍。

「到時候看吧，若是果真如妳說的那樣，佟府裡給我準備了地方，不回來也罷，那到時候再派人來收拾吧。」素年安慰小翠。

小翠開始掃視那一堆堆的東西，終於將它們都放回了原位，然後捧著兩只小盒子，裡面裝著素年及笄收到的兩支簪子。

「嗯，就帶些有用的，師父送我的針盒可別忘了。」素年叮囑了一下後，走出去繼續招呼佟太太。

等巧兒他們回來，小翠也差不多收拾好了。說了不帶不帶，她還是整理出兩個並不小的包袱。

「這都是小姐慣用的東西，我怕小姐那邊東西用不習慣。」小翠苦惱得不行，還有一些她實在拿不下了。

素年笑著摸了摸小翠的腦袋，她曾經覺得穿越大神在玩自己，給穿越了也不給個可靠點的身分，但現在素年由衷地感謝。若是能有小翠這樣貼心的丫頭在身邊，她才不眼紅那些小說中的公主、皇妃身分呢！

「素年丫頭，好了沒有？」佟太太有些不耐煩了，豆丁大的破院子，有什麼需要收拾的？他們佟家什麼沒有？

「好了，嬸娘，我們可以走了。」

出了院子，關門，落鎖，素年幾人單獨上了一輛馬車，三個姑娘坐車廂裡，玄毅和魏西坐前面趕車。

這馬車是佟府的，跟蕭府裡的是同一種規格，素年隱約記得，這個佟大人，好像是幽州州牧來著。素年的馬車，不緊不慢地跟在佟太太馬車的後面。

車廂裡，佟太太側臥在軟枕上，有小丫頭跪在她腳邊輕輕地為她捶著腿。

另一側，盤腿坐著一位嬤嬤，正在低聲跟佟太太說著話。

「太太，您真打算將這位留在府裡？」

佟太太瞇著眼睛。「這可是老爺的吩咐，我豈敢不從？」

「可是太太，蓓蓓小姐訂的內閣學士顧家，那顧小公子很快就會來幽州啊！您忘了，這顧公子當初訂的，可是沈家的姑娘。」

佟太太一副煩躁的樣子。「我怎麼會忘？真不知道這個沈素年怎麼搞出來的，偏偏是她拜了柳老為師，偏偏安定侯夫人身體有恙，打算請她來醫治！她怎麼不死在外面？」

「太太，您小聲些！」夏嬤嬤急忙掀開車簾往外瞧了一眼。

「怕什麼？那丫頭如今是變了不少，但那又如何？還不是被我拿捏得死死的？」佟太太絲毫不在意。「若不是老爺這會兒還需要拿她跟安定侯邀功，我早就抽爛她那張臉了，竟然敢讓下人跟我同桌而食！」佟太太一想到之前那一幕就氣得不行，太放肆、太沒規矩了！

「夫人，您千萬消氣，等她將安定侯夫人的病治好，有的是時間好好管教。但顧公子那裡……要是讓顧公子知道沈素年沒死，那蓓蓓小姐的親事，可就不好說了。」

「她敢！」佟太太的手重重地拍在軟枕上。「那是蓓蓓的好姻緣，誰都不能奪走！放心，顧公子是不會知道的，她沈素年在我們佟府，頂多是個低賤的下人身分，永遠不要想破壞蓓蓓的婚事！」

佟太太的打算，素年幾人完全不知。

小翠一人還兀自開心著，為她家小姐能夠回歸尊貴而欣慰，殊不知，佟家早已將素年給定位好了……

第五十三章 美食誘惑

幽州的潞城，是佟家所在的地方，離渭城有段不短的距離，一行人緊趕慢趕，也足足花了半個月之久，才堪堪抵達。

素年被馬車顛得鬧心，頭暈乎乎的，從馬車上下來時，腳就好像踩在棉花上，小翠和巧兒一左一右架住她，她才慢慢穩下來。

抬起頭，一塊龍飛鳳舞的牌匾，上面寫著「佟府」二字，莊嚴肅穆地掛在那裡，兩旁青磚白瓦的牆，延伸得很遠。

門房早早地恭候在門口，見到馬車之後立刻恭敬地來到面前，彎下腰。「太太回府了！」

佟太太有心讓素年感受一下什麼才是深宅大院的氣度，架子端得很足，餘光卻看到素年絲毫沒有注意到她這裡，兀自暈得開心著。真是上不得檯面的東西！佟太太心中冷哼，卻不得不換上關切的笑容。「素年丫頭沒事吧？嘖嘖，小臉慘白的，叫人看了可真心疼，一會兒趕緊請大夫來瞧瞧。」

她旁邊的夏嬷嬷卻插了話。「瞧太太說的，素年小姐可是神醫，還用得著請大夫來瞧？」

「哎呀，我倒是忘了！」佟太太手捂著嘴輕笑，看似對素年仍舊關心，可其中的態度，已經轉變得很明顯。估計是素年都已經過來了，她也就不用這麼裝了。

素年緩了一會兒，臉色終於是緩了過來。她現在正在考慮一個很嚴肅的問題——要想在這個朝代旅遊，好像，真的只能是一個美好的願望了！太可惜了，大河山川，那麼多沒有人工痕跡的美景啊……這個她要好好地衡量一下。

看見素年不說話，佟太太以為自己的嘲諷收到了效果，這丫頭應該明白了自己的身分才是。正想再說兩句，讓積壓著的怒氣再釋放釋放時，從佟府裡走出一個人，將佟太太的話壓了回去。

「老爺？」佟太太十分驚喜，她確實有提前派人回來傳報一下，但沒想到，老爺竟然親自出來迎接她，這可是……可是從未有過的殊榮啊！

佟太太抿了抿嘴唇，儀態嫋嫋地迎上去。「老爺，您怎麼出來了？妾身這不是回來了嘛。」

佟老爺衝著佟太太點點頭，然後直接越過她迎上來的身影，走到了素年的身邊。「是素年丫頭吧？可終於找到妳了！」

素年詫異地看著這位滿臉慈祥和藹的老爺，官場裡混的，就是比後宅婦人演技強，毫無破綻，似乎是真的慶幸找到了素年一樣，就差沒有老淚縱橫了。

「如此一來，妳父親在天之靈也一定會欣慰的……」佟老爺拉住素年的手，一副不負所託的模樣。

只是在佟老爺身後，佟太太黑著的臉，讓這感人的一幕出現了些許的違和。

佟太太臉上的嬌羞早已無影無蹤，合著不是來等自己的呀？老爺居然是為了這個低賤的丫頭特意到門口迎接？佟太太不是不明白現在素年對老爺有多重要，關乎著老爺的前程，可佟太太嚥不下這口氣，太憋屈了！

「是佟老爺嗎？素年惶恐，讓老爺擔心了。」

素年既然來了，就沒準備讓別人唱獨角戲，當即垂下眼簾，一副誠惶誠恐的膽怯模樣。

「怎麼還叫老爺呢？素年丫頭跟老夫見外了不是？當初妳父親將妳託付給我，老夫可是打算將妳當閨女一樣看的，叫叔父吧。」

「是，佟叔父。」素年從善如流，左右不過一個稱呼，叫什麼不是叫？

佟老爺當即開懷地笑出來。「來來來，回到自己家可不許這麼拘束！家裡已經給妳準備了院子，去看看喜不喜歡？有什麼不滿意的就跟妳嬸娘說，別委屈著自己！」

「是。」

素年溫順的態度讓佟老爺很滿意，一看就不是個難說話的。他本來還擔心素年會不會因為從前他們佟府對她的態度而心存不滿，但現在看來，好像沒什麼問題嘛！果然，讓妻子親自去請還是正確的，這種性子軟弱的小丫頭最好擺布了！

佟太太終究是不敢破壞佟老爺的計劃，在素年走過來的時候，已經將臉上的表情控制住了，三人親親熱熱地一同走進了佟府。

佟老爺做幽州州牧已經有相當長的一段時間，其間一直沒有變動過，三年一次的政績核評，次次都會出現一點點的狀況，而今年，佟老爺必須要確實地達到晉升標準。

佟老爺選擇的關鍵，就是安定侯。

安定侯府的小侯爺，在吏部任侍郎一職，他說的話絕對是有分量的，只要他承了自己的情，不愁這次的擢升令下不來。

佟府要比蕭戈的府邸更有底蘊，大概是時間長了，沈積下來不少精華，院子裡抄手遊廊、荷塘曲橋，走幾步就能見到供休息的小涼亭，飛翹簷角，精緻秀美。朱紅色廊柱、漢白玉的石階，四周是打理妥貼的草木，一個個小水塘被山石圍著，迎春弱柳臨水而栽，垂下細長的枝條落在水面，宛若攬鏡自照，欲語還休。

素年一路跟著佟老爺，一直走到前廳，早有侍女準備好了茶水、糕點，略略小坐一會兒，佟老爺就很體貼地讓素年先去休息。

「趕了這麼些天的路，一定累壞了吧？快去歇著吧。」

素年起身，微微福身道了一聲謝，然後施施然地跟著帶路的丫鬟下去了。

佟太太都等不及素年走遠，忙來到佟老爺的身邊。「老爺，您何須對這個丫頭這麼客氣？」

「妳不懂，只要是對我有用的人，我都會對他們客氣。」佟老爺的慈父形象已經全無，靠在椅子上瞇著眼睛，很是滿足。

佟太太倒是因為佟老爺的回答放寬了心，這會兒只是有用而已，很快地，等沈素年沒用了，那她就不可能再出現在自己的視線裡了！不知道為什麼，她就是不希望看到素年，總覺得這個丫頭會為她帶來噩運。

「果真費了一番心思呢！」素年看著佟府為自己準備的院子，由衷地讚嘆。是花了血本了，名字叫「素心閣」，應該是特意換的吧？

走進院子，一溜四個穿水紅掐腰長裙的侍女，齊齊地跪下行禮。「給素年小姐請安。」

「起來吧。」素年點點頭，慢慢地往院子裡走去。

院子收拾得乾淨整潔，花草都修剪得很有美感。踏入二層小樓，下面廳堂裡，右側多寶格上珠光寶翠，有通體碧綠的玉如意，有用象牙雕就、精巧玲瓏的多寶瓶，瓶底有銀錠型托座，瓶身與瓶口處伏有兩隻小老鼠，寓意多寶多福。

一小盆矮樹放在當中的案几上，乍一看去五光十色，離近了，才發現整棵矮樹都是由寶石珍珠攢成的，貴氣逼人。

一鼎精巧的香爐靜靜地噴吐出煙氣，屋子裡是淡淡的幽香，往內屋裡去的隔斷，是水晶攢成的珠簾，外覆一層紗幔，很有小女兒閨房的感覺。

素年在椅子上坐下，這段日子整天在馬車裡，她覺得身體都僵掉了。「院子裡有幾間屋子，魏大哥和玄毅就住那兒吧。」

這時，跟著素年等人進來的小丫鬟們立刻跪下，有些驚慌。「素年小姐，太太讓我們來伺候您，那裡、那裡已經放置了東西。」

「妳們去回了太太，就說我這裡人夠用了，都是伺候慣了的，缺了哪個都不行。去，將屋子重新收拾出來吧。」素年揮手讓她們起來，動不動就跪，這什麼壞毛病？

小丫鬟們只得慢慢地退出去。

佟府裡誰都知道，這新來的素年小姐，府裡看似對她挺上心，其實不然。特別是當蓓蓓小姐知道這院子都特意換了名字，重新修葺的時候，好生鬧了一番，老爺將她叫進書房訓斥了一頓，結果出來以後的佟蓓蓓，那臉上得意外加看好戲的表情，更是讓所有人確定了，這素心閣不是那麼好進的。

被選出來放在素心閣裡的這幾個小丫頭，心裡自然是百般不願，可太太的話她們又不敢忤逆，但現在不一樣，現在是沈素年自己不要她們伺候，想必太太是不會遷怒於她們的。小丫鬟們應了聲，手腳迅速地將兩間屋子收拾出來，正好魏西和玄毅一人一間，然後便去佟太太那裡回報。

然而，佟太太卻沒有丫鬟們想的那麼體恤人心。

「沒用的東西！」佟太太將手邊的水杯扔過去，落在猩紅的地毯上，濕了一片。

「太太息怒，小心傷了手！」夏嬷嬷走出來，抽出一條絲帕，仔細擦拭著佟太太的手，讓幾個小丫鬟先下去。

「氣死我了！剛進門就敢忤逆我的意思，她當她還在那個寒酸的小院子裡做主人呢，真是一點教養都沒有！」佟太太氣呼呼地將手抽回來。

夏嬷嬷笑了笑。「太太，您安排這幾個小丫頭進院子，不就是為了能掌握沈素年的行動嗎？但，真的有這個必要嗎？」

佟太太接過夏嬷嬷遞過來的茶盞，低頭喝了一口，若有所思。

「太太，這沈素年都已經到咱們府上了，您還怕她出什麼么蛾子？要我說呀，您不妨就這麼順著她，反正也不礙什麼事，只要她順順利利醫治好安定侯夫人的病，老爺那裡，必然不會忘了您的功勞。」

「……嬷嬷說的是，是我太急躁了。」

佟太太須臾便想通透，她只是氣不過沈素年的態度而已，但現在可不是她意氣用事的時候，等事情達成後，沈素年還算什麼？

佟老爺沒事就會將素年叫去「談心」，暢談他當初和素年父親的過往，結束時每每唏噓，要是沈老爺現在也在，能看到素年這樣，那該多好。

而素年，則是萬年不變的回答「是啊，那該有多好……」，只是跟隨著感嘆，多一個字都沒有。

日子過得還算愜意，小翠眼裡的期待越來越濃重，她想要小姐回到的生活就是如此，不需要那麼辛苦地拋頭露面去醫治病人、賺取錢財，不需要到哪裡都要看人臉色。日後再嫁個良人，和和美美地過日子，小翠覺得，她的心願就了結了。

素年當然知道小翠心中所想，但她也不去打破小翠美好的願望，雖然她一直都希望小翠能永遠這麼單純，但現實並不如此，小姑娘總是要長大的。

素年來到佟府這麼久，居然還從來沒有遇見過傳說中的蓓蓓小姐，這顯然很不科學，佟府是很大，但也沒大到這麼些天都遇不上的地步，很明顯，佟蓓蓓是刻意避著素年的。

只是，素年也不在意，既然佟府打算這麼抬舉自己，她也不介意，而是順其自然地享受。別看素年不缺錢，有些東西，那還真不是有錢就能買到的，佟府裡，這些稀罕的東西還真不少。

素年這副享受的姿態，讓有些人終於憋不住了。佟蓓蓓，這是一個比她娘更沒有耐心的姑娘，也是，獨享嬌寵長這麼大，她也不需要有忍耐的心性。

之前，佟太太交代讓她不要跟素年接觸，省得讓素年察覺出什麼，佟蓓蓓到目前為止執行得很認真，但她也忍不住了，為什麼沈素年一點拘謹和自卑都沒有？她憑什麼堂而皇之地享受著佟府的一切，絲毫沒有任何的躊躇？

素年在素心閣裡正悠閒著，她暫時還沒有摸清佟老爺究竟想讓她做什麼，只能靜觀其變。

這會兒，素年還在悠閒著，坐在葡萄架下，手邊放著熱騰騰的特製奶茶，配著剛做好的小點心，捧著一本書，看得有滋有味。

佟蓓蓓進了素心閣，看到的就是這麼一幅礙眼的景象。

「妳倒是挺自在的！」

素年正看得入神，耳邊傳來一道聽上去就不友善的聲音，她將目光從書上挪開，移向了院子門口。

櫻紅色繡折枝堆花襦裙，錦茜紅明花抹胸，頭戴一支金絲八寶攢珠簪，髮後一支金海棠珠花步搖晃啊晃的，耳邊是一對赤金纏珍珠墜子，胸前一個赤金盤螭瓔珞圈，整個人明晃晃且金燦燦的。

素年上下打量了佟蓓蓓半天，只瞧得佟蓓蓓快要忍不住了，才慢悠悠地從椅子上站起來。「是佟家小姐吧？我還在想怎麼一直見不著妳呢，快請進。」

「這裡可是我家，我想什麼時候來就什麼時候來！」佟蓓蓓哼了一聲，大步走了進去。

素心閣的布置，倒不至於讓佟蓓蓓眼紅，她的閨閣可要比這裡奢華上不少，只是，想到這個野丫頭竟然也能住到這樣的院子，佟蓓蓓心裡就有些不舒服。

像佟蓓蓓這樣嬌生慣養起來的姑娘，都會有一種優越感，而素年在她心中，就是個沒爹沒娘的野丫頭，來到他們佟府，過上了小姐般的日子，怎麼樣也要感恩戴德一下，但素年沒有，不僅沒有，更是如魚得水，彷彿她一直就是這麼過來的一樣，這讓佟蓓蓓難受了起來，她如何能跟自己平起平坐？

「妳在我們佟府，過得挺自在嘛！」

佟蓓蓓環顧四周，言語中有些諷刺。

「嗯，還不錯。」素年的態度更加隨意。

「過慣了苦日子，我還在擔心妳會不適應呢，沒想到，妳倒是適應得挺好的。」

「過獎，應該的。」

佟蓓蓓諷刺不下去了，自己是在誇她嗎？沒聽出來自己是在嘲笑她嗎？過獎？開什麼玩笑！「那妳可要珍惜些，左右也就這一段時間了，到時候又要過苦日子，妳該怎麼辦？」佟蓓蓓的臉湊近了素年。

素年看到她臉上一層白色的粉，不禁搖搖頭。正值荳蔻年華的小姑娘，哪需要塗脂抹粉？

素年往後讓了讓，然後腦袋歪著道：「佟叔父怎麼跟我說，我可以一直住在這兒？還說讓我把這裡當作自己的家，莫非，佟叔父是騙我的？」

那是當然的！還想永遠住在這兒？作夢吧！不過，佟蓓蓓好歹有些腦子，父親已經跟她說了，他只是需要利用素年而已，所以，也就短時間讓素年暫時住在府裡，若是自己壞了事，父親那裡……自己也是不好交代的。

「呵呵，誰知道呢。」佟蓓蓓說得不明所以，隨後在院子裡繞了繞，看見桌上盛在碟子裡的點心。「這什麼東西？不是我們佟府的廚娘做的吧？」

「自然不是，我問了那廚娘，她不會做。」

「笑話，還有佟府廚娘不會做的東西？」佟蓓蓓挑了挑眉毛，滿是不屑。「不過，這種東西，怕是確實沒見過，太低賤了。」

素年伸手拿過一片，特意從佟蓓蓓的鼻尖掠過。「會嗎？這個，可是我在黎州州牧蕭大人的府裡吃過的呢，特意讓小翠跟著學來的，原來是低賤的食物啊？那下次見到蕭大人，真要提醒他一下呢！」

「黎州州牧？」佟蓓蓓咬了咬嘴唇。娘說了，這個沈素年現在是個醫娘，會出入州牧府確實不奇怪。這真的是州牧府裡吃的東西？怪不得剛剛就一直嗅到陣陣香氣。

素年似乎已經將佟蓓蓓之前的話給忘了，熱情地將碟子拿起來，往佟蓓蓓的眼前送了送。「嚐嚐？」

佟蓓蓓很想擺出一副不屑的姿態，但碟子裡的東西確實挺誘人的，而且，她倒想試試，這究竟只是素年隨口說的，還是真的能出現在州牧府裡的美味。

佟蓓蓓的指尖從碟子裡輕揀了一片，慢慢地放進嘴裡，居然是鹹味的點心！可香脆酥軟，十分可口，她從未吃過這樣的。

「這是薯片，閒暇的時候食用最是合適不過。喔對了，巧兒，給佟小姐斟一杯奶茶，這兩樣一起吃，才是絕配呢！」素年乾脆招呼佟蓓蓓坐下。

佟蓓蓓也不知道自己是怎麼了，居然真的就坐了下來。雪白的瓷杯中，盛著淺褐色的液體，有乳香散發出來，佟蓓蓓捧起杯子，輕啜了一口，絲滑的口感在嘴裡散發出來，剛剛那個什麼「樹片」殘留著的鮮鹹味，和淡淡的甜味融合，果真妙不可言。

開玩笑，能差嗎？這可是經典的搭配，穿越了時空讓她給提前做了出來。

素年就坐在佟蓓蓓的對面，巧兒不著痕跡地將佟蓓蓓的兩個丫鬟隔出了一些距離，小翠則是在素年的指示下，再去小廚房裡準備一些特別的小點心。

佟蓓蓓只是個嬌蠻的小姑娘，心機有限，而且在這個她可以稱王稱霸的後宅之中，也沒有機會讓她鍛鍊手段，如何能是素年這個穿越者的對手？素年有心要套佟蓓蓓的話，哪怕佟蓓蓓她早已防備，卻也不得不在素年的誘導下，無意中將她知道的情況說出來。

佟蓓蓓知道得不少，雖然給誰治病、佟老爺會得到什麼好處，她並不十分清楚，但素年至少心裡有底了許多。

原來如此……素年心中的第一個念頭，居然是詫異自己怎麼會有名氣的？

古代的資訊傳播那叫一個遲緩，如果不是有心擴散消息，一般都是訊息閉塞的。素年是在青善縣拜師，在渭城確實略有名氣，但她從未想過，別的地方竟然也有人知道自己，還打算找她治病。最可能的情況，是這位還沒有到潞城的貴人來自京城，那就說得通了。自己的師父柳老這會兒應該在京城裡給參領大人瞧病呢，若是師父為自己造勢，也不是沒可能。

素年之前早已猜到佟家將自己接回來是有目的的，但沒想到竟然是為了治病，這真是讓她哭笑不得。

佟蓓蓓這會兒還沒有反應過來呢，一邊漫不經心、愛理不理地敷衍素年的話，一邊挑著桌上小翠剛剛端上來的新點心。

十幾歲的小姑娘，就沒有不喜歡甜食的，小翠會做的甜食，又都是素年精心挑選出來的，自然更不一般。

桂花酥酪凍、薑汁撞奶、拔絲香蕉、炸牛奶……佟蓓蓓沒有一樣見過，新奇得不得了，挨個兒嚐一遍後，自己說了些什麼都不記得了。

素年見差不多了，便也不再問什麼，而是一道一道地給佟蓓蓓介紹這些小食，態度溫和親切，佟蓓蓓雖然不搭理她，卻也沒有再口出惡言。

佟蓓蓓回過神來的時候，這個下午的時光已經悄然溜走，她這才反應過來，自己居然在素心閣裡待了這麼長時間！這不是她的初衷啊，她本打算好好地過來奚落一下素年，然後趾高氣揚地離去才對啊！一想到剛剛自己如同一個沒見過世面的人一樣，對那些吃食挨個兒好奇地嚐，她就恨不得挖個洞將自己埋起來。

佟蓓蓓動作猛烈地站起來，狠狠地瞪了素年一眼後，帶著她的小丫鬟，疾步離開了素心閣。

第五十四章　移步別院

佟太太知道佟蓓蓓去了素心閣之後，將她好一頓說，雖然她們母女對素年打從心眼裡不屑，但若要真的將她趕出去，兩人是決計不敢的，老爺非活吃了她們不可。

「娘，放心吧，妳女兒可不是不分輕重的人，我可沒跟她說什麼過分的話，我還在她院子裡待了一會兒呢，沒問題的。」佟蓓蓓覺得自己處理得很好。

「真的？」

「真的！不信妳問秋桐。娘，妳女兒我那麼聰慧，怎麼會做出讓妳擔心的事情呢？」

佟蓓蓓撒著嬌，膩在佟太太的身上，佟太太看到立在一旁的小丫鬟點了頭，心裡才放鬆了不少，指尖輕輕點在佟蓓蓓的額頭上。

「妳呀！以後，少往那裡跑，等貴人來了潞城，沈素年將貴人治好後，她就會從咱們府裡消失了。」

「知道了。」佟蓓蓓靠在佟太太的肩上，眼睛來回轉了好幾下……

佟蓓蓓覺得自己什麼馬腳都沒有露出來，素年卻已經瞭解得差不多了，並且，她能夠猜出這個想讓她醫治的貴人，可能對佟老爺很有幫助，不然幹麼大費周章，讓佟太太違著心，親自來接她回府，好吃好喝地伺候著，又跟她攀扯關係？

就算佟府不來找自己，那位貴人也一定會找到自己的，師父柳老可是在京城呢，師父絕對不會放過能為自己宣傳的機會的。這麼明顯的因果關係，素年猜都不用猜，而小翠和巧兒，也已經感覺到了。

小翠是深深的失落，她本以為佟府是真心這麼優待小姐的，沒想到有這麼明確的目的，他們是暫時有求於小姐，才想起來還有小姐這麼個人。那如果沒有這層關係了呢？如果他們不需要小姐再做什麼了，是不是又要將小姐趕出去？

素年也不跟小翠說什麼讓她心慌的話，倒是巧兒，讓素年重新審視了一下。巧兒這姑娘吧，平日裡舉止十分妥當，不該她做的事情、說的話，她碰都不碰，甚至有些讓人忽視的程度。巧兒知道自己並不如小翠跟素年的感情，她也不急著在素年面前表現，這讓素年覺得這孩子很識大體，很有前途。沒想到自己的丫鬟運這麼不錯，兩個小丫鬟自己都十分滿意。

這會兒，巧兒在佟蓓蓓離開之後，特意避開小翠，來找了素年。「小姐，巧兒有幾句話不知道當不當說？」

素年以微笑鼓勵她。

「巧兒特意趁小翠姊姊不在來找小姐的，巧兒覺得，小姐妳……最好……呃，不要太依賴佟家……」

「怎麼說？」

巧兒鼓起了勇氣來說，但話到嘴邊，她還是支支吾吾起來。

「巧兒就是覺得……嗯，這個佟家，不是真心對小姐的……能來到佟府，小翠姊姊很開心，但巧兒總覺得，他們並不是真心誠意地想要好好照顧小姐。」

巧兒後面的話就順了，她是丫鬟，在佟家接觸到的也是丫鬟，那些佟府的丫鬟們可沒那麼多城府，表面上對小翠和巧兒客客氣氣，但一轉臉，有時候還沒有走遠，就會有輕微的嬉笑聲傳來，這種很明顯針對他們的笑聲，讓巧兒覺得很不愉快。她並不覺得自己就比小翠聰明，但她很敏感，這種敏感是與生俱來的，她覺得，佟府會這麼對待他們有問題。

素年臉上一直保持著微笑。巧兒很好，她本來擔心小翠笨笨的，會受佟府的欺負，現在看來，有巧兒在，應該是能放心了。

「放心，小姐我立志威武霸氣，謝謝，麼麼噠！」

「……嗯？」巧兒一頭霧水，小姐這是……什麼意思？

小翠進屋的時候，就看到巧兒呆萌呆萌地站在那裡，素年則已經又捧起了書。

「怎麼了？」小翠走到巧兒的身邊。

巧兒眨巴了兩下漂亮的眼睛。「麼麼大？」

「……」

素年算著時間，她問過師父，從京城到渭城大概需要兩個月的時間，他們從渭城到潞城走了差不多半個多月，雖然不知道是近了還是遠了，但素年估摸著，再有半個多月，這貴人應該也就要到了，所以，也該是給自己集中洗腦的時候了，素年如此想著。果然，佟老爺居然親自來了她的素心閣。

奉上精緻的茶水，小翠和巧兒一齊退到很遠的地方，十分守禮。

佟老爺先喝了一口茶，才慢慢問道：「在這裡住得如何？若是有什麼想要的，可千萬別不開口，叔父啊，就擔心妳太懂事，委屈了自己。」

「多謝叔父，這裡什麼都不缺，嬸娘想得很周到，素年感激不盡。」

「這有什麼可感激的？素年丫頭就是太多禮了，為自己閨女著想還需要感激嗎？哈哈哈哈……」佟老爺對素年的乖巧很是滿意，這樣，下面的話就容易得多了。「哎，能將素年丫頭找回來，算是了了我一樁心願，本該開心才是……」

佟老爺剛剛還笑得暢快的臉，很自然地就苦了下來，素年覺得，這也是一門學問。「叔父為何愁眉苦臉？」

佟老爺在心中狠狠地誇讚了一下素年。有眼色，很上道啊！「叔父啊，最近被人強壓了一樁事，要找尋一個醫娘，還必須是能夠妙手回春的醫娘！幽州基本上已經派人找遍了，可這厲害的醫娘從何而來呀？唉……」

素年覺得，這樣一點都不鋪墊地直接說出來好嗎？這是打算讓她主動請纓？要不要這麼相信她的領悟力啊？

「叔父……」素年才張口，打算稍微再問一問是什麼情況，誰知就被佟老爺強制性地打斷了。

「素年丫頭，叔父知道妳是個好心的，但這件事不行！妳雖然是柳老的親傳弟子，但也像是我親閨女一樣，我如何能打妳的主意？」佟老爺很堅決地阻止素年繼續說話。

果然薑還是老的辣啊……素年在心中嘆服。看看，一句話的事，自己就是不願意，佟老爺都這麼說了，她還能拒絕嗎？那就是忘恩負義不是？

這意思就是，非但要她幫忙，還要讓她感恩戴德、心甘情願地幫忙，這就是兩種意思了。嘖嘖，老狐狸啊！

「叔父，您要找醫娘，是為了給人治病？」

「是的，不過素年丫頭無須在意，老夫就算找遍整個幽州，也會找出這麼一個醫娘來的！」

「何必捨近求遠呢？素年雖不才，卻也可試試。」

「不行，這絕對不行！妳是什麼身分？以前就算了，如今怎麼能讓妳再做這種事？」佟老爺覺得事情順利得驚人，心中舒坦，面上卻是一副堅決不同意的樣子。

素年的表情不變。「叔父如何能這麼說？醫者父母心，素年雖年幼，也還是知道的，斷沒有袖手旁觀的道理。」

佟老爺忽然覺得有些不對，聽素年的意思，她應該是會出手救人，但卻是因為她醫娘的身分，而不是因為佟府的關係？素年不是應該接著自己的話往下說嗎？說佟家對她有恩，這麼做也是應該的？

「叔父，如今需要醫娘的病患何在？」素年可沒覺得自己的話有什麼問題，直接就問起了病人。

「這個……還沒到潞城，也就這段時間吧。」

素年便點點頭，不再發表任何跟這件事有關的意見了。素年不喜歡被人利用，特別是非常沒有誠意的利用。若是其他事情，素年想都不想肯定是要拒絕的，但現在，偏偏是治病。素年經歷過前世的無助與痛苦，她深深瞭解那種求生的渴望，所以她才會學習醫術，不是嗎？那就治吧！她在心裡跟自己說。只不過，並不是因為所謂佟家對她的恩德。

素年住在佟府的這段日子裡，感受到了許多，佟老爺的虛情假意、佟太太極力掩藏的嫌棄鄙視，這樣一家人，素年不覺得他們會多仁慈。但小翠說，當年確實是佟老爺收留了自己，這其中，必然有什麼原因。

「小姐，佟老爺走了。」巧兒從院門口回來。

「嗯。不走，也沒什麼可說的了。」素年看著門口，淡淡地笑了笑。

想用自己來邀功？給你這個機會，就當作是還當初牛家村的那些糧食了。

佟蓓蓓這個姑娘，素年弄不清她心中的想法，是真弄不清。自從她來素心閣之後，也就不再避著素年，偶爾兩人會巧遇。

佟蓓蓓謹記著佟太太的話，沒有刻意挑釁素年，但那種由內而外散發出來的不屑，還是深深地表達著她的態度。最嚴重的一次，是直接走到小翠的面前，讓小翠跟她走。

素年簡直哭笑不得，看佟蓓蓓的樣子，似乎自己的丫鬟跟了她是多麼明智的選擇一樣，簡直是大發慈悲，希望小翠棄暗投明。

但小翠怎麼可能答應？素年猶記得小翠拒絕時，佟蓓蓓臉上那震驚的表情。在她看來，小翠怎麼可能會拒絕？要不是看她做食物有一手，她怎麼會願意讓素年的丫鬟進佟家？可小翠居然還不願意！結果當然是不歡而散。

素年從頭到尾幾乎都沒有說話，卻被佟蓓蓓給直接恨上了。

莫非是點心的原因？素年尋思著。

後來，佟蓓蓓再見到素年，臉上除了冰冷和奚落以外，沒有別的表情，所以素年這會兒才特別奇怪，眼前的佟蓓蓓見到自己，怎麼仍舊笑容滿面呢？

素年觀察了片刻，這種年紀、這種笑容，她能想到的就一個可能。

也對，佟蓓蓓不是說跟自己一般年紀嗎？那肯定也及笄了，可以嫁人了，怪不得。

素年本不打算打擾小女兒思春，可佟蓓蓓的目光已經注意到了她，素年發現，佟蓓蓓竟然沒有像之前任何一次那樣板起臉，而是加深了笑容，只不過，這笑容裡，多了許多複雜的情緒。

「原來是沈娘子！這麼有興致？也難怪，我們佟府裡的景致，可不是在哪裡都能看到的。」佟蓓蓓的語氣一如既往的嘲諷。

素年卻點點頭。「確實不錯，花了不少錢吧？」

「真是俗氣！」佟蓓蓓被素年的語氣氣到，笑容終是放了下來。

素年心中好笑。俗氣？沒有俗氣的錢財，哪能有奢侈的享受？

佟蓓蓓氣呼呼地看著素年的臉，忽而又笑了出來。「是呢，我倒是忘了沈娘子之前過的日子有多辛苦，斤斤計較也是有的。」

「佟小姐過獎。」

佟蓓蓓簡直想尖叫出來，這沈素年也太不要臉了吧？她怎麼能毫不在意自己的話？究竟這個女人有沒有廉恥？不過，這沒什麼，她如何能跟自己相比？佟蓓蓓想到三天後顧公子就會來佟府做客，心就一陣猛跳。

娘說了，這顧公子是內閣學士顧家的三少爺，長得一表人才不說，學問也很紮實，人又上進，前途不可限量，在京城裡已頗有些名氣，是一樁極好的親事。佟蓓蓓聽說了以後，對顧公子已經十分傾慕，再想到這樁婚事如何而來，她就更加開心了。

沈素年，妳拿什麼跟我比？我有的，妳一輩子都不會有；我沒有的，也可以從妳那裡搶過來！佟蓓蓓得意地在心裡笑著。

佟府裡忽然忙碌了起來，而素年這裡，佟太太卻是來了一趟，握著素年的手，有些難以啟齒的樣子。

「素年丫頭，不瞞妳說，府裡最近妳也瞧見了，明日，府裡會來一位客人，這位貴人很是有講究，據說他住下的地方，不能有寅時出生的人。嬸娘記得，妳的生辰就是寅時，對嗎？」

素年一臉茫然，生辰是什麼？

小翠卻點了點頭，小姐的生辰她是知道的。

「如此，只能委屈妳了。佟家在城郊有一處別院，什麼都是現成的，收拾得十分妥貼，素年丫頭，妳能去那裡暫住幾日嗎？等貴人一走，嬸娘會立刻將妳接回來的。」

有貴人來，卻讓自己離開，這麼說，這位貴人應該不是生病的那位。再思及佟蓓蓓那日的反應，素年大概猜到了來的是什麼人。素年剛想開口答應，卻看到小翠慘白的臉，垂在身側的雙手還有些微微顫動，這是怎麼了？

小翠控制不住自己發抖，又是「暫住幾日」，又是「立刻接回來」！為什麼又是這樣？她想起那年，她和小姐來到佟家，還驚魂未定，沒能平靜下來時，也是佟太太，說是讓她們去一處安靜的別院暫住，好生將身體養好，很快會將她們接回來，可這一等，就再也杳無音訊了！

「是，嬸娘放心吧。」

小翠耳邊聽到了素年的聲音，她木然的眼神看過去，卻看到小姐溫和的笑容。

佟府要來的人，自然就是內閣學士的顧公子。

為了迎接這位顧公子，佟府上上下下都忙碌起來，佟太太更是一口氣給佟蓓蓓新打了好幾套首飾頭面，又做了三、四套新衣。

「蓓蓓啊，妳放心，娘的眼光是不會錯的，這顧公子，娘可是見過的，那時就已經是翩翩公子，前些日子更是傳來已經考取功名的消息，興許很快就可以有官職在身了。」

佟蓓蓓一臉嬌羞的神色，低著頭，也不說話，跟在素年面前的囂張完全是兩種模樣。

半晌，佟蓓蓓忽然抬起頭。「娘，那顧公子之前確實是跟沈素年訂的親嗎？」

佟太太的笑容頓時消失。「提她幹麼？她也配？不過罪臣之女，顧家怎麼可能看得上？要說還是妳爹有眼光，當初留了那野丫頭在府裡，不僅被同僚誇有仁義之風，更是讓顧家主動找上門來。」

「他們找來幹麼？是要退親的嗎？」佟蓓蓓很好奇，這段過往她從來沒聽母親仔細說過，只是跟她說自己有一樁親事，可當初是素年的而已。

佟太太看著女兒，蓓蓓也大了，有些事，她已經可以知道。

「傻丫頭，顧家是什麼出身？書香門第啊，他們如何能做出這種事？他們找來，是想履行當初的婚約，將沈素年接過去，讓他們提前完婚的。娘就是那時見到顧家少爺的，娘本來都要讓他們去牛家村接人了，卻在看到顧家少爺後動了心思。顧府並不複雜，那顧母也是個軟和脾性，不難伺候，顧家少爺更是小小年紀就儀表堂堂，娘一看，就知此人將來大有作為。妳說，這麼一樁好姻緣，怎麼能讓那個野丫頭糟蹋了呢？」

佟太太的眼神飄渺，似乎回到了當初她心裡作決定的時候。「於是娘就改了口，說那沈素年在父母過世之後傷心過度，已經香消玉殞了。」

佟蓓蓓伸手捂住了嘴。娘騙了顧家？騙他們說沈素年已經死了？這、這也太大膽了！

像是知道佟蓓蓓的想法，佟太太憐愛地將佟蓓蓓的手拉下來握住。「蓓蓓，妳要記住，這世上，沒什麼是得不到的，只要肯用心。那沈素年是罪臣之女，她父親的事很快就會被淡忘，誰又能記得還有過這麼一個孩子？只要稍微避著些，她沈素年永遠也不可能出現在顧公子的面前。」

佟蓓蓓似懂非懂，她見過母親這種表情，前些年，父親的妾室不慎落了胎時，那天晚上，佟蓓蓓就偷偷看到，母親臉上是同樣的表情。

娘可真厲害……佟蓓蓓由衷地感嘆。在她看來，娘是無所不能的，她以後成了親，也能做到娘這樣嗎？

第五十五章　小兒驚厥

顧公子來到佟府，其實並不能正大光明地跟佟蓓蓓見面，他此次來潞城，也不單單是來做客，而是要代表他的母親去探親，順道經過這裡，便打算來瞧瞧母親給他訂下的親事。顧公子從小就知道自己的親事已經訂下了，雖然在他們顧家這種名門望族中極為少見，然而，是顧老太爺親自給訂下的，就是想不同意都不行。

顧家都是知書達禮的人，沈素年的父親沈青峰對老爺子有恩，知道沈家有個姑娘，訂了親事也是情理之中的事。不想沈青峰卻遭災，只留下沈素年這麼一個年幼的孩子，顧家沒多考慮，反正已經算是他們家的人了，就想著乾脆接過來養著。可誰知道，到了收養沈素年的佟府一打聽，這可憐的孩子，追著她的爹娘已經去了……

顧母好一番傷感，畢竟是跟他們家有緣的孩子，這還沒來得及見上一面，怎麼就沒了呢？佟太太則體貼地在一旁勸慰，然後無意間，帶著顧母瞧見了在桃林中撲蝴蝶的佟蓓蓓。那個時候的佟蓓蓓，玉雪可愛，養得粉粉嫩嫩，纏著兩串珊瑚珠，襯得小臉瓷白，舉著團扇追蝴蝶，憨態可掬，惹人憐愛。

佟太太和顧母並未驚擾到佟蓓蓓，而是就那麼離得遠遠地看了許久。顧母心中對素年的死無比遺憾，卻神奇地在見到佟蓓蓓可愛的樣子時，稍微緩解了一些。佟太太乘機跟顧母拉近了關係，又說這也許是素年冥冥之中給他們兩家拉的緣分，直說得顧母珠淚漣漣。不過，顧母也沒有立刻應下這門親事，而是帶著顧斐離開了佟府，說是要回去跟老太爺商量一下，若是兩家真能成，她會很快給佟太太寫信的。

沒想到後來，這信，就真的來了。

佟太太欣喜若狂，不止一次讚嘆自己的靈機一動，這麼好的親事，若是真讓素年得到，就太暴殄天物了！顧斐那樣的少年，也只有他們家的蓓蓓才能配得上。

然而，跟著顧母曾經來過一次佟府的顧斐，對佟蓓蓓是一點印象都沒有，回到京城之後，老太爺問他心意如何，顧斐愣是站著好半天沒開口，然後才略帶懷疑地說：「佟家，有女兒嗎？」老太爺無奈地搖搖頭，乾脆就讓顧母自己決定了，若是沈家閨女不在了，那顧斐的婚事，自己也就不想攙和了。

顧母一向耳根子軟，在潞城讓佟太太好一番洗腦，還真覺得蓓蓓那個小姑娘不錯，這才有了給佟太太寫信的舉動。

這次，顧斐是自己想要來佟府瞧一瞧的，他雖然覺得成親不過那麼回事，娶個女人回家操持家務而已，但若是讓自己看不順眼的，那……自己也太可憐了。

顧斐身邊只帶了一個小廝，兩人也不過一個包袱，雖然書香世家，但顧斐卻對拳腳更感興趣，他自己就學了一些，因此覺得壓根兒不用多帶人伺候，多麻煩吶！

顧斐主僕並未趕路，而是走得比較悠閒，遊歷大好河山一直是他心中的願望，所以兩人不疾不徐地慢慢前往潞城。

「少爺，潞城就要到了，它在這個方向。」顧斐的小廝木聽面無表情地停下腳步，伸手往另一個方向指。

顧斐腳步未停。「知道。水喝完了，看那前面有個小鎮子，我去要壺水。」

木聽放下手臂，三步併作兩步地趕過去。「少爺你在這兒等著，我去就行。」說完，帶著水壺就大步往小鎮子的方向走。

顧斐一邊點頭答應，一邊仍舊邁著步子。雖然知道前面就是潞城了，但他們主僕也確實渴壞了，因此先休息會兒。

才踏入鎮子，顧斐面前的一條小道上，一位婦人抱著她的孩子衝過來，顧斐眼疾手快地讓開，那婦人擦著他的衣角跑了過去，頭也沒回。

那個孩子……好像在抽搐？顧斐的眼力很好。忽然，又是三、四個人從小道上跑來，朝著那婦人追過去。

「大娘，我也是亂說的，那小娘子並不是個醫娘，大娘妳回來啊！」

小道上揚起陣陣塵土。

木聽已經將水要到了，將水壺舉到顧斐的面前。

顧斐接過來，大口往嘴裡灌，潑出來的水順著他的下巴流下來，將衣襟打濕，一口氣灌下了大半壺，顧斐才豪爽地用袖口一擦嘴角。「痛快！」

這是內閣學士府上的公子？木聽早就習以為常了，眼角都不帶跳的。「公子，我們可以離開了。」

「別急啊，我覺得有熱鬧可以看，走，那邊！」顧斐抬腳就要往大家消失的方向走。

木聽一個箭步跨過去。「少爺，我們要去潞城。」

「知道了。急什麼？我們這趟出來最主要的目的是看望叔祖母，不是已經看完了嗎？去潞城那是臨時決定的，不著急。」

「不著急你也已經通知了佟府。」木聽站在那裡，一動也不動。

「哎呀，一眼，我就看一眼！剛剛那孩子我瞧著挺危險的，是驚厥啊！大伯家的英哥兒不就是因為這個夭折的？咱們身上有些應急的藥，若是有需要的話，說不定能救人一命呢！」

顧斐說得義正辭嚴，木聽只得挪開了腳步，兩人也往婦人消失的方向去了。

素年來到這個別院已經第三天了，這裡跟當初牛家村的小院子相比……壓根兒都沒法比！其實跟在佟府也沒什麼不同，每日新鮮的食物、周到的服務，讓素年覺得，這就是一間五星級酒店啊！而且，別院裡人少，除了他們五個，只有少數幾個丫鬟和小廝，讓素年更是滿意，她甚至想著，乾脆就住這兒別挪了，這裡多清淨啊！

素年閒得慌，乾脆將撲克搗鼓出來，開始教大家打牌，從簡單的鬥地主開始，慢慢將她會的玩法教給大家。如此一來，這時間過得是賊快，在別院中，幾人自娛自樂，倒是無比愜意。

這會兒，幾人正玩著呢，魏西忽然將手裡簡易的撲克反扣在桌上，然後站起身，往院子外面走。

「怎麼了？」

「有人在外面喊門。」玄毅將自己的牌也扣下來。「還有人哭的聲音，我也去看看。」

見玄毅消失在院門口後，素年動作飛快地將兩人反扣的牌拿起來猛看，然後又小心翼翼地照原樣擺好，這才慢慢站起身。「我們也去吧！小心牌別弄混了，一會兒接著玩。」

「……」

「……」

小翠和巧兒無語凝噎。

素年慢慢往外走，耳邊一直沒聽見有啥聲音，這兩人是順風耳嗎？聽力這麼好？

再往外走了幾步，果然從門口處有喧鬧的聲音隱約傳來，三人加快腳步走了過去。

「娘子！娘子！求求妳救救寶兒吧！我就這麼一個孩子，也許以後都不會再有了！娘子發發慈悲，救救他吧！我給妳磕頭了！」

「嬸兒，妳趕緊回去吧，找個大夫才是要緊的！我們就只是隨口一說，妳這都相信？」

「我相信！大夫瞧過了，說是沒救的，沒救的！娘子啊，他們說妳是醫聖的傳人，妳就發發慈悲吧！」

門口一陣一陣悲戚的哭喊聲，揪人心弦。不過，她是如何知道自己的師父是柳老的？素年看到站在門口的魏西和玄毅，門外，一位婦人跪在地上，懷中抱著一個約莫三歲的孩童，已經失了意識，兩眼上翻，頭後仰著，四肢呈陣攣性抽搐。

持續性小兒驚厥？這是中醫兒科四大險症之一，可耽誤不得。

「針灸包。」素年只說了這一句話後，立刻從臺階上下來，走到婦人面前跪坐下來，伸手示意婦人將孩子給她看一下。

婦人滿臉淚痕，看到自己的孩子受著折磨，自己卻無能為力。她恨不得自己能夠代孩子受苦，他才這麼一丁點大，蜷在自己懷裡不停抽搐，小小的身子燒得滾燙，婦人恨不得用自己的命去換他的健康。此刻，婦人看到素年跪坐在自己面前，她抖著嘴唇，卻一個字都說不出話來。

「沒事的，我是柳老的傳人，小兒驚厥我會治，給我吧。」素年輕聲慢語地安撫著婦人幾乎崩潰的神經，她的面前似乎出現了自己的母親揹著她哭倒抽搐的樣子，這就是母親。

素年從婦人手中接過孩子，熱得燙手，必須急救。

小翠已經將銀針準備好，素年先用指針法輪番掐揉百會、印堂、合谷、太沖和崑崙，控制力度，有規律地按順序掐揉，孩子的痙攣狀態漸漸緩了下來。

婦人捂著嘴，她的孩子這是有救了嗎？這位小娘子果然是醫聖柳老的傳人？她無法表達此刻心中的感恩，只能跪在一旁，一下又一下地磕頭，頭碰在地上，發出沈悶的響聲。

「大娘，您別這樣。」素年讓小翠將人扶起來，手仍舊在掐揉著，直到孩子的面色也開始好轉，並且似乎有些意識了，她才鬆了口氣，開始用毫針輕刺。

孩子的臉上需要留針，才三歲的孩子，意識稍微有些恢復就開始哭泣掙扎，為了不讓銀針挪位或是被他不小心揮打到，素年一直抱著他，將他的兩條手臂輕輕握住。

「寶貝你叫什麼名字呀？」

「哎喲，真乖，姊姊跟你玩個遊戲好嗎？」

「哎呀，真聰明！你現在生病了喲，姊姊給你治病好不好？」

……

素年跟孩子一句一句地溝通著，轉移他的注意力，臉上堆著甜甜的笑容，看在顧斐的眼裡，好似會發光一樣……

等到可以取針了，素年很迅速地將銀針起出，然後將孩子交到婦人的懷裡。「大娘，孩子還需要醫治，您跟我進來吧。」

素年站起身，她今日穿的是一件雪白的百褶裙，這會兒裙上沾了許多泥土，她毫不在意地拍了拍，笑著轉過身，示意大娘帶著孩子進去。

「等一下！」

素年回過頭，看到在圍觀的人群中，一個英挺的少年站在那裡，眼睛一眨也不眨地盯著自己，裡面似乎閃著亮光。這樣的穿著氣度，怎麼會出現在這個小鎮子裡？

「公子有何事？」素年笑得敷衍，她還急著救人呢！

「是這樣的，在下這裡有名醫所開的藥丸，專治小兒驚厥，不知姑娘可需要？」顧斐面不改色地開口，說得無比流暢。

「太需要了，公子裡面請。」素年更不含糊，直接就招呼顧斐進府，然後將他交給巧兒招待，自己則急匆匆帶著婦人和孩子進了內院。

「小翠，去取兩枚雞蛋。」

素年吩咐小翠，自己則帶著孩子進了屋。「大娘，將孩子的衣服脫掉。」

素年將小翠拿來的雞蛋敲開，將蛋黃和蛋清分開來，蛋黃不要，只留蛋清。

「寶貝不怕啊，姊姊要給你治病了。你看，你生病了，你娘多難受啊！我們要勇敢地讓姊姊治好它，好嗎？」

三歲的孩子，已經懂事了，他看了看眼睛腫成核桃的娘親，對著素年點點頭。

「真棒！」素年舉起大拇指，在孩子小小的大拇指上摁了一下。「太勇敢了，給你點個讚！」

小孩子不知道這是什麼意思，但他明白，素年是在誇讚自己，高熱得通紅的小臉蛋上浮現了些許笑容。

素年看得心酸不已，真是個乖孩子。

曲池、合谷、十宣、太沖，速刺進針，用瀉法不留針；大椎、迎香穴，用三棱針點刺出血。然後，素年以左手握住孩子的肢體，以掌心為著力點，用蛋清做潤滑劑，開始上下輕微地按摩，等到局部出現密集的、含於皮膚內的毛細刺狀物為止，素年才停下。

小翠在一旁已經準備好了水盆和軟巾，一個給小姐淨手，一個給孩子清理。

素年回過頭，看到屋裡多了兩個人，這不是說有秘方的那位嗎？他什麼時候跑進來的？素年以眼神詢問巧兒。

巧兒尷尬地笑，她都沒弄明白。這位公子說他的秘方需要用潔淨的水和一定比例的鹽調和才行，讓巧兒去取，等巧兒取回來之後，發現人沒了，然後就看到這位公子動都不動地站在小姐治病的房裡。巧兒剛想上前呢，就看到顧斐神秘兮兮地在唇邊豎起一根手指，示意她安靜，別說話……對著小姐聳聳肩，巧兒很遺憾自己沒能完成交代。

素年的眼神落回顧斐的身上。「公子，您的藥丸呢？」

顧斐並不是瞎說的，還當真讓木聰從隨身的包裹裡取出一只小瓷瓶。

素年接過來，拔開塞子放近鼻尖，輕輕嗅了兩下，淡淡的藥香從中飄出，素年認出幾味，確實都是對症的。

「多謝公子饋贈。」素年朝顧斐福了福，便將小瓷瓶放到婦人手裡。「大娘，回去將這藥丸切開，每次半粒，一日兩次即可。明日將孩子再帶過來，我再施一遍針。」

大娘攥著手裡的瓶子，就好像攥住了希望，她覺得自己不會說話了，說什麼都無法表達自己的感激，於是「撲通」一聲，又跪了。

「大娘，您可千萬別這樣。」素年都無奈了，她到這個朝代已經這麼些年，可就是沒法適應動不動下跪的禮節。

「娘子，謝謝您救回了我的寶兒，我做牛做馬都無法感激您，我給您磕頭了！」

又是「砰砰砰」特實誠的磕頭聲，聽得素年額頭都生疼了。她急忙將大娘攙扶起來，卻發現自己的力氣完全不夠大，甚至還被拽了個趔趄，眼看就要倒下。

小翠壓根兒沒反應過來，她是沒想到還能有這種情況，扶人起來還有自己跌倒的？於是，她沒能及時救到素年。

而一旁的顧斐，則是一把將素年撈了起來，撈就撈了吧，扶起來以後還很嫌棄地說：

「這麼輕？怪不得摔跤！」

素年這張老臉，都不知道往哪裡擺是好，脹得通紅。光吃不長肉也是她的錯嗎？「多謝公子。」該有的禮數不能缺，素年感謝過後，就打算攆人了。「今日之事多謝公子仗義，恕小女子家中還有事，就不遠送了。」

顧斐看著素年笑咪咪的眼睛，覺得太有意思了。這姑娘跟他認識的那些完全不同，既不會像大家閨秀一般太過拘謹，又不像市井婦人一樣沒有禮數，一個詞，灑脫！是的，一個女孩子竟然讓自己覺得灑脫，顧斐自己都覺得不可思議。

「敢問姑娘尊姓大名？」

「不敢，小女子姓沈，名素年。」

「沈娘子，今日在下真真開了眼界，姑娘妙手仁心，佩服佩服！」

素年繼續低調。「不敢、不敢，公子過獎了。」

顧斐也不是個厚臉皮的人，他看出素年已有些敷衍，便自覺地告辭了，畢竟這是人家姑娘的家，他一個陌生的外人，能進得去，已經是奇跡了。

婦人帶著孩子也慢慢往外走，心裡滿是劫後餘生的慶幸。若是今日兒子去了，她估計自己也會跟著去的。

圍在別院周圍的鄉親們看到婦人走出來了，孩子居然也沒事，一個個都目瞪口呆。小兒驚厥，真的給救過來了？那麼，這位小娘子果真是醫聖柳老的傳人？

「正是！」婦人斬釘截鐵地道：「除了醫聖柳老的傳人，還有誰能將寶兒救過來？那些潞城的大夫們，一個個聽說是驚厥之症後，連出診都不肯，他們怎麼能跟沈娘子比！」

「沈娘子？沈娘子……」

一時間，小鎮上瀰漫著一股熱情。醫聖柳老的傳人就在這個鎮上，是他們莫大的榮幸啊！

然而，潞城的佟府，卻絲毫不知素年的行蹤已曝了光……

第五十六章　上門做客

佟太太找了人監視素年，見她頭兩天都很安分，這會兒佟府正缺人手，便將人暫時叫了回來，不過，當然不是全部。那幾個說漏嘴、讓人聽到的小廝，便是佟府的。

他們見素年幾人整日在別院裡，覺得根本沒有監視的必要，便結伴去喝茶吃酒，一個嘴巴沒把牢，便開始議論起主家的事情，順便在背後議論一下柳老的傳人沈素年。沒想到，就這麼一會兒工夫，便讓人給聽了去，還被一位婦人將它當成是救命稻草一樣。

幾人這會兒悔不當初，憤恨地拍打著自己的嘴巴，但那又能如何？事已至此，幾人一商量，裝呆，就當作不知道！誰知道沈娘子是醫聖傳人這件事怎麼洩漏出來的？咬死了不知道，應該就沒人知道了吧？

佟府這會兒還真沒空去管素年，說好了差不多應該到潞城的顧少爺，怎麼還沒有出現呢？

佟太太心裡有些慌，莫名的慌，她也不知道是怎麼了，忙讓丫鬟去取一顆清心丸來服下，這才感覺好些。

「娘，顧公子是不是不來了？」盛裝打扮的佟蓓蓓，這會兒好似一朵嬌豔的牡丹，水紅色將她的皮膚襯得雪白，髮髻上僅簪了一支簪子，顯得清麗秀美，讓她整個人的氣質都有些轉變，嫩生生的，異常招人眼。

佟太太很滿意，她相信就算是顧少爺見到了蓓蓓，也必然會被吸引住的，自己的女兒，那自然是不差的。

「怎麼會？幾天前顧少爺的信就送來了，說是應該今天會到，可能路上有些事耽擱了，別多想。」佟太太自己的心都沒定下來，還要安撫女兒。正想再說幾句，就聽到有小廝進院子傳報——

「顧家少爺來了。」

「看看，來了吧！」佟太太笑了起來，拍了拍佟蓓蓓的手背。「行了，妳等著吧，我先去前院看看。」

佟蓓蓓雪白的貝齒咬著下嘴唇，半晌，抿著嘴笑得嬌憨。

「佟大人，小姪打擾了。」顧斐風姿卓越，瀟灑地對著佟老爺行禮，態度謙遜而大方。佟老爺看得不住地點頭。「顧世姪無須多禮，來，裡面請！」

佟府的花廳裡，布置已經煥然一新，上的茶點都是最好的，顧斐看在眼裡，不動聲色地在佟老爺的下首坐下。

「顧世姪遠道而來，一定要讓老夫好好招待招待，千萬要當作是自己的家裡，可不能拘束了呀！」佟老爺的語氣十分和善，好像在對待自己的兒子一般。

他也曾經跟素年說過差不多的話，但兩個一比較，真心程度立分高下。

顧斐笑著道謝。「這幾日還要打擾大人了，小姪後日就離開，在此期間，多謝大人款待。」

「這麼快？世姪不如多住幾日吧？」

「多謝大人好意，只是小姪家中尚有些事，所以不能太耽擱了。」

「如此，那只好……」

兩人正說著，佟太太來了，她一走進前廳，就被顧斐的身形給吸引住目光。佟太太見過顧斐小時候的樣子，那時就已然不凡，沒想到，幾年不見，顧斐竟長成這樣一位英姿勃發的少年！佟太太走到顧斐的跟前，上上下下地掃了一圈。「顧夫人就是會養，看看這渾身的氣度！喔對了，累了吧？先去休息一下，晚上嬸娘給你準備了接風宴。」

顧斐低頭看了看自己衣袍上的污點，愣是沒瞧出來哪裡有氣度可言，但他仍是很誠懇地向佟太太道謝。「多謝嬸娘惦記，小姪先去整理一下。」

直到顧斐的身影消失在花廳裡，佟太太的眼光都沒能收回來。她越瞧顧斐，心裡就越是滿意，恨不得趕緊將佟蓓蓓嫁過去，心裡才安穩。

「蓓蓓呢？」佟老爺問道。

「在後院呢。老爺，這顧斐很不錯吧？哎呀，這孩子我真是太喜歡了，要不我給顧夫人去封信，看這婚期能不能提前？」

「荒唐！」佟老爺皺著眉頭。「哪有迫不及待想將女兒嫁出去的？好像蓓蓓等不及一樣！她又不是沒人要，妳讓顧府的人以後怎麼看蓓蓓？」

佟太太一想也是。「老爺，我也只是這麼一說，瞧您，發什麼火呀？要我說，一會兒晚宴上兩個小輩見了面，沒準顧斐回去就要求趕緊完婚了呢！」佟太太覺得這個可能性很高，想著想著就用絲帕捂著嘴輕笑。

佟老爺嘆了口氣，自己這個妻子也真夠可以的。顧府在京城，顧斐什麼樣的千金小姐沒見過？要是會因為蓓蓓就失魂落魄，回去便要求盡快完婚，那才奇怪呢！

要說如果是沈素年，還沒準兒，沈家那丫頭，平日裡完全不妝扮，卻如同清水芙蓉一般，要換作是她將顧斐迷住的話，佟老爺倒覺得還有這個可能……

顧斐和木聽的這個包袱裡，只帶了換洗的衣服和錢，其他什麼都沒有，簡單實用。這會兒木聽將包袱打開，正在給顧斐挑衣服。

「少爺。」木聽喚了一聲，手裡舉著一件月白色的長袍，面無表情地抖給顧斐看。

顧斐的頭轉了過去，可他眼睛的焦距卻完全沒有落在衣服上。

木聽將衣服扔到一邊，又冷著臉拎起一件他們在一個集市上買著玩的綠袍子，上面繡著粉色木枝花，繡得滿身都是，顧斐當初會買，也只是因為他從未見過如此搭配得完全沒法穿的衣服，想要買回去逗母親開心。

「少爺？」木聽抖著衣袍再問。

「行。」顧斐依然心不在焉。

木聽點點頭。「好的。」

佟府想得很周到，這個小院子裡早已經備好了熱水。

顧斐進去沐浴，然後更衣。衣服穿到一半，顧斐忽然覺得眼睛裡閃過一些奇怪的顏色，等回神定睛一看，發現自己已經穿好一條袖子的衣服，是多麼的刺眼。

顧斐停下動作，看著木聰。

木聰眼中竟然也是疑問。「少爺？」

「你打算……讓我穿成這樣見人？」

「這是少爺你自己選的。」

「……」顧斐知道木聰不會開玩笑，但這真的是自己選的？剛剛他走神了，完全沒聽見木聰問了什麼。

「換換換！就那件吧，月牙白的。木聰啊，少爺我待你不薄，你可不能這麼蹧踐我！這顏色，就算是我選的，為了你家少爺的名聲，那也要堅決反對我穿才對啊！」顧斐一邊脫，一邊輕微地抱怨。

木聰不說話，只是扯了扯嘴角。

顧斐也閉嘴了，木聰那表情，很明顯是遺憾的意思！太過分了！

剛剛顧斐腦子裡想的都是素年，他親眼見著素年將小兒驚厥之症給治好了，這就算在京城，也沒有大夫能夠說自己有把握的。沈素年，醫聖柳老的傳人……顧斐歪著頭，穿好衣服之後立刻寫了一封信，讓木聰先寄出去。

佟府的接風宴並不盛大，就佟家一家人跟顧斐吃個飯而已。妾室是不能夠入席的，於是滿打滿算，也就七、八個人而已，除了佟大人和佟太太，還有三、四個小輩作陪。

顧斐客氣地說讓佟大人費心了，他實在心裡難安。

「哈哈哈……顧世姪無須多禮，老夫說了，就跟在家裡一樣即可！」

這能一樣嗎？顧斐看著精緻的菜品一樣一樣流水一般地傳上來，有些即便是在京城也是不常見到的，說明佟家是真的花了大心思。顧斐心裡有些過意不去，他真的就是臨時起意的，卻沒想到佟家如此重視。

「蓓蓓呢？怎麼還不來？」

「馬上就到。老爺您忘了，蓓蓓午後是要看一會兒書的，雷打不動。」

「有客人在呢，合該放一放才是。」

佟太太無奈地對著顧斐笑。「讓顧少爺見笑了，蓓蓓這孩子，也不知道怎麼著，平日裡就喜歡看看書、寫寫字，不過馬上就到了。」

「佟小姐天資聰慧，小姪佩服。」

佟蓓蓓也沒讓眾人久等，這可不是她的目的，她只打算最後出現而已，這樣才能讓眾人的眼光都集中在她的身上。

這邊話音剛落，院門口已傳來蓓蓓小姐到來的通報聲。

水紅色散花如意雲煙裙，白玉蘭散花紗衣，將佟蓓蓓的身姿襯托得極為姣好；一支海棠滴翠珠子碧玉簪簪在髮髻上，耳邊髮鬢上則是羊脂色茉莉小簪，既討喜又甜美；簡單的白玉耳墜和一對羊脂白玉手鐲，又讓她平添幾分溫婉。

佟蓓蓓巧笑倩兮地慢慢從門外走了進來，佟太太不禁在心中讚嘆一番，順便不著痕跡地觀察了一下顧斐的表情。

不知道為什麼，佟蓓蓓精心妝點過的精緻面容、華衣美服、金銀首飾，卻無端地讓顧斐想起了沈素年。簡單低調的一襲白色衣裙，頭上更是簡簡單單地綰了個髮髻，只一支玉色的簪子，此外全無裝飾。她從小鎮的院子裡踏出來，站在跪倒在地的婦人面前，毫不在意地跪坐在地上，帶著笑容慢慢地將生病的孩子接過去，那一瞬間，不只是顧斐，圍觀的所有人心中都萌生出一種聖潔感。

顧斐甚至有些好笑地想，要是現在讓佟蓓蓓跪坐在地上，估計比殺了她都難……

佟太太注意到，顧斐在看見蓓蓓以後就失了神一樣，彷彿都看呆了，而後嘴邊還出現了一抹笑容，將他整個臉上的表情都軟化了許多。佟太太心裡得意不已，成了！能看自己女兒到看呆的地步，還會有什麼波折不成？

然而，只有站在顧斐身後的木聰瞭解，他家少爺哪裡是失了神，分明是走了神！他眼睛裡估計早已沒有佟家小姐的影子了。少爺今天不對勁啊，這種場合都能走神？

木聰不著痕跡地往前走了一小步，目視前方，伸手在顧斐的腰際戳了一下。

顧斐立刻回神，這種動作他太熟悉了，自然也沒有什麼破綻，而是起身跟佟蓓蓓見禮。

「好了好了，蓓蓓也到了，我們開席吧！世姪走了那麼遠的路，餓了吧？」佟老爺對顧斐的反應也很滿意，當即宣布開席。

別院中，今晚的晚飯也已經上桌，虎皮椒、茄汁黃豆、肉末豆腐，還有紅亮油香的大塊秘製紅燒燉肉，外加一道淮杞羊腿湯，香氣四溢，營養均衡。

魏西曾經是個捕頭，生活習慣大大咧咧、隨遇而安，那是逮什麼吃什麼的主，但現在再讓魏西去外面吃飯，他居然還真有些不習慣，這嘴早已給小翠的手藝養刁了！

小翠倒是從來不居功，笑得靦覥。「要是沒有小姐指點，小翠哪會這些？」

和樂融融地吃完飯後，素年將撲克又重新拿出來。「繼續繼續，剛剛沒打完呢，我都給你們留著了！」

「……」

「……」

小翠和巧兒無語。

佟府，這頓接風宴吃了很久。這種宴會，當然是可以不用遵守食不言的規矩的，在客氣地問候了顧斐的全家之後，佟老爺和佟太太樂呵呵地打算離席，讓幾個小輩們好好溝通一下。這種情況，大家當然是要有點自覺的，於是，這個有些不舒服、那個頭有些暈，小輩們接二連三地都離開了，最後只剩下佟蓓蓓和顧斐兩個人。

佟蓓蓓的嬌顏上染了兩抹紅霞，垂著頭，落在紗裙上的一隻小拳頭握得緊緊的。這就是母親經常提起的顧斐，顧公子。佟蓓蓓自母親的口中瞭解到，顧斐是個非常出眾的少年，不然當初也不會冒險極力促成和她的婚事，可佟蓓蓓沒想到，顧斐竟然出眾到這個地步。

走進院子的一霎，佟蓓蓓的目光就沒有辦法從顧斐的身上挪開。劍眉星眸、挺鼻薄唇、神采奕奕、俊美無儔，就好像是從畫裡走出來的少年一般，佟蓓蓓的心一瞬間就失了去。

這樣一個人，將要成為自己的夫君，這讓佟蓓蓓從沒有像此刻般感激過自己的母親，若是沒有母親，這麼一位出眾的公子，就會成為沈素年那個野丫頭的夫君了。佟蓓蓓只要這麼一想，便覺得無法忍受，即使現在顧公子已經要屬於她了，也不行。

佟蓓蓓低著頭，她是矜持的大家小姐，斷不能先開口，這樣會讓顧公子覺得自己沒有禮數的，所以她在等，等著顧公子先跟她說話。佟蓓蓓對自己的容貌還是很有信心的，今日又特意打扮了一番，她覺得，自己應該也擄獲了對方的心才對。

雖然顧斐長時間沒有開口，讓佟蓓蓓心裡有些忐忑，但她也能夠理解。像他們這樣在大人的默許下見面，其實並不合禮數，加上顧公子又是一看上去就很守禮的人，想必他也不知道該如何開口吧？

佟蓓蓓那裡連藉口都給顧斐想好了，殊不知，顧斐這會兒又開始發呆了。

對面容色嬌憨的佟家小姐安靜地坐在那裡，一副正規名門閨秀該有的樣子，這自己在京城裡見多了，相比之下卻一點都不遜色，佟家的禮數教養倒是非常出色。

而那個沈娘子，在面對自己時居然一絲羞怯都沒有，落落大方，該指揮自己的時候絲毫不手軟，該感謝的時候又真心誠意，不見一點做作偽裝，並且明眸皓齒、如玉顏色，笑起來有兩個小梨渦，若隱若現……腰部又是一陣猛戳，顧斐猛然回過了神，俐落地展顏一笑。

「佟小姐，不知妳平日喜讀哪些書？」

木聰難得地皺了眉。少爺今天實在很不對勁，這都第幾次了？似乎，是從那個小鎮出來後開始的，不過思及那封自己寄出去的信，木聰又有些釋然。

顧斐很得體地問了幾個問題，都在禮數之內，佟蓓蓓當然也早已在心中預演過，對答如流，一時間氣氛很是融洽。

雖然周圍還有丫鬟和小廝作陪，但他們兩人也不好單獨相處太久，因此聊了一會兒就相繼離開了。

離開後，佟蓓蓓直接來到了母親的院子。

佟太太像是早就料到一樣，連宵夜都準備了兩份。

「娘！」佟蓓蓓進屋後直接撲到佟太太的懷中，雙頰通紅，眼中淨是戀愛中小女孩的神情。

佟太太慈愛地將佟蓓蓓接住，拍了拍她的背。「別跑別跑，小心摔著！這飯吃得如何？」

佟蓓蓓只把頭埋著，不說話。

佟太太明白女兒的心思，當即笑了出來。「若是不滿意，娘也可以去說說，畢竟要讓蓓蓓嫁去京城，娘心裡也捨不得呢！」說著，作勢就要起身。

「娘！」佟蓓蓓抬起頭，將佟太太的衣服拉住，皺著眉頭，一副惱羞成怒的樣子。

「哈哈哈哈……」屋子裡頓時響起了佟太太愉悅的笑聲。

而顧斐的院子裡，只見木聽冷著張臉。「少爺，你今日走神的次數太多了。」
顧斐點點頭。「嗯，是的，下次注意。」
主僕二人這就算溝通結束了。
趕了一天的路，佟府的床又是如此柔軟舒適，還是早早睡覺為宜。

第五十七章　掩蓋真相

顧斐在佟府這兩天，並沒有出現讓佟太太擔心的事情，沈素年在別院似乎也很是老實，府裡少了這麼一個讓她鬧心的人，佟太太覺得身心舒暢。要不，乾脆就讓她住在別院得了？反正又不少她吃、不少她喝，何必非要弄到府裡來呢？佟太太如此想著。

不過，現在最重要的還是即將要離開的顧斐。

「顧世姪，真的不能多留兩日？」佟老爺很是不捨。這兩天，他對這個準女婿是打從心底裡滿意，學識自然是不用說的，難得的是對官場上的事情也精通一二，跟自己很有聊頭，這才待了兩天，有些少啊！

顧斐伸手抱拳。「佟大人，小姪確有事務在身，如若不然，小姪自然是求之不得，希望能夠再待幾日的。」

顧斐說得誠懇，佟老爺也不好再留，只得為他送行。

佟太太心中的不捨要比佟老爺強烈得多了，怎麼這兩天就這麼過去了呢？太快了些吧？她還沒來得及跟顧斐說什麼呢！

佟太太本打算潛移默化地讓兩個孩子多接觸接觸，這樣一來，說不準顧斐回京城後就想要早點將蓓蓓娶過去了！可老爺總拉著顧斐聊天，讓佟太太心中扼腕嘆息。

「好孩子，路上一定要小心！到了京城，代我跟你娘問好。」佟太太本準備了不少禮物想讓顧斐帶回去，無奈顧斐強烈推辭，說他們就兩個人，那些禮物也不好拿，他連叔祖母家的禮物都沒拿，因為實在沒有人手，佟太太只得作罷。

佟蓓蓓站在爹娘的身後，面上全是不捨的神情。顧公子這就要回去了嗎？可自己還沒能跟他說上幾句話呢！雖然礙於禮數，但，真的好可惜……

「喔，對了，我娘交代過，來這裡的話，要為我曾經訂了親事的姑娘上一炷香，能麻煩嬸娘為我帶路嗎？」顧斐都要走了，才忽然想起來還有這麼一樁事情。

顧夫人心中一直為沈娘子而心痛，提起來都會流淚，所以並沒有仔細給顧斐說過，這次顧斐打算要來潞城一趟時，顧夫人卻這麼跟他說了——*你很快就要成親了，這香，是一定要上的。*

顧斐沒想到，他的這句話，竟讓佟府幾人的臉色齊齊地變了。顧斐暗自皺眉，這是怎麼回事？

「是這樣的，世姪，那位姑娘傷心去世了之後，按照她的意思，我們偷偷將她和她的父母埋在了一個地方，她的墳塋並不在潞城，真是太遺憾了……」佟老爺反應很迅速，表情也整理得特別到位，絲毫沒有破綻。

但佟太太和佟蓓蓓就沒那麼厲害了，臉上的表情一時收不回來。

特別是佟太太，她就擔心顧斐會問到沈素年，本來都好好的，怎麼這會兒要走了卻提出來了呢？真是個陰魂不散的名字！

「這樣啊，那真是可惜……」顧斐一面不動聲色地應著，臉上掛著淡淡的笑容，一面卻在暗暗觀察佟太太和佟蓓蓓的表情。太奇怪了，一個死人而已，怎麼就能讓佟府幾位如此震驚？不只是震驚，佟太太和佟蓓蓓的表情中還帶有憤怒、不屑，這種情緒讓顧斐無比疑惑。

「既然如此，小姪也只能說聲遺憾了，未能幫母親完成心願。不過，能否告知這位姑娘的姓名？小姪也好稍作悼念。」

「這……」

顧斐見佟大人有些遲疑，不禁問道：「可是有什麼不妥之處？母親並未告知小姪這位姑娘的名諱，若是讓大人為難，小姪回去問母親也是可以的。」

「倒是沒有為難的地方。」佟大人趕緊開口。「只不過，提起這個名字，有些傷感罷了。」佟大人又不傻，沈素年的名字怎麼可能瞞得住？而且，若是他們執意不說，顧夫人那兒又會作何感想？

「那姑娘姓沈，名素年。」

顧斐的腦子裡突然「轟」的一下。

小女子姓沈，名素年。

那個姑娘如此說道，眸子閃亮著，語氣平淡。

一時間，顧斐的腦子裡很亂，太多的訊息忽然都湧入他的腦海——秘不外宣的柳老傳人沈素年；說是死了的，但佟家人提到時的反應卻明顯很奇怪的沈家遺孤沈素年……

他一下子串聯不上，但這也只是時間的問題而已，只要有足夠的時間讓他梳理一番，顧斐相信自己很快就會發現其中的關聯和緣由。

顧斐心中翻江倒海，面上卻一點也不顯，只是笑著點頭。「多謝大人。希望沈姑娘她在天之靈，能夠感受到母親對她的情義吧。」

顧斐帶著木聰離開了佟府，一路上，他幾次回頭去看木聰的臉，都是面無表情。

「你沒聽到佟府說那個姑娘叫什麼嗎？」

「回少爺，沈素年。」

「那我們在小鎮上遇到的醫娘——」

「也叫沈素年。」木聰回答得很快。

顧斐就鬱悶了。「那你怎麼一點反應都沒有？」顧斐自己尚且震驚到不行了，怎麼木聰這傢伙倒是比自己還要淡定？

木聰停下來，奇怪地看著顧斐。「少爺，你第一天瞭解我嗎？」

顧斐哭笑不得。是啊，他又不是第一天瞭解木聰，他從來都是這樣，一副對什麼事都不關心的表情。剛剛也多虧了身邊跟的是他，否則，小鎮子上也有一個沈素年的事，怕是已經暴露了。

「少爺，回京城從這邊走。」出了城，木聰停下腳步，指著另一個方向。

「誰說我要回京城了？喔，當然是要回的，不過在這之前，還有些事要做呢！」顧斐頭也不回地朝著原來的方向徑直走去。

佟府。佟太太有些憂心地在佟老爺身邊轉過來、轉過去。「他怎麼會提到沈素年呢？都那麼久之前的事情了……會不會有什麼問題？」

佟老爺將茶盞往桌上一放。「別轉了，看得我頭暈！會有什麼問題？顧夫人連沈素年的名字都沒告訴顧公子，還能有什麼問題？如今，沈素年在別院裡藏身，誰能知道她還活著？我說妳，當初騙人家沈素年已經死的時候那麼當機立斷，怎麼這會兒卻又患得患失起來了？」

「老爺！我這不是擔心嗎？顧少爺這麼出色，我是一點變數都不希望出現，關心則亂，老爺應該知道的。」

佟老爺搖搖頭，真是個婦人。在他看來，一點問題都不會有，沈素年尚活著這件事，不會有人知道的。他雖然需要素年為安定侯夫人治病，但治好之後，他怎麼可能讓素年借著這個揚名？不僅不會，而且，他還要再踩上一腳，這樣，沈素年這個名字，就能永遠消失了，而身在京城的顧家，又如何能夠得知？這也是他為什麼請安定侯夫人來潞城醫治的原因，雖然麻煩了些，但是保險，算無遺策，試問還能出現什麼變數？

別院內，素年正在為昨日的孩子再次針灸按摩，他的母親則一出現就被巧兒硬生生地請到椅子上坐下，防止她再次下跪。

孩子倒很聽話，可能他的母親跟他事先叮囑過了，都不需要素年安撫，並沒有哭鬧。

素年笑著讚賞了幾句，讓小翠將昨日剛做的酥糖拿出來，放了一塊在他的嘴裡。「真乖，這個是獎勵你的。」

孩子的臉上漾出笑容，無比的滿足。
剩下的糖塊，小翠包好後遞到婦人手中。
婦人如何會要？連忙擺手推辭。
「大娘，這是給孩子的，您就收著，小姐特意讓我做的。您看，我們這兒沒人喜歡吃糖，放著多浪費啊！」小翠笑著將包著糖塊的紙包塞在婦人手裡。
婦人自然又是好一番感謝，自己這是遇見貴人了！
等素年那裡完事了，婦人便走了過來。
小翠和巧兒立刻跟著，就防著她下跪呢，小姐不喜歡看見這一套。
但婦人只是從身上摸出一個小包。「沈娘子，您的大恩大德，我無以為報。我知道以沈娘子的身分，是看不上我這點診金的，但這是我的一點心意，還請沈娘子不要嫌棄。」
素年接過來，將布包打開，裡面是零零碎碎的銀子，都是絞成一小節、一小節的，很明顯是七拼八湊起來的，但數量居然不少。這是素年收到過的最微薄的診金，卻也是最讓她覺得沈重的一份。
笑著將布包重新包好，素年轉身走到已經穿好衣服的孩子身邊。「寶貝，這個收好，讓你娘給你買些好吃的補補，看看這小胳膊、小腿瘦的。」
「沈娘子，這怎麼使得——」婦人見狀就打算過來制止。
素年轉過頭。「大娘，您也說了的，這些錢對我來說真沒什麼，可有可無。說句不含蓄的，我不缺錢，窮得就剩錢了，所以您也別跟我推辭，給孩子買點營養的東西補補才最重要。」

小翠和巧兒齊唰唰地將臉背過去。窮得只剩錢了？小姐說的可真有意思！是誰整天沒事就將銀子拿出來數一遍，然後感嘆再多也不嫌多的？

大嬸是第一次聽到素年說話的風格，一時間有些發愣。

素年已經將孩子抱下來。「行了，一會兒開一張方子，孩子小，需要養得盡心，有些地方要注意些。」正說著，素年覺得屋子門口有些背光，抬眼看去，那兒不知道什麼時候站了一個人。背著光，有些看不真切，只能看出是個男子，卻不是魏西和玄毅中的任何一個。

素年往前走了兩步，看到顧斐滿是笑意的臉。

「沈娘子。」

「這誰放進來的？」素年下意識地說。玄毅呢？魏西呢？怎麼隨便就將人給放進來了？顧斐的笑容有一瞬間的停頓，這話說的，他好歹也是個人吧？怎麼能用「放」這個字眼呢？

玄毅從門外出現。「這位公子說，又尋到一瓶昨日的藥丸，而且他還想起這個藥丸需要用特殊的方法服用，事態緊急，我才讓他進來的。」

「是什麼方法？」素年覺得奇怪，昨日她聞過，沒有特別需要注意的藥材啊！

「啊？那個啊，是要飯後服用的，用溫水送服。」

「……」玄毅很少起波瀾的臉黑了，他雖不懂醫術，但這是常識好嗎?!這也能叫做特殊的方法？他覺得自己是不是被騙了？

巧兒相當理解玄毅的心情，誰能想到這個相貌堂堂、衣冠楚楚的公子，能面不改色地隨口亂說？

「多謝公子這麼關心這位孩子，正好，他們母子倆要離開了，公子這麼不放心的話，不如親自將他們送回去？」素年短暫地驚愣了一下後，迅速調整了表情。

「嗯，我確實挺關心他們的。那我一會兒還能再回來嗎？」

「自然是不能的。」

「那就只好抱歉了，大娘，我這裡還有一瓶藥丸，您收好了，很有效果的。」顧斐將小白瓷瓶塞到婦人的手裡，表情很是過意不去。

婦人受寵若驚，她找大夫瞧過那藥，都是極好的，並不是他們家能負擔得起的藥物，何來抱歉之說？連聲感激著，婦人領著孩子離開了素年的院子。

「沈姑娘果真窮得只剩下錢了？」顧斐對這個問題很感興趣，見婦人離開，忙不迭地開口問。

素年汗顏，她只是隨口說說而已啊！又沒有外人，那只是為了勸慰大娘啊！話說這誰啊？在這兒湊什麼熱鬧？

「公子若是無事，就請離開吧，這裡女眷眾多，讓陌生男子進到家裡來不合禮數。」素年壓根兒不回答，很客氣地要求顧斐離開。

「是是是，顧某明白。不過，顧某是真的有事才找了這個藉口進來的，還請沈姑娘饒恕。」顧斐將臉上的笑容稍微收起。「沈小姐，不知妳和潞城的佟府，有什麼關係？」

「公子為何這麼問？」

「是這樣的，顧某此次來潞城，就是要去佟府尋找一位沈姓姑娘，但佟府卻說這位姑娘已經香消玉殞了。」

素年不語，眼睛微微垂下，形狀嬌美的嘴唇抿得緊緊的。這樣啊，他們說自己已經死了？為什麼？自己還活著這件事，會妨礙他們什麼嗎？

素年很久以前就尋思過這個問題，她覺得，若是佟大人真心要對待同僚遺孤，肯定不會是當初對待她的那樣子。但凡心裡沒有任何想法，都不會苛待一個才幾歲大的小女孩，沒那個必要。更何況，佟家又不是養不起一個小女孩，何至於每月都為難著？所以素年認為，佟家必然是有意的。

她當初那麼果斷地離開牛家村，就是因為，她覺得再待在那裡，遲早會送了命。

素年繼承了這副身子，也要將這個可憐姑娘的命運一併繼承下來，佟家對他們沈家，肯定做過什麼事，這是素年的直覺，而她一向很相信自己的直覺。

靠著醫術的慢慢積累，素年原本想要慢慢地、循序漸進地查出來，但她後來發現，自己有些過於天真了。

佟大人是幽州州牧，以自己的地位不知道什麼時候才能觸及到，她又沒來得及積累下人脈，別說查了，根本就接觸不到。

可突然間，佟太太出現了，她笑容滿面、親和有禮地請她回去，素年覺得，這或許是個機會。不管佟府的目的是什麼，在他們身邊總是會有發現的。

在佟府的日子裡，素年讓小翠和巧兒有意識地去接近佟府的下人。佟府對素年的排斥、佟太太隱忍不住的厭惡、佟蓓蓓打從心底的得意……這一切，素年都慢慢在心裡理著。佟家對他們沈家，有著不一樣的情緒。

那麼，沈素年父母的死，跟佟家有沒有關係呢？素年不知道，但有這個可能。

她知道佟老爺現在打算利用她，自己之後說不定也不會有什麼好果子，但只要處在這個漩渦的周圍，她就有可能發現一點一滴的線索。

而現在，這個陌生的少爺站在自己的面前，告訴她，佟府對外，早說了她已經死了。

「沈娘子，我之前並不知道我想要找的人叫做沈素年。那麼，妳就是那個沈姑娘嗎？」

顧斐看見素年在聽到自己的話之後就沈默下來，眼睛裡是讓他為之震驚的冷靜和深邃。這個比自己年歲要小的女孩，為什麼能讓他覺得驚心動魄？

素年抬起頭，眼神清冷而明亮，直直地看著顧斐的眼睛。「若是，如何？若不是，又如何？」

這種回答，已經讓顧斐確定了素年的身分。他心中忽然只剩下了一個念頭，什麼疑團陰謀都消失不見了，他只知道，眼前這個女子，居然就是他從小訂下的妻子嗎？

似乎……也並不壞的樣子。顧斐很認真地感受著心裡的想法，發現自己並不排斥。若是這位沈娘子，他倒是很有興趣娶回家去。

但現在，顧斐覺得最好還是先不要說。母親已經為他另訂了一門親事，這是個問題，需要時間來解決；況且，這位沈姑娘……也似乎不是那麼好溝通的。

「沈姑娘多慮了，顧某只不過是來傳話的而已。若妳是，那麼自然要說與妳知道；若不是，那就當我沒問過。僅此而已。」

素年笑了笑，既沒說是，也沒說不是。

她轉過身，在一張椅子上坐下。「既如此，公子請回吧。」

他就知道！顧斐心想，果然不好溝通！

第五十八章　玩夠回來

顧斐的餘光瞥見一旁那個之前被自己忽悠的管家身體有移動的趨勢，似是要過來將自己往外趕，連忙上前幾步。「等一下、等一下！沈娘子，在下還有一事！有一位病人，希望沈娘子去看看！」

病人？玄毅的腳步停了，他瞭解素年，對於生病的人，她總是很有興趣。

「什麼病？在哪兒？」

顧斐長嘆了一口氣，還沒說呢，就又聽到素年涼涼的聲音——

「若是我發現你在騙我……你懂的。」

「你懂的」這三個字，素年身邊的人都不陌生，是她威脅別人慣用的詞，可對顧斐來說，就挺陌生的了。

他要懂什麼？喔，對，顧斐懂了！如果自己說的不屬實，沈姑娘就要對他不客氣了？那也挺有趣的……不過，顧斐不是那樣的人，也不會拿這種事情開玩笑。

「嗯嗯，我懂、我懂！」顧斐認真地點點頭，然後繼續說：「這位病人如今並不在這裡，我打算請沈娘子跟我走一趟。妳放心，我爹是內閣學士，這裡有蓋了他官印的文書，沈姑娘可以去衙門裡查，我並不是壞人。」素年皺起了眉頭，看得顧斐一陣緊張，果然是不相信自己的身分嗎？

「你懂什麼了？」素年比較好奇這個，自己還什麼都沒說，他怎麼就懂了？

顧斐眨巴了兩下眼睛，俊帥的臉龐一片茫然。現在說的……是這個嗎？

「小姐。」巧兒看不下去了，雖說這位公子連續欺負了她和玄毅，但人家好歹是內閣學士大人家的公子，小姐怎麼逮著誰都要調戲一下呢？

好吧，素年放棄這個問題。「很抱歉，我暫時還不能離開這裡。」

「是因為佟府嗎？」

顧斐的話讓素年停住了，她覺得這位公子似乎知道些什麼，他像是很肯定自己跟佟府之間有什麼。

顧斐知道，對於沈素年這麼冷靜通透的姑娘，自己只要稍微有所隱瞞，她都不會相信自己，於是，顧斐將自己知道的都說出來。

「沈娘子，我說的這位患者，是安定侯府的夫人，我想，這也應該是沈娘子會在這裡的原因。若是我沒有猜錯，沈娘子住的這處院子，應該是佟府的吧？」看到素年點頭，顧斐繼續往下說：「柳老的傳人出現在這裡，應該並不是巧合。如果佟府跟我一樣，希望沈娘子為一個人治病，那這個人，應該就是我所說的安定侯夫人。我跟安定侯府的小公子相熟，他也早就託我為他的娘親尋找可靠的醫娘，所以我希望沈娘子能夠隨我去京城。」

「若是真如公子所言，安定侯府的夫人應該很快就會到潞城了，佟老爺可是這麼跟我說的。」

顧斐嘴邊勾起一抹笑。「這個沈娘子放心，在知道姑娘就是柳老的傳人之後，我已經修書一封，讓木聰去驛站通知人沿途找尋回去，安定侯夫人這會兒應該在回京城的路上了。」

素年有些想笑，所以那貴人不來了是嗎？又回去了？那麼佟老爺知不知道呢？

「我在信中說了，會帶柳老的傳人回去，在京城裡行事要方便得多。雖然不知道佟老爺為什麼要請侯府夫人千里迢迢來到潞城，但相信他們也會願意回京城的。」

素年原本打算，等自己為貴人醫治過後，她想看看佟家會如何對付自己？能不能從中聽到點內幕？但現在貴人都不來了，她繼續待在這裡，似乎就沒什麼意義了。

顧斐嘆了口氣。「沈娘子，我不知道佟家為什麼要說妳已經死了，但是，如果妳想要知道，留在這裡並不是辦法。」

素年猛然抬頭。「那怎樣才是辦法？」

「去京城。」顧斐說得斬釘截鐵。「這將是我邀請妳去京城的報酬，我會幫助妳去查妳想知道的事情，如何？」

「好，不過──」

「知道，我懂的、我懂的！」顧斐聽到了「好」字，便直覺地先表態。反正他也沒有騙人的打算，就先懂著吧！

素年的貝齒咬著下嘴唇，有些無奈地笑，這位公子似乎挺有意思的。

「喔，對了，我叫顧斐，斐然的斐。這廂，有禮了。」顧斐想起自己似乎還沒有說過自己的名字呢，便粲然一笑，亮出雪白的一排牙齒。

素年看得有些晃眼。

去京城的事情，就這麼愉快地決定了，素年並沒有發表什麼多餘的感想，只是讚嘆了一下顧斐的小廝強大的心理素質。這個叫木聰的小廝，從頭到尾都是一副冷然的面孔，跟玄毅有得一拚。但玄毅至少還會在素年決定去京城的時候出現幾個表情，木聰卻是從頭到尾都一個樣子。

相比之下，小翠就弱爆了。小姑娘在聽到顧斐說，佟家早就對外傳出沈素年死了的消息之後，就一直傻愣在那兒。素年明白，這孩子此刻在做無比劇烈的心理掙扎。她一直抱有希望的佟家，從一開始就將沈素年的存在給抹殺了，怎麼可能會出現她心中預想的美好期望？

小翠愣愣地呆在那裡，小姐後來說了什麼，她一個字都沒有聽進去，她只知道，佟家，是絕對容不下小姐的……這是多麼令人沮喪的一件事。小翠還擔心小姐會不會因此而難過，僵硬地扭過頭去，卻看到小姐無比明媚的笑顏，正在將木聰和玄毅做比較著玩。

小姐是真的不難過嗎？小翠覺得自己之前似乎想左了，她期望小姐以後過的日子，也許根本不是小姐真正希望的，所以小姐才會一點都不傷心。

小翠默默地走過去，情緒依舊低落。她無法做到跟小姐一樣那麼灑脫，可是小翠明白了一件事，小姐說的果然都是對的！沒有人能夠無條件地依靠，沒有人有對別人好的責任，最終，還是得靠自己，特別是她們這些本就無依無靠的姑娘家。

小翠想開了，素年覺得甚是欣慰。關於去京城，素年覺得有幾個極需注意的地方。

「佟府之前將別院中的人調走了大半，說是府裡人手不夠，所以在這裡監視我的人並不多，我一向安分守己，他們就更加自由散漫了，想必你到這裡來的消息，應該暫時傳不回去。」

「嗯，他們應該是在忙著招待我吧。」

「……雖然暫時不知道，但之後這裡肯定會加派人手的，我們若要離開，最好盡快，否則能不能順利地出發，就是個問題了。」

顧斐深以為然。沈素年既然是佟老爺找來的，就定然不會讓她這麼輕易離開。「那趕緊收拾收拾，我們今晚就走。」

顧斐和木聰二人不宜露面，很快便出了別院，低調地在小鎮子裡物色馬車，錢，還是素年非要給的，理由是——他們人多。

顧斐哭笑不得，果然是窮得只剩錢了嗎？十分財大氣粗啊！

素年等人開始不動聲色地收拾，其實也沒什麼好收拾的，為了不立刻引起人注意，他們幾乎什麼都沒拿，只有小翠在小廚房裡整整做了一下午的飯菜，香味瀰漫在小院子裡，久久不散。

「小姐，這些都是可以擺上一段時間的，留著路上吃。」

素年相當自豪，小翠這丫頭特可靠啊！從一開始她就這麼覺得，這不，立刻就進入狀態了，這些食物剛好合適啊！

傍晚的時候，幾人商量著什麼時候出門比較好時，院子門外卻傳來了聲響。

有人叫門？在這個時候？所有人心中都是一凜。也太巧了，不會是佟府的人吧？

魏西上前開門，玄毅則目露寒光，必要的時候，也只能闖一闖了。

誰知，來的還是個熟人——蕭府的月松。

素年愣了半秒，她想了許多個可能，就是沒想到會是他。

月松見到了素年，倒像是鬆了口氣。「沈娘子，您果然在這裡！大人說的時候，小的還不信呢！」

「呵呵呵，不知蕭大人找小女子，所為何事？」

月松搔了搔頭，從袖子裡拿出一封信。「大人說，將這個交給沈娘子即可。」

信？素年歪了歪嘴，蕭戈給自己的？這不大科學吧？那人會給自己寫信？

素年接過來，上面「沈素年親啟」幾個字，剛毅桀驁，就如同蕭戈的為人一樣，既不會傷害人，卻又堅決霸道。

素年沈著地將信撕開，裡面滑出兩個小信封，上面熟悉的字跡讓素年一下子鬆了口氣，是師父的字。迅速將信拆開，素年一目十行。師父說，他在京城很好，讓自己不要惦記，不要忘了每日的施針練習，免得手生；也不要每日都睡得不肯起，以後嫁了人可怎麼辦……

素年覺得眼睛不斷發熱，有些字在眼前都模糊了起來。她迅速轉身背對著眾人，假裝有風吹亂了頭髮，伸手去理，袖子帶過一片水意。

還是有人惦記她的，不是嗎？惦記她過得好不好、惦記她一些細細碎碎的事情。這種感覺真好，素年一下子就有了奮鬥的力量。

不能隨便地依靠別人，所以素年才想要努力地成長，成長到不再讓人擔心，為了那些可能會擔心自己的人。

「多謝蕭大人讓你將信給我送來，但為什麼師父的信非要裝在蕭大人的信封裡呢？」素年的眼眶還有些泛紅，她轉過身看著月松。

「這個……不是還有一封嗎？」

嗯？素年低頭，確實還有一封，薄薄的，跟紙片一樣，上面又是蕭戈的字。

當真是寫給自己的？素年有些不敢相信，她慢慢地拆開信，裡面就一張紙片，上面寫著幾個字：遠離佟府，玩夠了就回來。

請問這是什麼意思？素年覺得以她的智商有些參不透。前面她懂，佟府不是什麼好地方，她能理解。那後面呢？什麼叫玩夠了就回去？她他媽是在玩嗎？啊?!

「小姐……」小翠和巧兒見素年看完了信以後一言不發，而後身體竟輕微地顫抖起來，忙輕聲細語地叫了一聲。

素年猛地轉過身，眼神銳利，看得小翠和巧兒一驚，小姐這是……受了什麼刺激？

素年將手裡的紙揉掉，攥在手心，趕忙又將柳老的信拿起來再看一遍，這才算是平靜下來。

月松面色有些尷尬，他這個主子吧，雖然平日裡冷面嚴肅，但待人還是不錯的，可不知道為什麼，大人卻總是會激怒沈娘子的樣子……見自己的信傳到了，月松便告辭了。這封信其實並不需要他這個貼身小廝來送，但大人還是將它交給了自己，這會兒功成身退，月松決定趕緊回去。

遠離佟府。素年握著那一小團紙，神色早已恢復清冷。

蕭戈竟然知道她和佟府之間的關係，還特意提醒她遠離……蕭戈知道些什麼？素年覺得這張紙就像一個魚餌，自己明明知道，卻無法忽視它的誘惑。

之後，素年等人輕手輕腳地分散著離開院子，掩人耳目地在小鎮的一角聚集，這裡，已經有兩輛馬車等著了。

「趕緊走吧，讓人發現不好。」

素年站在馬車下，愣是看著車上兩個奇裝異服的人，沒敢認。這不會是佟府派人變了裝來的吧？

「發什麼愣呢？」

「顧……公子？」

顧斐將頭上的帽子一摘。「可不就是我？快點上車吧！」

素年嘴角憋得難受，一邊往車上爬，一邊很肯定地說：「別擔心，就是被人發現了，人家也認不出來您是哪位。」

顧斐和木聰，兩人為了掩蓋自己的行蹤，在租車之前先去了一趟布莊，將自己裝扮了一下，然後才去聯繫馬車。

素年上車一看，在車廂裡，還有一堆千奇百怪的衣服。「你該不會……讓我們都換吧？」

顧斐正經地點頭。「這是必須的，這樣可以掩蓋我們的行蹤，就算佟府日後追蹤起來，也會有一定的困難。」

「我覺得吧，你的想法是好的，可你沒覺得這些衣服更加引人注目嗎？」素年都不想看那些花花綠綠的衣服了，慘不忍睹啊！這要是集體穿到身上，那絕對是到哪兒都是焦點，還隱藏個毛線行蹤啊？

「會嗎？」顧斐低頭看了一下他和木聰的裝扮，他覺得挺成功的呀！就算讓顧夫人站到自己面前，估計都認不出來了。

素年看到顧斐無辜的表情，覺得這人真是夠了。他是認真的嗎？還是覺得要死大家一起死，都穿上這種搞笑的衣服，心理會平衡些？

「先別想了，快走，路上說。」還是魏西比較有魄力，上路了再糾結。

兩輛馬車一前一後出了鎮子。顧斐挑選馬匹很有眼光，選的都是年輕力壯的，雖然價格稍微貴了些，不過人家沈娘子不是不在乎嗎？

素年在車廂裡，將那些衣服一件一件地拎起來看，然後揣摩著自己的底線後，又一件一件地放回去，挑選了半天，就沒發現有一件是自己能接受的。差的、破的衣服素年也不是沒穿過，在牛家村，都是最廉價的粗布衣，但跟這還是有差距的，這……都是些什麼呀……

一路上，顧斐沒少勸說眾人將這些衣服穿上，說得言辭懇切。

只不過，除了他和木聰，依然沒有人穿。

素年甚至對木聰很好奇，這麼一個看上去比玄毅還要冷靜、面癱的小廝，不知道他對於自己此刻穿了一身豔俗是何感想……

佟府對於素年已經不在別院裡一事暫時還不知曉，這都要歸功於佟太太。

在將素年送到別院之後，她覺得空氣都清新了許多，眼不見心不煩，於是自然而然地萌生出希望素年就一直待在別院中的心思。在顧斐離府之後，佟太太就迫不及待地跟佟老爺說了她的想法。

「老爺，這沈素年是斷不能再接回府中了。」

「不行，必須要讓她感受到我們對她有恩，這樣之後的事才會順利。」

佟太太湊近了些。「老爺，您先聽我說。顧公子今日問起了沈素年的名字，說明顧夫人並沒有將這個丫頭給忘了，咱們府中這麼多人，人多嘴雜，以後若是跟蓓蓓嫁過去的下人裡有誰無意間說了什麼，那可如何是好？」佟太太想得很多。「不如，咱們就讓素年在別院裡舒舒服服地住著。反正安定侯夫人也不會那麼早到，先讓府中慢慢淡忘掉有這麼個人，再讓那些在別院中服侍的人盡心盡力，讓素年感受到我們的心意，不就成了？到時候，將那些服侍的人都打發了，就不會再留下痕跡，豈不是更好？」

佟老爺的眉頭鎖著，妻子說的也未嘗沒有道理，佟府裡經常會宴請同僚，也會有別家的小姐來佟府參加聚會，素年待在府裡確實有些不妥……

「但，讓她在別院中，素年不會覺得被怠慢了嗎？我們之前可就是將她丟到牛家村，任其自生自滅的，她不會再心生怨懟嗎？」佟老爺始終覺得，這次見到素年後，她那雙清冷的眸子讓他有種不安感。

「老爺！」見目的達成了一半，佟太太當然要加把勁。「現在能和之前一樣嗎？好吃好喝地伺候著，綾羅綢緞的衣服穿著，而且，您不覺得沈素年在府中也不自在嗎？我覺得，在別院裡她應該會更加的舒坦呢！別忘了，她之前可就是單獨住著一戶院子的。」

佟老爺最終被佟太太給說服了。素年在府裡，說實話，佟老爺也不舒服，總覺得時刻都心神不寧。這樣也好，了不起給別院送的東西再貴重些。

佟老爺本打算立刻將素年接回來的，如果要讓她繼續待在別院，也就不用著急了。這幾天府裡可是夠亂的，也需要時間好好整理。

這一整理，發現沈素年不見時，已經是三天之後。

佟老爺得知以後差點沒暈過去，抖著手服了一枚藥丸才緩過來。他瞪著跪在地上的管事，怒問：「確實是不見了？不是在附近逛逛？你們找了沒有?!」

管事都要哭了！逛逛？逛逛能夜不歸宿嗎？他們不只找了，差不多將小鎮都翻遍了！沈素年又不是自己一個人，四、五個人怎麼可能一直找不到？那肯定是離開了啊！

「沒用的東西！」還盛著茶水的茶盞劈頭蓋臉地砸向管事。

偏偏管事知道此刻不能夠讓開，雖然茶水已經不燙了，但被澆了一頭一臉，還是相當狼狽的。

「追啊！他們一行五人能跑多快？什麼時候走的？往哪個方向走的？這些，都查不出來嗎？」

管事硬著頭皮將他查到的情況說出來，時間大概能確定，可方向就……據小鎮裡的人說，那一日晚上，竟然有多達六、七輛馬車從小鎮離開，分別往四個方向走，他們就是想查，一時半會兒也查不出來啊！

第五十九章　抵達京城

素年看著顧斐還給她的錢，好吧，她能夠理解作為內閣學士府公子花錢不眨眼的天賦，但她完全想像不出來，這錢是怎麼花出去的？似乎……這兩輛馬車也不至於這麼貴吧？

素年的目光忽然落到那堆衣服上。「你……不會都用來買這些了吧？」

顧斐沈重地點點頭。「這些確實挺貴的，你們還看不上！」

素年覺得頭有些疼，這大概算是她來到這個地方後，遇到的最不可靠的人了吧……

一路上，大家本來在擔心佟府那邊會不會有追兵，但已經好幾日了，並沒有出現令人膽戰心驚的情況。

誠然，佟府沒有一早發現是他們沒有想到的，但後來，顧斐故意布下的障眼法，也起到了相當大的作用。

佟大人並不知道素年是跟著顧斐一起離開的，他們以為素年是回渭城了，於是立刻派人去渭城找，渭城離潞城可不近啊，等他們發現素年並未回去時，佟大人算是徹底迷茫了。

沈素年，這個小丫頭究竟不聲不響地去了哪裡？她該不會是……去京城了吧？

佟老爺坐在椅子上，手裡拿著一封安定侯府快馬送來的書信，信上說，侯府夫人已經調轉回京了……

到京城的路途非常的遙遠，素年又是對馬車有些「過敏」的體質，才半個多月，就已經只能趴在車廂裡「苟延殘喘」了。

小翠帶了一些醃漬的梅子，用了上好的蜂蜜和清泉水，味道一流，可也不足以拯救她家小姐。

一想到還有一個多月的路程，素年想死的心都有了，頭腦昏昏沈沈的，見到活蹦亂跳的東西就嫉妒得仇恨感十足。其間，最拉仇恨的，就是顧斐主僕。

對這兩人來說，坐馬車簡直就是享受，因為他們之前都是步行的啊！了不起騎個驢子啊騾子什麼的，所以坐馬車完全是小事一樁啊！

剛剛發現素年「暈馬車」的時候，顧斐臉上那種不可思議的驚悚表情，素年都恨不得用手給撕下來！暈車怎麼了？誰能沒個弱點呢？

於是接下來，素年但凡見到顧斐那張活力十足的臉，心裡都挺陰暗的。

「今晚就這兒吧，前面暫時沒鎮子了，好好休息一個晚上，精神養足些。」顧斐熟稔地帶著大家來到一個鎮子。天色尚早，但若是不停下來，晚上他們可就要餐風宿露了。

素年面無人色地從車上下來，整個人軟軟的。頭暈她就不想吃東西，越不吃東西，就越頭暈，這是一個惡性循環，無解。

素年也試著配了兩副暈車的藥，本來不吐的，一喝下去吐得那叫一個天昏地暗，於是放棄。

而按摩穴位也可以很好地達到消除暈車的作用，素年早就嘗試了，卻驚奇地發現，自己對這幾個穴位似乎有抗體一樣，絲毫沒有作用。

素年覺得，她這恐怕是心理毛病吧……

鎮子上的客棧看著居然不錯，乾淨整潔的樣子。將馬車停好後，幾人進去要了房間，然後坐在一樓先點些吃食。

一樓坐了不少人，熙熙攘攘的，很是熱鬧。素年幾人雖然沒有穿顧斐買的衣服，但也還是將衣著做了些變換，更加的普通無華，然而素年和顧斐的氣質，就算裹麻袋，都是能引起別人注意的。

特別是素年，剛剛進入嬌美如花的青春少女時期，渾身散發出來的氣質無法不奪人目光，即便她現在動作不雅觀，墊著絲帕趴在桌子上，那憂鬱惹人憐愛的可憐樣，還是讓喧譁聲暫時停歇了不少。

「小姐……」小翠喚了好幾聲，見素年不搭理她，躊躇了半天，也顧不得什麼規矩了，伸手就打算將素年的頭從桌上挪開。

「哎呀，別鬧……」素年無力地揮揮手。「這樣舒服點。」

小翠都要哭了，誰鬧了？哪有人直接將頭搭在桌上的？這也太不文雅了！好些人都偷偷地看著呢！

「要不，小姐我們先回房？」巧兒建議道。

素年的臉貼在絲帕上，被桌子壓得鼓出一小塊，肉嘟嘟的，口齒有些不清。「不要，我也要吃東西，我又不是曬曬太陽就能活，我也是沒有辦法進行光合作用的。好煩啊，為什麼坐個破馬車坐得這麼糾結……」

小翠發覺素年明顯開始胡言亂語了，就「呵呵呵」地敷衍了一下大家，然後繼續持之以恆地想將素年的頭掰起來。看看，都壓成什麼樣子了！

「小娘子這是新婚燕爾？做丈夫的，可要悠著點啊，哈哈哈哈……」在他們桌子附近，忽然有粗俗的聲音響起。

轉頭看去，一個絡腮鬍子大漢，身邊跟著幾個點頭哈腰的小嘍囉，正滿臉興味地看著攤在桌上的素年，嘴裡說著渾話。

絡腮鬍坐的位置，剛好能夠看到素年雪白的小臉。

素年有動作了，她用雙手撐在桌上，讓頭從桌面上抬起來，迅速將腦袋轉過去，然後又落到桌上。

動作一氣呵成，行雲流水，顧斐眾人看得是目瞪口呆。這就完了？被人這麼調戲，就這麼轉過臉，眼不見為淨了？

「沒力氣發火……」素年還給了個十分中肯的理由。

那絡腮鬍一看，哎喲，小娘子好嬌羞啊！不過她怎麼不反駁呢？這多沒意思？於是又想開口說什麼。

哐的一聲，絡腮鬍那桌的桌腿斷了，桌上的杯盤碗碟摔了一地，絡腮鬍臉上的笑容頓時定格，呆呆地坐在那兒，沒反應過來的樣子。

周圍一片安靜，有人已經偷偷去結帳離開，畢竟不是所有人都喜歡湊熱鬧的。

絡腮鬍猛地站起身，怒目瞪著素年他們的方向。「誰？給老子站出來！」
於是，真有人站出來了。玄毅、魏西兩人施施然地從座位上起身，然後對看一眼，魏西又坐下了。「沈娘子，妳說妳找我來做護院有意思嗎？」
素年微弱地點點頭。「有意思……」
那邊，絡腮鬍看到玄毅清清爽爽的面容，火氣「蹭」地一下冒了出來，二話不說。「給我上！」
「哎喲哎喲，客官可使不得啊！小店就這麼點大，砸了可怎麼辦呀！」掌櫃出來了，趕緊將眾人攔下。「客官啊，我這每日就這麼點生意，全家老小都指著它過活呢！你們若是想打架，可否在小店外面？」
玄毅無所謂，在哪兒打不是打？可絡腮鬍子不樂意了，他們剛剛的氣勢都被這個掌櫃給打斷了，心中更是無比惱火，當即指揮著弟兄們抄傢伙上！
他鬍子黃什麼時候這麼狼狽過？不過嘴上調戲個姑娘而已，居然就有人給他難堪，這口氣要是嚥下去，他以後可還怎麼在鎮子裡混？
客棧裡頓時一片狼藉，桌倒椅翻，湯灑盆落，掌櫃「哎喲哎喲」地叫著，卻也不敢湊上去勸架，這打得太凶猛了。
而素年，從頭到尾就一個姿勢，趴在桌上裝死，雙方打起來之後，還不忘強調他們是護主，是對方先挑釁的，就算賠償也應該對方賠。
「小姐，妳就老實點吧！」小翠緊張地關注著戰局，對方可有好幾個人呢！「魏大哥，你不去可以嗎？」

「可以的、可以的！」魏西很謙虛。「玄毅小子不錯，這幾個人，他對付綽綽有餘。」事實證明，魏西說得很對，那幾個混混完全不是玄毅的對手。髫子黃見狀，心下有數他上了也是打不過的，只能暫時嚥下這口氣，打算帶人先走。

哪知，玄毅並不讓他們離開。「賠償的銀子。」

髫子黃忍氣吞聲地將銀子掏出來，才得以脫身。

「玄毅好厲害！」素年這會兒稍微緩過來了些，衝他豎了豎大拇指。「居然還記得要銀子，我沒看錯你！」

玄毅將銀子丟給哭喪著臉的掌櫃，面無表情地重新坐下。

比他還面無表情的木聽這會兒忽然扭頭對顧斐說：「少爺，以前是我誤會了，原來你不是最不可靠的主子。」

鴉雀無聲。場面瞬間冷了下來……

素年等人第二日天一亮就離開了小鎮，故沒能趕上髫子黃的報復，這件小插曲對素年等人來說，並不值得一提，卻為一路尋來的佟府，提供了線索。

從那些人的描述上，佟府的人猜到鬧事的應該就是素年一行人，但他們算來算去，卻怎麼樣都多出來兩個。

將所有人都大致問了一遍後，佟府的管事嚇得一拍大腿。壞了，那多出來的兩個人，怎麼那麼像在佟府做客了兩天的顧公子主僕呢?!

將消息傳回佟府後，佟老爺和佟太太如遭雷劈，他們怎麼也沒有想到，顧斐竟然跟沈素年在一塊兒！

「這怎麼可能？這不應該啊！」佟太太猶自不相信，她找不到任何可能讓顧斐和沈素年見到面的理由。

「不然還能是誰？怪不得侯府夫人臨時回京，我看，也是這個顧斐搞出來的！」佟老爺一下子就想通了其中的關節，這個顧斐，究竟是什麼意思？

而佟太太則是更關注另一個方面。「老爺！那蓓蓓的婚事呢？顧斐找到了沈素年，那蓓蓓怎麼辦？」這個事實讓佟太太有些接受不了，當即就嚎啕起來。「都怪你！非要將這個勞什子野種接回來，現在好了吧？出事了吧？」

佟老爺本就心煩意亂，再被佟太太這麼一哭，那是更加上火，忍不住伸手將她一把推開。

佟太太一個沒站穩，跌坐在榻上，聲音停了一下，隨即更加的激烈。「我就知道！你一點都不關心蓓蓓！你的心思早就被那個賤人給勾走了！不就是落了胎嗎？就覺得對不起她了？呸！你那點心思誰不知道！」

「妳！不可理喻！」佟老爺甩袖子走人。自己這個妻子是越來越無中生有了，不就是在妾室房裡多待了幾日？話說回來，若不是她出的餿主意讓素年待在別院，說不定早發現給追回來了！

素年跟顧斐在一塊兒的「噩耗」，佟蓓蓓知道之後，呆滯了好半晌，面無表情的失神樣子讓佟太太直呼「心肝」。

等佟蓓蓓反應過來了，也是一陣不輸給她娘的哭聲。「我不要、我不要！顧公子要娶的人是我！娘！那個賤人怎麼會跟顧公子一起的？娘妳要幫我，我才是要嫁到顧家的人！」

「好孩子，不哭，不哭啊，娘來想辦法！妳放心，妳和顧公子的親事，是顧夫人親自寫信認可的，雖然沒有正式納采，但那封信娘一直收著，若是他們顧家反悔，我們佟家的臉面往哪兒放？我的女兒還要不要做人了？我必不會讓這種事情出現的！」

佟太太的臉上浮現出堅毅的神色，為了她的女兒，她不會讓步。有信在手裡，就是走到哪裡，她也能夠說得通！當初跟顧母說沈素年已經死了的話，那才是無憑無據呢！只要將蓓蓓順利地嫁過去，以女兒的聰慧和美貌，不愁抓不住顧斐的心！想到這裡，佟太太便起身回屋，她要寫封信去京城，如今，兩個孩子也大了，是時候讓他們完婚了！

這次的政績考評，幽州並未出什麼亂子，他擢升理應沒什麼問題，但佟老爺的心卻一直忐忑著，就好像明明勝券在握，忽然手中的把握一下子消失了，變得不確定一樣。

當佟老爺接到任免書的時候，他都不敢相信自己的眼睛。禮部郎中？擇日入京？

「老爺，這是何意？郎中……可才只是正五品的官職，這是給您降職了呀！」佟太太遇到這種大事，是不會在意之前跟佟老爺間的不愉快的，此刻很是嚴肅地說著。

「妳懂什麼？六部郎中的位置可是那麼容易坐上的？這是明降暗升！可是為什麼？這怎麼會落到我的頭上？」

佟老爺要入京的消息，在幽州的官場中掀起好一陣風波，果然是不鳴則已，一鳴驚人。同僚們紛紛恭賀，而有知情的人，卻在三、五杯小酌之後，借著酒意向佟老爺討教。「佟兄，你是如何搭上安定侯這條線的？」

佟老爺立刻清醒過來，居然是安定侯？自己本來就打算走的這條路，沒能進行下去，沒想到偏偏發揮作用了？

回到府裡，佟老爺左思右想，覺得裡面一定有問題，但這個機會，他是不會放過的，一切，都等到入了京再說。

而佟太太則覺得天都在幫她，等到了京城，跟顧府離得近了，蓓蓓和顧斐的婚事，還能跑得了？

素年經歷了痛不欲生的長途跋涉，終於奄奄一息地到達了目的地——京城。

恢弘大氣的氣勢，素年覺得雖是古代，卻依然掩飾不了其中的莊重繁華。

「嘔……」素年不行了，再莊重繁華也不能轉移她的注意力，不過兩個月，她原本瑩潤白皙、略帶嬰兒肥的小臉，硬生生變成了尖下巴，臉色慘白得都透明了。

整天什麼都吃不下，素年卻逼著自己多少吃點，然後還沒等消化完呢，就全都吐掉了。

我他媽是狗啊？沿途一路留下印記！素年在心裡狂吼，但這種生理反應，她控制不住。抖著手給自己扎兩針，素年就靠著這種意志撐了過來。

「真是……太慘了。」顧斐站在一旁，他一路上吃得好、睡得好、玩得好，整個人神采奕奕，跟素年簡直不能比。

用清水漱了口，素年一邊用絲帕擦著嘴，一邊用眼神掃射。幸好是到了，再多點路程，她真的是堅持不下來的。

京城的城門口戒備很森嚴，出入都需要接受檢查，不是什麼人都能夠隨便進去的。本來還擔心需不需要什麼證明手續，就見顧斐從懷裡掏出一個什麼東西，然後他們就被恭敬地請了進去。所以說，有身分還是有好處的。

素年從來沒有想像過古代的京城是什麼樣子，她覺得應該也沒什麼，可現在她發現，自己想錯了。

站在剛入的城門口，素年的視野一下子往外擴散，在她的面前，一條條寬敞的道路交錯相織地延伸下去，路邊是古色古香的各式建築，雕梁畫棟、錯落有致。

街道兩旁有熱鬧熙攘的人群，吆喝聲此起彼伏，街上的人大都穿著時興樣式的服裝，梳著別緻的髮式，模樣都要比小地方的人水靈標緻許多。

這就是京城……無數心中有抱負的人所嚮往的地方。它代表著成功，代表著權貴。像所有剛到京城裡來的人一樣，素年等人在原地站了很久。

有顧斐這種習以為常的；有小翠和巧兒純粹被震驚到說不出話的；有玄毅和魏西並沒有太大情緒波動的；自然也有素年這種默默心算著他們的錢夠不夠在這裡生活，然後為了又要辛苦賺錢而憂傷的。

「走吧，先給你們找個地方。我家有一處沒人住的院子，你們可以先去那裡安頓下來。先說明啊，京城這裡的客棧可是很貴的！」顧斐招呼大家跟他走。

素年本想反駁，但一聽到後面一句話，直接就閉了嘴。客棧就很貴啊？那他們要租院子究竟能不能租得到啊……

顧斐沒有一開口就讓大家住到他家，這讓素年輕鬆了不少。若是沒人住的院子，借住幾晚也無妨，有個落腳處，他們也好安心地尋找住的地方。

顧斐帶他們來的這處院子果然靜悄悄，只一個守門的老頭，看到顧斐之後略有些激動，然後趕緊將院門打開。

小院子裡很是清淨，格局也很好，難得的是，裡面什麼都是齊全的，就連鋪蓋都是嶄新的樣子。

素年早已疲憊不堪，整天在馬車上顛簸，她到這會兒還覺得自己踩著的地面仍舊在顛簸，因此看到舒適的床鋪就忍不住想爬上去。

外面，守門老頭得知這些人需要暫住在這裡時，臉上卻出現了為難的神情。「少爺，這……有些不妥。實不相瞞，這處院子已經讓夫人賣掉了，裡面也都是剛收拾好的，這新的主人很快就會來了……」

「賣了?!」顧斐有些震驚，怎麼說賣就賣了？這處院子雖說平時沒什麼人住，但因為地點好，顧府一直連租都沒捨得租，而是長期打理著，顧斐之前沒事就會過來住兩日，怎麼忽然就賣了？

「是啊，少爺，才賣掉的，夫人也是不捨。一會兒就有人來簽契書了。」守門老頭在這裡看門也有許多年了，如今就要離開，也是一陣唏噓。

顧斐的眉頭皺了起來。娘不捨得，卻不得不賣掉？這是什麼意思？顧府的這處院子雖好，也不是得天獨厚，要說是有權貴逼著他們賣，也不大可能啊！

顧斐轉頭看了一眼強忍著沒有撲到床上、而是在椅子上坐下來休息的素年，又將頭轉了回來。「汪伯，你知道是誰買了這院子嗎？」

汪伯搖搖頭，這他哪知道？夫人只是告訴他賣掉了，這裡不需要他了而已。

顧斐深吸了一口氣。「行，一會兒有人來簽契書是吧？我倒要看看，是誰那麼有能耐，能將我家的院子強買走！」

「喲，小夥子口氣不小嘛！是我買的，怎麼了？」

顧斐的話音剛落，就聽見一道中氣十足的聲音響起，轉頭一看，又來一個老頭，正吹鬍子瞪眼睛地盯著自己！

——未完，待續，請看文創風342《吸金妙神醫》3

2015年9月出版

嫵妹當道

文創風 335～339

雖是清流忠臣之後，
但外頭都謠傳她空有皮囊，不遵三從四德，乃京都女子之恥；
而她的未來夫婿則是讓人聞風喪膽、令小兒止哭的大奸臣，
身懷惡名的兩人如今結親，豈不登對？

世道忠奸難辨，唯情冷暖自知／朱弦詠嘆

她前世是一名精英特務，
而今卻穿越到這風雨飄搖的大燕朝來，
作為忠臣之女，為了援救身陷詔獄的親爹，
才委身於這外傳以色邀寵、擾亂朝綱的大奸臣霍英。
原想她的出閣不過是回歸老本行，身在敵陣以刺探消息，
孰不知與這相貌極品的夫婿相處日深，她就越發難辨忠奸……
對內，他為她散去姬妾，與她一生一世一雙人，
對外，他為君王犧牲清譽，忍辱負重做個奸臣，
好不容易費盡心力剷除了意圖篡位的英國公，
夫君的惡名終於得以洗刷平反，一躍成為忠臣之士，
無奈小皇帝因服用過五石散而變得性情多疑，
他們夫妻二人想急流勇退，反倒屢次遭帝王的私心所迫害。
縱然心懷退隱之意，夫君仍秉持著忠君之心為其效命，
誰料，一道「與九王聯合謀逆」的聖旨便將他劃為亂臣賊子，
一片丹心竟換來「奸臣得誅」的下場？

2015年9月出版

閨女好辛苦

文創風 333～334

晏家有女初長成……疏洪救災、上陣殺敵——
別人家閨女學的是刺繡女紅、女訓女誡；
她學的卻是禮樂官制、射御書數，
今生不想再當嬌嬌女，她要自立自強！

願如樑上燕，歲歲常相見／畫淺眉

晏雉自幼爹不疼、娘不愛，被長嫂虐待卻無人聞問，
為了家族，她被迫嫁給豪門浪蕩子為妻，飽受欺凌。
如今生命即將走到盡頭，她不恨不怨，
只是格外想念家中後院的秋千，想念幼時的燦爛春光……
當她發現自己竟回到記憶中的春日時，滿心失而復得的快樂。
機緣巧合下，她與兄長同時拜入名士門下，
每日學習的不是婦德婦功，而是兵法騎射、治國策論。
不甘心受困閨閣之中，膽大心細的她隨兄長赴任，
搶救災民、懲治貪官，打響了晏家四娘的名頭。
她知道，在外人眼中她離經叛道，
收留逃奴須彌，更與他過從甚密，全然不在意女子名節。
那些耳語她一律拋在腦後，
這一生，她決心只為自己而活！

2015年9月出版

一品指婚

文創風 328～332

一場看似皇室恩寵的際遇，卻惹來驚濤駭浪般的劫難！
她本是世家千金，為了保護家人和自己，
不得不放逐邊關，但這樣就能逃過殺身之禍嗎？

最大器的宅門格局 最細膩的兒女情長／狐天八月

鄔八月受太后召見，卻撞見了驚天的宮闈祕辛——
那祕密如濤天巨浪擊毀了八月平靜的生活，但無論怎麼小心、忍讓，
她還是落入有心人設下的陷阱，只能含冤吞下勾引皇子的罪名，
甚至一向備受敬重的太醫父親也受連累，落得要流放邊關；
為求自保並護著心愛的家人，她選擇和父親一起離開是非之地……

2015年8月出版

嬌寵小妻

文創風 322～327

一個被情傷透、哀莫大於心死的女人，
再次遇上這個男人，
他一步步溫暖她冷透了的心，義無反顧地全心愛上……

醇愛如酒．深情雋永／千江月

為了能多看心愛的男人一眼，顧錦朝嫁入陳家，成為心上人的繼母。
然而在陳家的日子讓她心灰意冷，遭人誣陷卻百口莫辯。
就連娘家新抬的姨娘都說，若她是個知道羞恥的，
就該一根白綾吊死在屋樑上，還死乞白賴著活下去幹什麼！
就這麼的，未到四十她便百病纏身，死的時候兒子正在娶親。
她覺得這一生再無眷戀，誰知昏沈醒來正當年少，風華正茂，
許是上天念她一生困苦，賞她再活一遍。
當年她癡心不改，如今她冷硬如刀，情啊愛啊早已拋得遠遠。
前世所有她不管不顧所失去的，她都要一一找回來、好好守著，
就連她的心，也得守得緊緊，再不許為誰丟失……

2015年8月出版

閒婦好逑

文創風 319~321

貴為國公府的嫡長孫女，
雙親卻是公認的「重量級」廢柴組合，怎不悲劇？
即使眾人都看衰他們大房，但她相信天助自助者，
來自現代的她還是有信心能幫襯爹娘，讓爹娘帶她上道……

寧負京華，許卿天涯／花月薰

親爹高富帥、親娘白富美……這都跟她穿越投胎沾不上邊，
想她蔣夢瑤一出世，雙親就是「重量級的廢柴雙絕」，
親爹雖是大房子孫，卻在國公府中受盡苦待，還遭逐出府。
好在這看似不靠譜的雙親很是給力，
親爹繼承國公爺的衣缽從戎去，親娘經商賺得盆滿缽滿。
好不容易他們一家人熬出頭，
不料，她的婚事卻被老太君和嬸娘們給惦記上，
她剛機智地化解一場烏龍逼婚、相看親事的戲碼，
受盡榮寵的祁王高博後腳就登門來求娶，
猶記兩人初見是不打不相識，之後竟還越看越順眼……
怎知才提親不久，高博就被聖上褫奪祁王封號、流放關外 ?!
也罷，既嫁之則隨之，脫離這繁華拘束的安京，
只要夫妻同心，哪怕是粗茶淡飯也是幸福的……

國家圖書館出版品預行編目資料

吸金妙神醫 / 微漫著. --
初版. -- 臺北市 : 狗屋, 2015.10
冊 ; 公分. --（文創風）
ISBN 978-986-328-510-6（第2冊：平裝）. --

857.7 104016085

著作者 微漫
編輯 黃淑珍
校對 黃亭蓁 蔡佾岑
發行所 狗屋出版社有限公司
地址 台北市104中山區龍江路71巷15號1樓
電話 02-2776-5889～0
發行字號 局版台業字845號
法律顧問 蕭雄淋律師
總經銷 知遠文化事業有限公司
電話 02-2664-8800
初版 2015年10月
國際書碼 ISBN-13 978-986-328-510-6
原著書名 《素手医娘》，由起點女生網（www.qdmm.com）授權出版

定價250元
狗屋劃撥帳號：19001626
網址：love.doghouse.com.tw E-mail：love@doghouse.com.tw